安的幸福

L. M. Montgomery
露西·蒙哥瑪麗　　康文馨——譯

清秀佳人 vol 4.

ANNE *of*
WINDY POPLARS

目錄

CONTENTS

第一年記事……005
第二年記事……153
第三年記事……243

第一年記事

The First Year

第1節

寄件人：沙馬塞德中學校長，文學士　安．雪莉
收件人：金斯泊雷蒙大學醫學院　吉伯．布萊斯

九月十二日　星期一
愛德華王子島　幽靈巷　迎風白楊之屋

摯愛的吉伯：

這是我的新地址！你聽過這麼美妙的地址嗎？我的新家名爲「迎風白楊之屋」，我很喜歡這個新家，我也喜歡「幽靈巷」這個名字，但它並不是正式地名，它的本名是「春特街」，只是除了《每週快遞報》偶爾會用正式名稱提及它以外，從來沒有人這麼稱呼它。每當有人說到春特街，人們總會面面相覷，互相問：「這到底是哪裡啊？」它就是幽靈巷啊！但我也說不出個道理來。我問過蕾貝卡．迪悠，她說，這裡很久以前就叫幽靈巷了，多年前也曾有幽靈出沒的傳說，但是在這條巷子裡，她還沒有見過其他長得比她更醜的東西呢！

我的故事稍後再講吧！你還不認識蕾貝卡．迪悠，不過你以後會認識她的，我可以預料，在以後我寫給你的信裡會經常提到她。

親愛的吉伯，現在是黃昏了（「黃昏」眞是個好聽的詞彙，跟「薄暮」比起來，我比較喜歡用黃昏這個詞，因爲它聽起來柔和幽暗，而且……像黃昏）。在白天裡，我屬於這個世界，在夜裡，我屬於睡眠與永恆，但在黃昏裡，我兩者都不是，只屬於我自己……以及你。所以，我保留這段時間來寫信給你。

然而，這不是情書，因爲我的筆會刮紙，而我無法用一支會刮紙的、太尖銳或太粗鈍的筆來寫情書！所以當我有一支適合的筆後，你才會接到情書哦！我現在就介紹一下我的新家，還有它的成員吧！她們都是很好的人呢！

我昨天來這裡尋找有供膳食的房屋出租，瑞雪．林德夫人也陪我一起來。她表面上的理由是要出來購物，但我知道，事實上她是要幫我看房子。雖然我已經大學畢業，取得文學士學位，她仍然認爲我是一個需要指引監護的黃毛丫頭呢！

我們搭火車前往。喔，吉伯，我經歷了一趟可笑的探險，我不是刻意尋求冒險的人，但我似乎容易招惹來一些意外。

事情發生於火車進站時，我站起來，彎下身去拿起林德夫人的行李箱（她打算在沙馬塞德與朋友共度週日）。我把雙手重重撐在我認爲是個亮閃閃的椅子把手上，不料，我的手立刻遭到重擊！痛得我差點哀號起來。吉伯，原來被我認爲是椅子把手的東西，竟然是個男人的禿頭！他顯然剛剛被我吵醒，惡狠狠地瞪著我，我謙卑地道歉，匆匆下了火車，我最後回過頭瞧他時，他還在瞪我。林德夫人被嚇壞了，我的指關節也還在隱隱作痛。

一開始，我沒料到找一個提供膳食的租屋有這麼困難，因爲湯姆．普林果太太在過去十五年來，一直爲這所中學的歷任校長提供這項服務，但是基於某種我不知道的理由，她突然對這個服務「感到厭煩」了，不肯把房子租給我。另外幾家我看中意的，也都有委婉的藉口來拒絕我們。我們整個下午就在這鎮上走來走去，又熱又累又傷心，後來就頭痛起來了。我絕望得想放棄，然後「幽靈巷」就出現在眼前了。

我們順道拜訪林德夫人的好友布雷達克太太，她說或許那幾位寡婦會收留我。她說：「我聽說她們爲了支付蕾貝卡的工資，想要找一個房客，如果沒有一點額外收入，她們就僱不起蕾貝卡了；如果蕾貝卡走了，誰去幫那頭老紅乳牛擠奶呢？」

布雷達克太太用嚴苛的眼光注視我，彷彿她覺得我應該去擠牛奶似的，但是就算我發誓我知道如何擠牛奶，她也不一定肯相信吧？

林德夫人問她：「你究竟在說哪些寡婦啊？」

「就是凱特阿姨和崔蒂阿姨嘛！」布雷達克太太的語氣好像每個人（包括我這個不解世事的文學士）都應該知道這件事情一樣。「凱特阿姨就是阿曼沙．馬克伯太太呀，她的先生生前是船長；而崔蒂阿姨就是林肯．馬克連太太，她的先生生前不是什麼有名氣的人。大家都稱呼她們阿姨，她們就住在幽靈巷底。」

幽靈巷！事情終於解決了！我有預感——我將會寄宿在這兩位女士的家裡。

「我們立刻就去見她們吧！」我懇求林德夫人，好像我如果不趕快去，幽靈巷就會消失，而回到它原本的仙境去似的。

「你當然可以會見她們，但是眞正決定是否把房子租給你的人是蕾貝卡，是她在掌管『迎風白楊之屋』住宿的事情。」

「迎風白楊之屋」！這不是眞的吧？我一定是在作夢，不過，林德夫人覺得這個名字太可笑了。

「喔，這是馬克伯船長取的名字！那棟房子是他的，他在房子四周種滿白楊樹，還爲此感到非常自豪呢！可是他很少在家，每次一回家，住的時間也不長久。凱特阿姨曾經說這會造成她的不便，可是，我們也搞不懂，究竟她所說的不方便，是指船長在家的時間太短呢？或是船長回家時會造成她的不方便呢？雪莉老師，我希望你能住在那裡，蕾貝卡善於烹飪，她做的馬鈴薯冷盤眞是棒極了。如果她喜歡你，你就可以在那裡過得安安逸逸，但是如果她不喜歡你……啊，不可能的。我聽說，有位新來到鎮上的銀行家也在找有供餐的租屋，說不定蕾貝卡較樂意把房子租給他呢。普林果太太不肯把房子租給你，眞是太可笑了！沙馬塞德鎮上，充滿了普林果家族以及有普林果血統的人，人們都稱呼他們爲本地的『皇族』！雪莉老師啊，你必須和他們家族和睦相處，否則，你在沙馬塞德中學會混不下去哦。他們在本地能呼風喚雨……還有一條街，是依照老船長亞伯拉罕．普林果的名字而命名的！他們有一個常態性的組織，不過住在『楓樹別莊』的兩位老太太才是眞正指揮這個家族的人。我聽說，那兩位老太太正在生你的氣呢！」

我叫嚷起來：「爲什麼呢？我又不認識她們！」

「那是因爲她們的三堂弟也去申請這個校長的職務，她們都認爲他勢在必得，可是當你被選上時，她們氣得大聲叫囂。人都是這樣子的嘛！我們也只好照樣接納她們。她們會在表面上對你和和氣氣，卻時時在暗地裡和你作對。我不是要潑你冷水，不過，有了我的事先警告，你就可以多加防範。我希望你也足以跟她們抗衡，讓她們感到難堪。

「如果那兩個寡婦把房子租給你，你應該不介意跟蕾貝卡一起吃飯吧？她不是女傭，而是船長的遠房表親。每當家裡有客人，她就不在餐桌上用餐，她會想起自己的身分。但是，假使你是她們的房客，當然她就不會把你當成客人看待了。」

我向焦慮的布雷達克太太保證，我樂於和蕾貝卡．迪悠一起用餐，然後，我趕緊拖著林德夫人離開。我必須搶先一步，比銀行家早點到達「迎風白楊之屋」。

布雷達克太太送我們到門口，她又叮嚀：「請不要讓崔蒂阿姨傷心，她是個很容易受傷的人。眞可憐，她太敏感了，她沒有凱特阿姨那麼有錢……雖然凱特阿姨也不是多有錢。凱特阿姨深愛她的丈夫，崔蒂阿姨則不然，這也難怪，因爲林肯．馬克連是個脾氣暴躁古怪的老頭，她總認爲人們因爲她丈夫的緣故而不喜歡她。幸好今天是星期六，如果是星期五，崔蒂阿姨可是絲毫不會考慮租房子給你的。你可能會認爲是凱特阿姨在迷信吧？行船的人大多迷信呀！然而，眞正迷信的人是崔蒂，雖然她的丈夫是木匠而不是船夫。她的婚姻不美滿，眞是可憐！她年輕時可是非常漂亮的呢！」

我向布雷達克太太保證，絕不會讓崔蒂阿姨傷心，她還是緊跟著我們走到街上，對我吩咐：「當你外出時，凱特阿姨和崔蒂阿姨絕不會去碰你的東西，她們是很誠實的人。蕾貝卡則可能會，不過，她不會打你小報告。如果我是你，我絕不走大門。自從阿曼沙的葬禮後，她們再沒有開啓過大門。你不妨走側門，她們把鑰匙放在窗臺花盆下面，如果沒有人在家，你們就拿鑰匙開門，到屋裡等著。還有無論如何，都不要去稱讚那隻貓，蕾貝卡不喜歡牠。」

我答應她不會去稱讚那隻貓。我們終於離開了，不久後來到幽靈巷。那是一條通往寬廣鄉野的短短巷道，遠處有藍色小山作背景，眞是漂亮。巷子的一側完全沒有房子，土地呈斜坡狀綿延到港口；巷子的另一側，則只有三棟房子：第一棟只是很普通的房子，第二棟是幢又大又威嚴但是陰沉沉的公寓大樓，它以紅磚爲底，鑲上石頭，它的雙斜坡屋頂上還有天窗。這棟公寓樓頂並有鐵欄杆環繞四周，房子周圍種滿雲杉和冷杉，以致我們幾乎看不到房子，屋裡必定陰暗得可怕吧？第三棟也是最後一棟，就是「迎風白楊之屋」，它位於轉角處，前面是長著綠草的街道，後面則是有樹蔭美景的鄉間道路。

我立卽愛上它了。有些房子，你第一眼就對它們印象深刻，但你卻又說不出道理來，「迎風白楊之屋」就屬於這類房子。它的外觀雪白，鑲著翠綠色百葉窗，兩側又各開了一扇天窗，角落裡還有一座「塔」。一道石砌矮牆把房子與馬路隔開，一排白楊樹沿石牆種植，屋後有很大的花園，各色花朵和蔬菜繽紛爭豔，眞是筆墨無法形容啊！總之，這是一幢快樂的房子，有著「綠色屋頂之家」的氣氛。

「這就是我的住處了，這是命中注定的！」我興高采烈地說。

林德夫人看看我，彷彿她不太認同「命中注定」這樣的話。她不以為然地說：「從這裡到學校要走很遠的路呢。」

「我不在乎，走路也是很好的運動啊，您瞧，路上的白樺與楓林多麼可愛！」

林德夫人看了一眼，只說一句：「希望不會有蚊子叮你。」

我也希望如此，我討厭蚊子，一隻蚊子比我良心不安時，更讓我睡不著覺。

我慶幸不需要由大門進去，因爲它有一種拒人於千里之外的感覺，那大門有左右兩扇，木頭紋路鑲著紅花玻璃，看起來一點也不像房子一部分。我們沿著有間隔鋪上大石頭的綠草小徑來到綠色側門，這扇門就顯得親切多了，小徑旁種滿了草皮、荷包牡丹、萱草、美洲石竹、青蒿，以及林德夫人說的「像松樹」的植物。當然，它們並非在此季節裡全部開放，不過你知道，它們會在適當的時節開放，而且會非常美麗，遠處角落裡還有一片玫瑰園呢。在「迎風白楊之屋」與陰沉沉的鄰居之間，隔了一道爬滿長春藤的紅磚牆，牆中央有道褪色的綠門，上面架著拱型的方格棚架，好讓爬藤植物攀爬。有一株葡萄藤橫著攀爬過門上，顯然這道門已經有一陣子沒開啓過了。它實際上只是半道門，因爲它的上半部是個橢圓形的大洞，足以讓我們看見隔壁雜亂的花園。

我們一踏進「迎風白楊之屋」的花園門口，我就在小徑上發現一叢酢醬草，有股衝動讓我彎腰去看它們。吉伯，你相信嗎？我竟然發現三株四片葉子的！

那就是幸運草啊！多好的預兆啊！普林果家族也無法對抗我的好運氣呢。我確信那位銀行家是沒機會啦！

側門開著，顯然有人在家，我們毋需從花盆下找鑰匙了。蕾貝卡．迪悠出來應門，我們知道，那必定是她，因爲在廣袤的世界裡，那不可能是別人了，她也不可能取了其他名字！

蕾貝卡．迪悠大約四十歲，她有一張番茄般的紅臉蛋、覆蓋在額上的黑髮、小而閃亮的眼睛、小巧但圓滿的鼻子以及薄唇。她的四肢、脖子和鼻子都長得短了些，不過，她的笑臉十分寬大，笑起來的時候，兩邊嘴角幾乎能從左耳伸展到右耳！

但是她當時沒有微笑，當我求見馬克伯太太時，她的神情嚴肅。

「你是指船長馬克伯的夫人嗎？」她的語氣帶有責難，彷彿這房子裡至少有一打馬克伯太太。

我溫和地答「是」，我們隨卽來到客廳，那是個舒適的小房間，雖然太多椅墊讓它變得有點雜亂，但我很喜歡它友善的氛圍。每個家具長年放置在它們特定的位置上，並且亮閃閃的，市面上買不到可以把家具擦得像鏡子般發光的亮光劑，這全都是蕾貝卡．迪悠辛勤擦拭的成果！壁爐架上有一艘揚帆的船，它竟然是裝在瓶子裡的！林德夫人對這個物品頗感興趣，她想不出船要怎麼裝到瓶子裡去，可是她覺得這個裝飾品讓客廳有了海洋的氣氛。

兩位阿姨進來了，我對她們一見如故。凱特阿姨身材高瘦、頭髮灰白，有點嚴肅，就像瑪麗拉那一類型；崔蒂阿姨身材矮瘦、頭髮灰白，有點憂鬱，她可能曾經非常漂亮，但是現在，除了她的眼睛以外，再也看不出往日風采了。她的眼睛很美，是又大又溫柔的棕色眼睛。

我說明來意，她們聽了以後面面相覷。

崔蒂阿姨說：「我們必須和蕾貝卡商量。」凱特阿姨也贊同。

於是，她們把她從廚房裡請出來，那隻貓也跟了進來。牠是一隻又大又毛絨絨的馬爾他品種貓，胸部是白色的，頸部也有一圈白色，我很想撫弄牠，但是我記住了布雷達克太太的警告，所以並不理牠。

蕾貝卡毫無笑容地盯著我看。

凱特阿姨開門見山地說：「蕾貝卡啊，雪莉老師希望在這裡寄宿，我想我們無法答應她。」

蕾貝卡．迪悠問：「爲什麼呢？」

崔蒂阿姨答：「我擔心會太麻煩你了！」

她則說：「我早就習慣麻煩的事了。」（吉伯，她們都很習慣叫她蕾貝卡，而我則要對她連名帶姓稱呼才習慣）

崔蒂阿姨又堅持：「我們太老了，不習慣讓年輕人在這裡來來去去。」

蕾貝卡．迪悠反駁：「我只有四十五歲，還能幹活兒，有個女孩住在這房子裡總是好的，隨時都勝過男孩子呢！男孩子可能會日夜不停地抽菸，不幸起火的話，說不定我們會被燒死在床上啊！如果你們要找人寄宿，我建議你們租給她。當然了，這是你們的房子，就由你們決定吧！」

她說完就走了，我擊出一支全壘打！一切都搞定了，但是崔蒂阿姨說，我必須上去看看房間適不適合我。

「親愛的，你就住在這塔樓房間吧，它沒有另一間空房來得大，不過它有暖氣口，冬天可以有暖氣，景觀也比較好，你能看到古老的墓園[1]。」

我知道我會愛上這個房間，「塔樓房間」這個特殊的名字讓我振奮，記得我們在艾凡里學校唱的那首歌嗎？有一位少女「住在一片灰色海洋旁邊的塔裡」，我就像她一樣。那果然是最棒的房間，我們從角落的平臺步上樓梯，進了房間，房間非常小，但沒有我第一年在雷蒙時住的糟糕房間那麼小，它有兩扇窗戶，一扇是朝西的天窗，另一扇朝北開在尖形屋頂的牆壁上。塔的角落

1 西方人認爲墓園旁環境清幽，適合居住。

另有一扇八角玻璃窗，兩扇窗戶可向外推開，窗臺下面做成書架，地板再鋪上圓形有穗的地毯。床很大，上面有頂篷，還有野鵝圖案的棉被，它是那麼絲滑，睡在上面眞是太糟蹋它了。吉伯啊，這張床實在太高了，我上床時還得靠一個可笑的踏墊才上得去，那個踏墊白天則被收到床底下。這張奇巧的床，似乎是馬克伯船長從外國買來的呢！

角落有個小碗櫥，上面鑲著白色扇貝的紙型裝飾，櫥門上畫有花束，櫥櫃臺上設計成坐椅，上面放一塊圓形藍色椅墊，椅墊中間下凹，像個又大又肥的藍色甜甜圈。還有一個漂亮的洗臉臺，它有兩個架子，上層放臉盆和一個藍色罐子，下層放肥皂盤及熱水瓶，它還有一個黃銅把手的小抽屜，裡面放滿毛巾。洗臉臺的架上端坐一個瓷器仕女，她穿著粉紅鞋子，繫上鍍金腰帶，金髮上佩戴一朵紅玫瑰。

陽光透過玉米色的窗簾，把房間染成金黃色，外面山楊樹的樹影映在粉白的牆上，形成一幅活生生、變幻莫測又不停波動的錦畫。這是個讓人快樂的房間，我覺得自己似乎是世界上最富有的女孩！

我們離開那裡後，林德夫人對我說：「你住在那裡很安全，眞的。」

「我曾在『芭蒂之家』過得自由自在，或許在『迎風白楊之屋』會受到比較多的束縛。」我跟林德夫人開起玩笑。

「自由！」林德夫人嗤之以鼻，「講話不要像美國佬一樣，安。」

今天，我把自己的行李都帶來了，我當然不喜歡離開「綠色屋頂之家」，無論我多常離開它，或離開它多久，只要一放假，我就會再回去，好像我從未離開過。一旦我離開那裡，我的心就像被撕裂般難過，可是我知道，我會喜歡「迎風白楊之屋」，它也喜歡我，我總是能夠知道某個房子是不是喜歡我。

我窗外的景致很美，甚至連古老的墓園都很美，它四周環繞一排幽暗的樅樹，並連接一條壕溝一樣寬的彎曲小徑。我西側的窗戶可以看到全部港口，甚至可以看到遠處薄霧下的海岸，海濱有一艘艘可愛的小帆船，以及將要航向「不知名港口」的船隻……這是多麼迷人的詞彙！充滿了想像空間！北側的窗外可以看到橫過馬路的樺樹林和楓樹林，我很愛樹木，當我們在雷蒙時，英文課上到丁尼生[2]的作品，我總是和可憐的艾農一樣難過，一起悲嘆她被搶走的松樹。

在樹林及墓園更遠處，有個綠草如茵的可愛山谷，上有蜿蜒道路，路旁散佈白色房子，有些山谷就是那麼可愛，只要看著它，就能感到心曠神怡，我也說不出個所以然。再過去就是我的藍色山丘，我稱呼它「風暴之王」或是「強烈情感主宰」。

每當我想獨處，我就可以獨自在房間裡待很久，有時候，獨處的感覺很棒，風兒會在我的塔四周哭泣、嘆息、淺唱低吟；冬天的白風、春天的綠風、夏天的藍風、秋天的深紅之風，以及四

2丁尼生（Alfred, Lord Tennyson, 1809-1892），英國著名詩人。

季皆有的狂烈之風，我都喜歡。聖經的詩句裡有句「暴風雨充滿了他的世界」，我經常被這句話感動，彷彿每道風都在撫觸我的身體似的。在喬治．麥克唐納[3]的作品中，隨北風飛走的男孩眞讓我嫉妒。吉伯，假若有天夜晚，我打開窗戶，投入風兒的懷抱，蕾貝卡．迪悠絕不會知道，當晚我的床爲什麼沒有睡過的痕跡呢！

親愛的，我希望當我們找到我倆的「夢想之家」時，房子周圍也有風兒，但我還不知道我們的「夢想之家」會在哪裡？我的最愛會是它在月光灑下時閃耀的模樣，或是身處黎明微熹時呢？在那裡將會有我們的愛情、友誼和工作，以及一些可笑的冒險作爲我們年老時的笑料。吉伯，我們眞的會變老嗎？似乎不可能呢！

從塔的左側窗口，我可以看到這個城鎮房子的屋頂。這是個我至少會住上一年的地方，住在這些房屋裡的人們將會是我的朋友，抑或敵人？不過，我現在還不認識他們。因爲到處都有像帕伊[4]那類的人啊！我也必須仔細評估一下普林果家族的人。明天就開學了，我必須教幾何學，當然，教幾何學不像學幾何學那麼困難，我祈禱著，希望普林果家族裡沒有數學天才。

我來到這裡只有半天，但是覺得好像已經認識這兩位阿姨與蕾貝卡．迪悠一輩子了，她們要我稱呼她們「阿姨」，我則要她們稱呼我「安」。我稱呼蕾貝卡．迪悠爲「迪悠小姐」，但也就那麼一次。

「你叫我什麼小姐來著？」她問。

「迪悠小姐。」我溫柔地說：「難道叫錯了嗎？」

「是沒錯，但是長久以來，已經沒有人這樣叫我了，所以，你這樣稱呼我，我會嚇一跳。雪莉老師，以後不要這樣叫我了，我不習慣呢。」

「我會記住的，蕾貝卡……迪悠？」我努力試著不要稱呼她的姓，但是做不到。

布雷達克太太說，崔蒂阿姨很善感，眞是說對了。我發現，在吃晚餐時，凱特阿姨說了一些有關「崔蒂六十六歲生日」的事，我看了崔蒂阿姨一眼……雖然她並非哭成淚人兒（這個詞彙太過震撼了），但也是淚眼汪汪，從她大大的棕色眼珠裡，不費力且沉靜地淌出了淚水。

「崔蒂啊，你怎麼了？」凱特阿姨悶悶不樂地問。

「那……那時只是我六十五歲的生日！」崔蒂阿姨說。

「哦，眞抱歉，崔蒂。」經凱特阿姨這麼一說，一切又雨過天晴了。

那隻貓生得又大又可愛，有一雙金色眼睛，是優雅的淺灰色馬爾他貓，毛皮呈現純淨的亞麻線質感。因爲牠淺灰的濁色毛皮像沾滿灰塵似的，凱特和崔蒂阿姨便叫牠「灰塵米勒」，又暱稱「灰塵」，但蕾貝卡．迪悠只叫牠「那隻貓」，因爲她討厭貓，也討厭每日早晚要餵牠牛肝。而當牠

---

3 喬治．麥克唐納（George MacDonald, 1824-1905），英國詩人，出身蘇格蘭，十九世紀思想家、小說家、詩人、牧師及教師。

4 此系列前作提及的帕伊一家人（Pyes）都不喜歡安。

溜進客廳後，她還得用牙刷把牠留在扶手椅上的毛刷掉，如果牠夜晚遲歸，還要外出找牠。

崔蒂阿姨告訴我：「蕾貝卡向來討厭貓，但她又特別討厭『灰塵』。兩年前，坎貝爾老太太的狗——她那時候還養狗——用嘴巴把『灰塵』叼到這裡來，我想，牠可能覺得把貓叼到坎貝爾老太太那裡也沒有用吧！當時這隻可憐的小貓又溼又冷，全身瘦得皮包骨，就算鐵石心腸的人也不會拒絕收留牠吧？所以凱特和我收容了牠。但蕾貝卡一直耿耿於懷，我們當時做事不夠圓滑，我們應該裝作不想收留『灰塵』再留牠下來。我不知你是否注意到這點了……」崔蒂阿姨警覺地看看飯廳和廚房之間的門，「這就是我們應付蕾貝卡的方法。」

我早就注意到了，這是個好方法，沙馬塞德鎮的人們以及蕾貝卡可能會認爲是她在掌管住宿，然而兩位阿姨有不同的看法。

「我們不想把房子租給那位銀行家，年輕男子較不安定，而且，如果他不定時上教會，我們可能會感到擔憂，但我們假裝樂於把房子租給銀行家，蕾貝卡就是不聽。親愛的，我眞歡迎你，我確信你是個好相處的人，希望你也喜歡我們。蕾貝卡也有一些很好的本質，當她十五年前來到這裡，並不像現在這樣愛乾淨。

「有一次，凱特就在積灰的鏡子上劃出蕾貝卡的名字，好讓她看見灰塵沒淸乾淨，不過她不需要別人再度提醒她就會記住暗示。但願你覺得房間舒適，你夜裡可以開窗，凱特不愛夜風，但她知道房客有這個權利。我和她睡在一起，所以就折衷兩人意見，一夜開窗，一夜不開窗，這類小問題很容易找到解決之道，你說是嗎？

「『路是人走出來的』，如果你在夜裡聽到蕾貝卡四處遊走，不要害怕，她只要聽到聲響，就會起來查看，我想，這也可能是她不喜歡把房子租給銀行家的原因吧？她或許擔心會穿著睡衣撞見他呢！凱特很沉默，但願你不要介意，她就是這種人。她其實有很多話題可談的……她年輕時跟阿曼沙．馬克伯走遍世界各地呢！

「我眞希望自己也有像她一樣多的談話題材，但我卻從未離開過愛德華王子島。世事眞奇妙啊，像我如此喋喋不休的人，無話題可講；像凱特那樣經歷豐富的人，卻不愛講話，這或許都是天意吧。」

縱然崔蒂阿姨很健談，她也不是一口氣講完這番話，我可以在適當時機插入自己的想法，雖然都是些枝微末節的評語。

她們有一頭牛，放牧在位於馬路前段的詹姆士．漢彌敦家裡，蕾貝卡．迪悠會到那兒去幫牠擠牛奶，並且會有一些奶油。每天早晚，她都會把一杯鮮乳從圍牆上的開口處送給坎貝爾太太的女傭，那是給「小伊莉莎白」喝的，這必定是醫生囑咐她要喝鮮奶，但是，我不知道誰是女傭，誰又是「小伊莉莎白」。坎貝爾太太是這房子的所有人兼住戶，這房子名叫「長青樹別莊」。

我今晚大概會睡不著，我會認床，而且這張床是我見過最古怪的，但睡不著也沒關係，我愛夜晚，也愛淸醒地躺著，想著我過去、現在和未來人生的種種，特別是未來的人生。

吉伯，這封信太長了，對你不夠仁慈，下次我不會寫這麼長的信了，我只是想把所有的事都告訴你，讓你可以想像出我新環境的樣子。信已經到尾聲了，因爲在遠處的港口，月亮正往「陰影之土」處下沉呢。我也必須寫封信給瑪麗拉，這封信後天就會抵達「綠色屋頂之家」，到時候，德比會把信從郵局帶回家，而瑪麗拉打開信時，朵拉會擠在她身旁，林德夫人則會豎起雙耳……喔喔，我開始想家了，晚安！我的摯愛。

現在及永遠都屬於你、對你最多情的

安·雪莉

九月二十六日

你知道我在哪裡閱讀你的來信嗎？就在對街的樹林裡！那裡有個小谷地，陽光灑下，在蕨類植物上照耀出斑點，小溪蜿蜒流過，我坐在一個長了青苔的扭曲樹幹上，還有整排大小一致的白樺樹，眞令人陶醉，我在這裡做了各種美夢……金綠色、鮮紅色，非常不尋常的夢境，我愉快地相信，這些夢來自我秘密的白樺樹小谷地，而且必定與這纖細輕靈的樹林，以及吟唱的小溪，擁有神秘的關聯。我喜愛坐在那裡，傾聽寧靜的樹林。吉伯，寧靜有很多種不同的形式呢！樹林、海岸、草地、夜晚，還有夏日午後，各有它們不同的靜謐，因爲連貫它們的底調不同，所以它們各有千秋，假如我瞎了，並且對冷熱不敏感，但我只需憑藉我對四周寧靜氣氛的感覺，就可以輕易分辨出自己在哪裡。

已經開學兩週了，一切都很上軌道，但布雷達克太太說對了，普林果家族造成了我的問題。至今，除了幸運草外，我還想不出解決辦法，如同布雷達克太太所說，他們圓巧滑溜得像奶油一樣。

普林果家族自成黨派，互貼標籤，明爭暗鬥，但需要對付外人時，卻又團結一致。我下了個結論，沙馬塞德鎮只有兩種人：普林果家族的人，以及非普林果家族的人。

我教室裡有很多普林果家族的人，以及一些雖有不同姓氏，但也有普林果血統的人，本幫派的領導人似乎是珍．普林果，這女孩有雙綠眼睛，珮姬．夏普[1]十四歲時，必定長得像這副樣子。我相信，是她精心籌畫了一些活動來反抗藐視我，令我難以應付。她又喜歡扮鬼臉，每當我聽到背後有一陣壓抑的笑聲，我就知道原因了，但我總未能抓到她對我扮鬼臉的瞬間。她也很聰明，眞是個鬼靈精啊！文筆很好，數學也棒，這可眞令我不快樂！她說話言之有物，又很幽默，如果不是一開始她就不喜歡我，光是這些特點，就足以讓我們成爲密友了，但是，要化敵爲友，恐怕還要一段很長的時間呢！

珍的堂妹蜜拉．普林果是校園美女，但有些愚笨，她會發表一些好笑的言論，例如今天上歷史課，她說印第安人覺得尙普蘭[2]及他的夥伴們若非神仙，卽是超人。

就社會地位而言，普林果家族就如蕾貝卡．迪悠所言，是沙馬塞德的名門貴族，目前已有兩個普林果家族邀我到他們家吃晚餐，邀請新老師到家裡吃晚餐是他們的禮俗，普林果家族也不會刻意遺漏這個禮節。昨晚，我受邀至珍．普林果家，她的父親看來像個大學教授，人卻愚蠢無知，他一直主張對學生應該多多施加懲戒管束的論調，並用手指敲打桌子。他的指甲未經過修剪，說話偶爾還會用錯文法，他說，沙馬塞德中學需要沉穩有經驗的老師，最好是男性，他覺得我太年

「經」了。「這個缺點，可以用時間很快地把它治癒。」他遺憾地說，我什麼也沒說，因爲恐怕自己一開口就會說得太多，只好效仿他們那般的圓滑性格，表面對他誠懇，卻在心裡嘀咕：你這個難搞又有偏見的老傢伙！

珍的聰明必定遺傳自她的母親，我喜歡她母親，珍在她雙親面前顯得彬彬有禮，但是她的措詞儘管有禮，語氣卻十足傲慢，每當她稱呼我「雪莉老師」，神態是很無禮的。當她看著我的頭髮，就像在嘲笑它跟胡蘿蔔一樣紅，我的頭髮是赤褐色的，但普林果家族一定沒有人同意這一點。

我較喜歡摩騰．普林果，雖然他一直沒有在聽我講話。他對我說了些話以後，當我回答時，他就忙著構思他的下一句話了。

史蒂芬．普林果太太是位寡婦（沙馬塞德的寡婦可眞多），她昨天寫了封有禮卻語中帶刺的信給我，信上說蜜莉的功課太多了，她太虛弱了，不宜過度勞心，前任的貝爾老師就從沒有給她出過家庭作業；她很敏感，別人一定要多花時間去了解她，貝爾老師就很了解她，你也一定做得到，**只要你願意去嘗試**。

史蒂芬．普林果太太一定認爲，今天在課堂上，是我害亞當．普林果的鼻子流鼻血，如此一來，

1珮姬．夏普（Becky Sharp），英國作家薩克萊的小說《浮華世界》（*Vanity Fair*）人物。此作曾改編電影，一九三五年上映，是世上第一部彩色電影，描述一位自我中心的女孩，經歷多年自我追尋，終於對別人做了善事。

2尚普蘭（Samuel de Champlain, 1574-1635），法國探險家，創建了加拿大魁北克城。

他就必須回家。昨夜，我醒來後，就無法再入眠，我在黑板上寫了一個問題，卻忘了在「i」上面點一點，我確信珍．普林果注意到了，而且對她的同黨們竊竊私語。

蕾貝卡．迪悠說所有普林果家族的人都會邀我去家裡吃晚餐，除了那兩位住在「楓樹別莊」的老女士以外，她們日後也會故意忽視我。既然她們是社會菁英，這意味著我會被摒棄在沙馬塞德社交圈之外。等著瞧吧，戰鬥已經開始，只是未見輸贏，但我仍覺得悶悶不樂。有了偏見就無法思考，我仍像幼年時一樣，別人若不喜歡我，我會感到無法忍受，一想到我半數學生的家人都不喜歡我，我就很難過，而且，這並非我的過錯造成，不公平的感覺刺痛了我。這裡有太多對我有偏見的人了，但是有一些這樣的人，卻也可以發洩一下情緒。

除了普林果家族外，我喜歡我的學生們，有很多聰明、有抱負又努力的學生，一心認真向學。路易斯．艾倫住在寄宿家庭裡，他必須做家事來支付食宿開支，可是他不引以為恥。蘇菲．辛克萊每天騎著她父親無鞍的母馬，走單趟六哩的路上下學，多麼堅韌的意志啊！我願意幫助這樣的女孩，所以誰還會在乎普林果家族呢？

問題在於，如果我無法戰勝普林果家族，我將很難幫助任何人。

然而，我愛「迎風白楊之屋」，它不是寄宿家庭，它是我的家，她們也愛我，甚至「灰塵米勒」都愛我，雖然有時牠會和我鬧意見，故意背對我坐著，偶爾還用牠的金眼偷瞄我，看我有什麼反應。每當蕾貝卡．迪悠在場，我就儘量不去逗牠，否則她會生氣的。牠在白天時，是一隻普通、舒適、喜愛沉思的動物，到了夜裡卻非常古怪，蕾貝卡．迪悠說，那是因爲她們從來不讓牠在外面過夜的緣故。她討厭站在後院裡叫牠回家，她覺得鄰居們會因而嘲笑她，她會以兇惡又宏亮的聲音，扯開喉嚨喊：「灰塵……灰塵……灰塵！」在寧靜的夜晚，那聲音果眞可以傳遍全鎭呢！如果兩位阿姨在上床以前沒有看到「灰塵」回家，就會大發脾氣。

她向我抱怨：「沒有人知道，爲了那隻貓，我遭遇過什麼蠢事。」

兩位阿姨老當益壯，我越來越愛她們。凱特阿姨不愛讀小說，但她告訴我，她不會干涉我的閱讀喜好；崔蒂阿姨則喜歡小說，她有個「藏書秘洞」來藏她的書籍，她從鎭上圖書館偷偷把書「走私」進來，另外，她還會「走私」單人玩的紙牌，以及其他她不想讓凱特阿姨看到的東西。這個「藏書秘洞」就在一個坐椅裡，但除了崔蒂阿姨之外，無人知道它的奧妙，她把這個秘密告訴我，我猜，她是希望我幫助她，並鼓勵她繼續走私。其實在「迎風白楊之屋」裡，根本不需要「藏書秘洞」，因爲房子裡已經有太多神秘的櫥櫃了，但蕾貝卡．迪悠勤於整理，不會讓櫥櫃長久隱藏秘密，當兩位阿姨中有人抗議，她會抱歉地說：「房子不會自己保持乾淨的。」我深信小說或紙牌一旦被她發現，她會很快把它們清理掉。在她古板的思想裡，紙牌是魔鬼的書本，小說則更可怕。除了聖經以外，蕾貝卡．迪悠只讀《蒙特婁觀察報》的社會版，她喜歡研究百萬富翁們的房子、家具以及社交活動。

她渴望地說過：「哇！雪莉老師，泡在黃金浴缸裡，該是多麼時髦啊！」

她可眞是一位老寶貝兒，她不知從哪弄來一張有褪色錦緞的高背安樂椅，對我說：「這是你的椅子，我們會專門爲你保留。」這張椅子正好滿足我一些怪癖，她不讓灰塵米勒睡在上面，唯恐我穿去學校的裙子上沾了貓毛，而被普林果家族當成笑柄。

這三位女士都對我的珍珠戒指感興趣，這現象似乎意味著某些事。凱特阿姨給我看她的綠松石訂婚戒指（她的手指已經變粗而戴不下了），可憐的崔蒂阿姨卻哭著說她沒有訂婚戒指，因爲她老公認爲那是「不必要的開支」。她當時正在我房裡用奶油保養臉部，她每晚都用這方法來保持氣色，她不想讓凱特阿姨知道，所以要我保守秘密。

「凱特一定會認爲，像我這把年紀還愛漂亮，眞是可笑又無意義，蕾貝卡也會這麼覺得，沒有基督教女信徒會刻意追求美貌的。以前我都趁凱特睡著後溜到廚房去做，但我怕會被蕾貝卡撞上，卽使她睡著了，她的耳朶還是靈敏得像貓呢！我可否每晚來你這裡做保養呢？喔，親愛的，眞謝謝你了。」

我稍微知道住在「長青樹別莊」的鄰居一些事了，坎貝爾太太已經八十歲了，她也是普林果的族人，我還未曾見過她，據說她是一位非常嚴苛的老太太。她有位女傭，名叫瑪莎．孟克曼，跟她差不多年紀，人們都叫她「坎貝爾太太的女傭」。坎貝爾太太的曾孫女名叫伊莉莎白．葛雷森，和她們住在一起，伊莉莎白八歲了，每天都從後院的捷徑去上小學，所以雖然我到此地已經兩星期，卻還沒有看過她，也沒有在她上下學的途中碰過面。她的母親是坎貝爾太太的孫女，已經過世，也是由坎貝爾太太扶養長大的，她嫁給一個叫皮爾斯．葛雷森的人，是瑞雪．林德夫人口中的「美國美國佬」，她生下伊莉莎白後就死了。後來，當皮爾斯．葛雷森必須立卽離開美國，到巴黎去負責分公司的生意時，這個嬰兒就被送來給坎貝爾太太。嬰兒的父親說這個嬰兒奪走她母親的生命，所以他不想再見到她，當然這可能只是流言，因爲坎貝爾太太和女傭從沒提起過他。

蕾貝卡．迪悠說她們對小伊莉莎白太嚴格，她想勸勸她們，但還找不到適當時機。

「她不像同齡的孩子，今年才八歲，卻顯得很早熟，有時候會講些奇怪的話，像有一天，她對我說：『假設你要上床時，有人捏著你的腳踝，你怎麼辦？』難怪她害怕在黑暗中上床睡覺，她們卻硬是要她這麼做。坎貝爾太太說她家裡沒有膽小鬼，所以就與女傭像貓盯老鼠一般盯著伊莉莎白，緊密監控她，如果她製造了一點點聲響，她們就會像要昏倒般一直對她發出『噓！噓！』的聲音，小孩子眞會被她們這種『噓！噓！』的管教方式煩死呢！我們該怎麼幫她呢？」

該怎麼幫她呢？

我想見見她。我覺得她有點可憐，凱特阿姨說，從物質生活來看，她被照顧得很好。「她們給她吃好穿好。」但小孩子不是光有麵包吃就可以的，我永遠忘不了，在我來到「綠色屋頂之家」以前，我的生活過得有多糟糕啊！

我下星期五的傍晚會回家，在艾凡里度過美麗的兩天假期，唯一的缺點是，每個見到我的人，一定會問我，在沙馬塞德教書的滋味如何。

吉伯，我們來想想「綠色屋頂之家」吧！亮閃閃的湖水之上籠罩藍色的霧氣，沿著小溪的楓樹染成鮮紅，還有「幽靈森林」裡金棕色的蕨類植物，以及「戀人小徑」上的落日陰影，但願我現在就和某人在那裡。和誰呢？你猜猜看。

吉伯，你知道嗎？我經常強烈地感覺到：我愛你。

十月十日

沙馬塞德鎮　幽靈巷　迎風白楊之屋

敬愛的閣下：

我使用這樣的提稱語，是學崔蒂阿姨的奶奶以往寫信給她爺爺時的稱呼，很棒吧？她爺爺看了，一定覺得像被捧上天一樣，產生優越感吧？比起我稱呼你「親愛的吉伯」，你是否比較喜歡這個稱呼呢？但我眞高興你不是個爺爺，我們還年輕，可以共度未來，這種感覺是否很好呢？

（有幾頁的內容被省略，而且，顯然不是安的筆太尖、太粗或太鈍的問題。）

我坐在塔樓窗臺坐椅上，望著在琥珀色天空中搖曳的樹木，以及遠方的港口。昨夜，我獨自外出漫步，因爲當時「迎風白楊之屋」正被一些瑣事引發的悲傷氣氛所困擾。崔蒂阿姨被人傷了心，在客廳裡哭泣，凱特阿姨則在她的房裡哭，因爲昨天是阿曼沙船長的忌日。蕾貝卡．迪悠也不知爲了何事在廚房裡哭泣，我以前從未看她哭過，所以想巧妙地了解她哭泣的原因。然而，她只是任性地表示爲什麼人不能高興哭就哭？因此，我只好溜出廚房，讓她盡情發洩。

我沿著通往港口的路走，十月結霜的清冷空氣混合了剛被耕耘過的田野香甜氣息。我走啊走，直到薄暮漸暗，轉變成秋天的夜色，雖然踽踽獨行，但我並不寂寞，我與我幻想出來的夥伴對話，想出了許多奧妙的雋語，我自己也很訝異呢！除了普林果家族的事讓我憂煩外，我真享受獨處呢！

雖然我不想承認普林果家族令我難堪與不滿，但在沙馬塞德中學裡，的確有人籌謀著反對我的計畫。

普林果家族或有普林果血統的同學從不寫作業，我向家長們反映也沒用，家長們文雅有禮卻故意找藉口。我知道非普林果的同學喜歡我，但是普林果家族意圖反抗的病菌正在侵蝕班上士氣。有一個早上，我的桌子被翻倒，裡面的東西被翻出，當然無人知道是誰做的。又有一天，我打開一個盒子，裡面跳出一條假蛇！我飽受驚嚇，但普林果家族的同學們卻哈哈大笑。

珍·普林果有半數日子都會遲到，她總是用禮貌卻汙衊的口吻編出很好的藉口，還當著我的面在課堂上傳紙條。今天早上，我穿起外套時，竟在口袋裡發現了一顆剝皮洋蔥，我眞應該把這個女孩關起來，只給她麵包和水，直到她懂規矩爲止。

至於目前爲止最糟的是，有天早上，有人用白粉筆在黑板上畫了一幅針對我的諷刺畫，故意把我的頭髮畫得鮮紅，沒人承認是誰畫的，珍也不例外，不過我知道，珍是班上唯一能畫出這樣圖畫的人。這圖畫得眞不錯，我最驕傲喜悅的鼻子被畫成酒糟鼻，我的嘴巴被畫成尖刻的老女人模樣，好像是在充滿普林果族人的學校裡教了三十年書似的，但那畫的是我！我在半夜三點醒來，飽受這些記憶的困擾，在夜裡纏繞著我們的一些想法，很少是好事，通常是屈辱的事，這是不是很奇怪呢？

他們編派我的各種不是，我被指控故意把海蒂．普林果的考試成績評得很差，只因爲她是普林果族人。他們說，當孩子們犯錯時，我嘲笑了他們（我是笑過那麼一次，當弗烈德．普林果把古羅馬軍團的「百人隊隊長」解釋成「活了一百歲的人」時，我忍不住笑了）。

珍．普林果說：「學校裡沒有懲戒，不管做什麼事都不會受懲處。」還有人散播起謠言，說我是個「棄兒」。

在其他方面，我也面臨普林果家族的敵意。在沙馬塞德鎭，無論在社交或教育方面，都由普林果家族掌控，難怪他們被稱爲「皇族」。上星期五，愛莉絲．普林果辦了一個散步聚會，但沒有邀請我；當弗蘭克．普林果太太舉辦茶會以進行教會贊助計劃，我是長老教會中唯一沒有被邀請的女孩。

後來，蕾貝卡．迪悠告訴我，這些女士要籌錢蓋個新的教堂尖頂。我聽說剛來到沙馬塞德鎭不久的牧師夫人推薦我加入唱詩班，卻有人告訴她，如果她讓我加入，普林果族人將要全數退出，如此一來，唱詩班將無法運作下去。

當然，我並非唯一對學生感到頭痛的老師，當其他老師把他們的學生送給我懲戒（我不喜歡這個詞彙）時，半數都是普林果族人，卻沒有人敢抱怨他們。

兩天前，我在放學後把珍．普林果留下來，讓她補寫她故意不寫的作業，十分鐘後，一輛從「楓樹別莊」來的馬車停在校門口。原來是愛琳小姐來了，她是一位精心打扮、笑容可掬的年長女士，戴著優雅的黑色蕾絲手套，臉上有鷹勾鼻，像一位從一八四〇年代的畫作裡走出來的仕女！

她說：「非常抱歉，我可以把珍帶走嗎？我要去羅威爾拜訪朋友，我答應帶珍一起去的。」

珍得意揚揚地走了，我再度領教到那股反對我的勢力。

我悲觀地覺得普林果家族就像史隆家族和帕伊家族的混合體，但我知道事實並非如此。如果他們不跟我作對，我可能會喜歡她們，因為他們大部分人都很率直、爽朗又忠誠，我甚至也可能喜歡愛琳小姐。我沒見過莎拉小姐，她已有十年未曾離開楓樹別莊了。

蕾貝卡．迪悠對此嗤之以鼻：「那是因為她的身體太虛弱了，但是她的驕傲可沒減損半分呢！普林果族人都很驕傲，可是又以她們兩人為甚！看看她們講起祖先時的模樣吧！她們的父親亞伯拉罕．普林果船長是個好人，但他的弟弟麥隆就不怎麼好，所以普林果族人很少提到他。我擔心他們不會給你好日子過呢！他們一旦對某件事或某個人有所評斷後，就不會改變心意了。但雪莉老師啊，要抬起下巴，勇敢面對啊！」

「我希望能拿到愛琳小姐的磅蛋糕食譜，她好幾次答應要給我，卻從來沒給過我，那是英國家庭的古傳配方，但她們不肯給外人。」崔蒂阿姨嘆氣道。

在我狂野的夢境中，我強迫愛琳小姐屈膝把處方交給崔蒂阿姨，並且叫珍別再搞錯p和q，最瘋狂的情景則是：如果珍做錯事，普林果家族將不再爲她撐腰，我很容易就能讓她聽從我！

你忠實的僕人

安．雪莉

附註：崔蒂阿姨的奶奶以前寫完了情書，就是這樣子署名的。

十月十五日

今天，我們知悉鎮上的另一端在昨夜發生竊盜事件！小偷潛入一棟房子，偷走了現金和幾打銀湯匙，因此，蕾貝卡．迪悠去漢彌頓先生家，打算借來一隻狗，她準備把狗繫在後陽臺上，又叫我把訂婚戒指收起來鎖好。

另外，我發現上次蕾貝卡．迪悠哭泣的原因了，那是一場家庭風暴引起的。灰塵米勒再度「行爲不檢」，蕾貝卡．迪悠就對凱特阿姨說，她一定要好好處置那隻貓，牠讓她的神經繃緊得像小提琴弦一般，疲累不堪，這是今年以來第三次了，牠肯定是故意的。然而凱特阿姨說，如果牠喵喵叫時，你就把牠放到戶外去，牠也就不會惡作劇了。

蕾貝卡．迪悠說：「這是壓垮駱駝的最後一根稻草。」所以，她就哭了。

普林果家族的狀況則是一週比一週嚴重，昨天，有人在我的書上寫了些很無禮的話，另外，荷馬．普林果放學時，在走廊上一路翻觔斗。我還收到一封寫滿譏諷字眼的匿名信，然而，我認爲這些事都不是珍幹的，她雖然頑皮，但還有分寸。蕾貝卡．迪悠知道這些事情後，顯得非常憤怒，眞不曉得她如果有權處置普林果家族的話，她會如何狠狠地報復！我光想就不寒而慄啦！甚至羅馬時代的暴君尼祿也比不上她的手段狠毒吧，可是這也怪不得她，因爲有好幾次，我也有過狠毒的念頭。我樂於蠱惑任何一個，或是全部的普林果家族人去喝下波爾金[3]的毒藥呢！

我還沒給你介紹學校裡其他老師，共有兩位，副校長是凱薩琳．布魯克，她負責一年級的課程，喬治．馬凱則教大學先修班的課。喬治是個害羞、有禮的二十歲小夥子，說話帶有輕微美妙的蘇格蘭高地口音，這口音應該是來自低平的牧場以及薄霧籠罩的島嶼吧！他的爺爺是史蓋島[4]人。他把先修班教得很好，所以迄今爲止，我喜歡他，至於凱薩琳．布魯克，我則不太喜歡。

---

3 波爾金（Cesare Borgia, 1476-1507），教皇亞歷山大六世的私生子，成長於西班牙，善於用陰謀和暗殺達到目的。義大利文藝復興時期政治思想家馬基維利著《君主論》，鼓吹欲達目的可不擇手段，即以他爲新時代君主師表。

4 史蓋島（Isle of Skye），蘇格蘭的一個島。

凱薩琳看起來有三十五歲了，但我猜她實際只有二十八歲，有人告訴我她希望被晉升爲校長，但這職位卻被我拿到，所以她很不高興，而且我還比她資淺呢！她是個好老師，有點嚴格，但人緣很差，可是她並不在乎！她似乎沒有親朋好友，她寄宿在骯髒的「寺廟街」中一棟陰沉的房子裡，她穿著邋遢，沒有社交生活，據說又很「自私」，她愛諷刺人，學生們都怕她那刺人的言語。我聽說當她揚起濃眉，有氣無力地對學生講話時，都快把學生嚇成一團，但願我也能用這一套方法來對付普林果家族的學生，但我是不應該讓學生因爲怕我而服從我，我希望學生喜歡我。

她能夠使學生遵循規定，無論他們內心服不服氣，但她也經常把學生們都送來給我懲處，特別是普林果家族的學生。我知道她是故意的，她對我幸災樂禍，眞令我傷心。

蕾貝卡．迪悠說，沒有人能跟她做朋友，兩位阿姨曾多次邀請她週日來共進晚餐。善心的阿姨們經常邀請孤寂的人一同餐敘，以美味的雞肉沙拉款待客人，但是凱薩琳從未應邀，阿姨們就放棄了。如同凱特阿姨所言：「這件事有一些障礙。」

據說她很聰明，善於歌唱及朗誦（蕾貝卡．迪悠稱之爲「演說」），但她不願一展長才。有一次，凱特阿姨請她在教會晚餐中朗誦詩歌。

「她很沒禮貌地拒絕了。」凱特阿姨說。

「她只是低吠了幾聲。」這是蕾貝卡．迪悠的說法。

凱薩琳擁有男人一般低沉的喉音，所以當她不高興時，聲音確實有如狗吠。

她長得並不美麗，不過她實在可以把自己打扮得更好看一點。她的膚色黝黑，烏黑的頭髮從飽滿的前額往後垂，卻只在頸下隨便捲起打一個結，眼睛跟毛髮也不搭調，清澈的淺琥珀色眼睛卻配上濃黑眉毛，她有一雙不該吝於遮掩的漂亮耳朵，她的手是我見過最美麗的，嘴唇的輪廓也很美，但是，她的穿著差勁極了，她似乎擁有把不該穿的顏色及線條全穿上身的天分呢！單調的暗綠色和灰色使她看起來很單薄，但她就偏愛這兩種顏色；她又愛穿條紋衣服，這只會令她原本就高瘦的身材更像根竹竿，而且，她的衣服看起來，就像是她穿著它們睡覺似的皺巴巴。

她的防衛心很重，就如蕾貝卡．迪悠所言，她總是對某些事情特別敏感，因而容易覺得被冒犯。每次當我在樓梯碰到她，我總覺得她在想著跟我有關的可怕事情；每當我跟她講話，她總令我覺得我說錯話了。我很爲她感到惋惜，但若她知道我憐憫她，她可能會很憤怒，我也無法幫助她，因爲她不願接受幫助。她恨我，有一天，我們三個老師在教師休息室裡，我做了一個似乎踰越了不成文校規的舉動，凱薩琳便尖刻地說：「雪莉老師，你是認爲你對校規有豁免權嗎？」

另有一次，我建議做一些有利於學校的變革，她輕蔑地笑道：「我對童話故事不感興趣。」又有一次，我稱讚她的作品與方法，她卻說：「在這些甜蜜的果醬之後，會不會來顆狠毒的藥丸呢？」

不過，最令我生氣的是，有一天，我在教師休息室撿到一本她的書，並看了一眼封面內頁，對她說：「你的名字凱薩琳（Katherine）是K開頭的，眞好啊，比C開頭的楷薩琳（Catherine）

更迷人呢！因爲『K』比平板的『C』更富有吉普賽氣息呢！」

她沒有回答我，但是，在她下一次寫便箋給我時，她竟然署名「楷」薩琳（Catherine）·布魯克！

在回家路上，我一路對她嗤之以鼻。

我有一種說不出的感覺，我覺得在她冷漠的外表下，其實是很渴望友情的，否則，我早就放棄與她做朋友的念頭了。

與凱薩琳和普林果家族的敵對狀態，眞多虧了親愛的蕾貝卡·迪悠，還有你的信，以及小伊莉莎白的支持，否則我眞不知道該怎麼辦呢！

我認識伊莉莎白了，她眞惹人愛呀！

三天前，當我把一杯牛奶端到圍牆的柵門邊時，是伊莉莎白來拿牛奶的，而不是女傭。她的頭比門板高一些，所以她的臉好像被框在長春藤裡一樣，她個子嬌小、膚色蒼白，有一頭金髮，但面容憂愁。她的眼睛看著我，在秋天黃昏的餘光中，就是一雙金褐色的大眼睛，亮金色的頭髮做中分造型，像絲絨一般垂下，上半用一把圓梳固定，下半端的波浪狀頭髮就披在肩膀上。她身穿淡藍色條紋洋裝，彷彿精靈王國的公主，她就如蕾貝卡·迪悠所言「弱不禁風」，讓我覺得她多少有些營養不良——是心理上而非生理上的營養不良，她有如月光般柔和，卻缺乏陽光的熱力。

我問：「你就是伊莉莎白嗎？」

「今晚不是。」她嚴肅地回答：「我今晚名叫貝蒂，因爲今晚我愛世界上的每樣東西，我昨天晚上名爲伊莉莎白，明天晚上，我可能叫做貝詩，我憑自己的感受來更換名字。」

我似乎找到同類人一樣，不禁感到震顫。

「你把名字換來換去，而且還能夠覺得這些都是你的名字，眞是太棒了。」

小伊莉莎白點點頭。

「我還可以從伊莉莎白這個名字創造出很多名字，例如：愛爾絲、貝蒂、貝絲、伊爾莎、莉莎貝詩和貝詩……但我不叫莉茲，我覺得自己不是莉茲。」

「別人也覺得你不是莉茲。」我說。

「雪莉老師，你會不會覺得我很蠢呢？奶奶和女傭都覺得我蠢！」

「你一點都不蠢，你很聰明而且讓人開心呢！」我說。

小伊莉莎白透過她的玻璃杯，睜大了眼睛看著我。我感覺她正以一種心靈的神秘方式在衡量我，謝天謝地，我通過了她的評估，因爲小伊莉莎白請我幫她一個忙，而她是不會要求她不喜歡的人幫她忙的。

「可不可以請你把貓抱起來，讓我摸摸牠呢？」她害羞地問。

「灰塵」正在我腳邊磨蹭，我抱起牠，小伊莉莎白伸出小手，高興地撫摸牠的頭。

「我比較喜歡小貓，較不喜歡嬰兒。」她帶著挑釁般的口吻邊說邊看我，彷彿她知道我聽了以後會吃驚，但她仍必須告訴我實情一樣。

我笑著說：「我想，這是因爲你很少接觸嬰兒，所以你不知道他們有多可愛。你有屬於自己的貓嗎？」

伊莉莎白搖頭。

「沒有，因爲奶奶和女傭都不喜歡貓。女傭今晚外出了，所以我才能自己來拿牛奶，我喜歡自己來拿，因爲蕾貝卡很討人喜歡。」

「她今晚不能來，你會不會感到失望？」我笑著問。

小伊莉莎白搖搖頭。

「不會的，因爲你也很討人喜歡。我過去一直想認識你，但是又擔心，恐怕在『明天』來臨以前沒有機會認識你呢。」

當伊莉莎白優雅地喝著牛奶時，我們就站在那兒聊天，她告訴我有關「明天」的事情。女傭對她說「明天」根本不會到來，但她知道，「明天」總會在某時刻來臨。可能是在某個美好的清晨，她一醒來，就發現那是「明天」了，不是「今天」，而是明天喔！這麼美妙的事情，將來總是會發生的，她甚至可以有整整這麼一天讓她隨心所欲地做自己喜歡的事，而且沒有人監督她。不過，我覺得伊莉莎白或許會認爲這種事太棒了，棒得不可能發生，甚至在「明天」裡也不可能發生。或許，她會發現在通往港口的道路盡頭是怎麼回事，她想，那條漫長蜿蜒得像紅蛇一般的道路，是通往世界末端的道路，或許「快樂之島」就在那裡。伊莉莎白確信，在某個地方，的確有個「快樂之島」，那些出航以後就沒再回來過的船，就是停泊在那兒，一旦「明天」到來，她就會找到這個島。

伊莉莎白說：「以前，我向奶奶要求養一隻貓，但是她拒絕了，我就告訴她，當『明天』來臨時，我要養一百萬隻狗以及四十五隻貓。奶奶很生氣地說：『無禮小姐！你不應該用這種口氣對我說話。』我被罰沒有晚餐吃就上床睡覺。我不是故意要不禮貌的，雪莉老師，女傭還告訴我，曾經有一個小孩，因爲對人不禮貌，因此而死在床上呢！我當晚一直擔心得睡不著覺。」

當伊莉莎白喝完牛奶，從針樅樹後的某扇我看不到的窗戶裡，傳來一陣刺耳的敲打窗戶聲。我想，我們剛才一直被監視著，我的小精靈拔腿就跑，她的金髮沿著幽暗的針樅樹步道一路閃耀，直到失去蹤影。

「她是個愛幻想的小人兒呢。」當我把自己的「冒險」告訴蕾貝卡．迪悠時，她說：「她有一次問我：『蕾貝卡，你怕獅子嗎？』我回答：『我從未遇過獅子，所以我不知道。』她就說：『在明天裡，會有數不清的獅子，但牠們都是友善的獅子。』我便說：『孩子啊，如果你以這種眼神看人，你會變得好像全身只剩一雙眼睛似的。』她的目光就像要穿透我的身體，凝視到她看到的某些在她的「明天」世界裡的事情。她說：『我在深思。』我覺得那個孩子的問題在於她笑得太少。」

我回想，在我和伊莉莎白聊天時，她也沒有過笑容，我覺得她是還沒學會怎麼去笑。這幢大房子沉穩寂寞而缺乏笑聲。縱使現在世界充滿了歡鬧的秋色，那房子仍是陰暗沉悶。小伊莉莎白聆聽別人意見的時間太多，表達自己意見的機會太少了。

我想，我在沙馬塞德的任務之一，將會是教導伊莉莎白怎麼開懷大笑。

你最溫柔忠實的朋友

安．雪莉

附註：這也是從崔蒂阿姨奶奶的情書上學來的。

第3節

親愛的吉伯：

我竟然受邀到「楓樹別莊」去吃晚餐呢！你覺得如何？

愛琳小姐親自寫了邀請函給我，蕾貝卡．迪悠知道以後非常興奮，她難以相信那兩位老女士會注意到我，所以她覺得這必定是場鴻門宴。

「我想，她們一定有什麼陰險的動機。」她說。

我心中真的也有這種感覺。

「你一定要穿最好的衣服去赴約。」她接著命令我。

所以，我穿了一件漂亮的絲毛料洋裝，乳白色底加上紫羅蘭印花，又梳了一個前額有瀏海的新髮型，看起來十分得體。

「楓樹別莊」的兩位女士有她們獨特爽朗的氣質，吉伯，只要她們願意接受我的善意，我可以去喜愛她們。「楓樹別莊」是棟自傲而排他的房子，四周種滿樹木，顯得與其他房屋格格不入。庭園裡放了一座巨大的白色木雕女人像，那是從老船長亞伯拉罕的著名船隻「去問她」號的船首取下來的。門前臺階的周圍種滿了巨浪般的青蒿，那是大約一百年前，從英國移民到此的第一代普林果家族帶來的。她們還有另一位祖先曾參加過「民登」戰役[1]，他的劍就懸掛在客廳牆壁上，亞伯拉罕船長的肖像旁。亞伯拉罕船長是她們的父親，很顯然，普林果家族非常以他爲傲。

在凹槽狀的黑色古老壁爐臺上，有一面極威儀的鏡子，還有一只裝飾蠟製花朵的玻璃箱、畫滿古代漂亮船隻的繪畫、用每位知名普林果族人的頭髮編成的花圈裝飾、數個大海螺收藏，以及客房床上繡有很多小扇子的被褥。

我們坐在客廳裡雪里頓風格[2]的桃花心木椅子上，客廳牆壁貼上銀色條紋壁紙，窗戶掛著厚重的錦緞窗簾，桌子是大理石桌面的，其中一張桌上還放了一艘有鮮紅外殼與白色船帆的船隻模型——那就是「去問她」號帆船。天花板上垂掛了一盞巨大的玻璃吊飾美術燈，還有一面鏡子，中間鑲了一個時鐘，這是亞伯拉罕船長從國外帶回來的。這鏡子太妙了！希望我們的「夢想之家」也有類似的東西。

這個家族祖先光榮的遺跡是極傳統且具說服力的，愛琳小姐給我看了幾乎上百萬張的普林果家族照片，這些照片有很多是銀版照片，愼重地收藏在皮盒裡。一隻很大的玳瑁貓走進來，跳到我膝上，但馬上就被愛琳小姐趕進廚房。她向我道歉，但我想，她之前在廚房裡大概也向貓咪道歉過吧？

大部分時間都是愛琳小姐在講話。莎拉小姐身材瘦小，穿著黑色絲綢洋裝與漿洗過的裙子，她的頭髮雪白、眼珠烏黑，纖細而浮現靜脈的雙手就疊放在膝蓋上，她的蕾絲裙子呈現出精巧的皺褶。她給人的感覺是憂傷、可愛又溫和的，似乎脆弱得無法講話，不過吉伯啊，我得到的印象是：這個普林果家族黨羽，包括愛琳小姐，都得隨著莎拉小姐的發號施令起舞呢！

晚餐很美味，開水很冰涼，亞麻布餐巾很漂亮，杯盤都很精緻。有女僕侍候我們進餐，但這位女僕也像主人一般冷漠又有貴族氣息。每當我對莎拉小姐說話時，她總是假裝有點重聽，使我食不下嚥，勇氣盡失，就像黏在捕蠅紙上的蒼蠅一樣。吉伯啊，我絕對絕對不可能征服或贏過這個「皇族」了。或許我在新年時就會辭職吧？我是不可能有機會去對抗一個像他們這樣的黨派的。

當我四處觀看這兩位老女士的房子時，不禁替她們感到惋惜。它曾經是那麼有生命力——人們曾經在這裡出生、死亡、歡騰，在這屋裡睡眠，感受到失望、恐懼、歡欣、愛情、希望與憎恨，但現在她們只活在以往的回憶與驕傲裡，除此之外，一無所有。

崔蒂阿姨今天非常沮喪，因爲她攤開一條床單準備給我使用時，發現床單中央有一個鑽石型的摺痕。她確信這是一個預言，家中將會有人死亡。凱特阿姨很憎惡這個迷信，但我比較喜歡有迷信的人，因爲他們賦予生活繽紛的色彩。如果每個人都如此聰明又善良，世界豈不太單調了？那我們還有什麼話題可談？

1民登戰役（Battle of Minden），發生於西元一七五九年的英法之爭，被歸類爲「七年戰爭」中的一場戰役。

2托馬斯·雪里頓（Thomas Sheraton, 1751-1804），英國著名工匠及成功的商人，他的設計風格優美典雅，珍貴且細緻。

兩天前，家裡發生了一個大災難，雖然蕾貝卡．迪悠在後院扯破喉嚨大喊「灰塵！」灰塵還是徹夜未歸，直到淸晨才回來，喔！眞是一副狼狽樣，牠的一隻眼睛完全張不開了，下巴腫得像雞蛋一樣大，毛上因沾滿泥巴而硬梆梆，一隻腳爪被咬傷，但牠那隻完好的眼裡卻閃爍著勝利與不懊悔的光輝！兩位阿姨嚇壞了，蕾貝卡．迪悠卻興奮地說：「這隻貓在以前從未好好幹過一架！我敢打賭，那隻跟牠打架的貓一定更狼狽！」

今夜港口起霧了，遮蓋了小伊莉莎白想要去探險的那條紅色道路，全鎭到處都有人在花園裡燃燒雜草與落葉，燃燒的煙混合霧氣，讓幽靈巷看起來陰森又誘人。天色已晚，我的床在召喚我，我現在已經習慣踩著踏墊上下床了。喔，吉伯，我從沒向別人提起一件事，但這件事眞是太好笑了，我心裡藏不住話。當我在「迎風白楊之屋」醒來的第一個早晨，我完全忘了踏墊的存在，雀躍地跳下床！結果呢，套句蕾貝卡．迪悠的形容，聽起來就像一千塊磚頭掉了下來，幸好我沒摔斷骨頭，身上卻瘀青了一整個星期。

小伊莉莎白和我現在是很要好的朋友了，因爲女傭正在鬧脾氣，所以她每天傍晚都親自來拿牛奶，她總是站在門邊等我，眼中閃爍黃昏的光芒。我們隔著門交談，那道門已有好幾年沒打開過，爲了多一點時間和我談話，伊莉莎白總是儘量慢慢喝牛奶，但是每當她喝完最後一滴牛奶，敲打窗沿的聲音就會響起。

我發現，在伊莉莎白的「明天」裡，有一件事情將會發生，那就是她會收到父親的信。她從來沒有收到過，我眞想知道她父親心裡究竟是怎麼想的。

「雪莉老師，你知道，他不想看到我。」她說：「但是他可能不介意寫信給我。」

「是誰告訴你他不喜歡看到你的？」我憤怒地問。

「是女傭啦！（每當伊莉莎白提到『女傭』，口氣總像提到禁忌一樣，發音有稜有角，語氣困窘）不過她的話一定錯不了，否則，爸爸早就來看我了。」

她今晚名叫「貝絲」，她只在成爲「貝絲」的時候才會談到父親；當她變成「貝蒂」，她在奶奶和女傭背後對她們扮鬼臉；但當她變成「艾爾絲」後，又會對扮鬼臉的行爲感到抱歉，覺得應該向她們認錯，卻又不敢說。她很少當「伊莉莎白」，但當她是伊莉莎白時，她會聆賞妖精的音樂，而且聽得懂玫瑰花與幸運草的話語。吉伯啊！她很古怪，又像「迎風白楊之屋」的葉子般善感，我愛她。當我得知那兩個可怕的老女人在黑暗中把她趕上床時，我實在很憤怒。

「女傭說我夠大了，睡覺時不用點燈，但是雪莉老師，我覺得自己還很小，因爲黑夜顯得又大又可怕。我的房間裡有一隻烏鴉標本，我怕它，女傭說，如果我哭了，那烏鴉會把我的眼睛啄出來，我當然不相信她的話，可是我仍舊害怕。在夜裡，有很多東西互相交頭接耳，在講同樣的話呢！但是在『明天』裡，我就一切都不怕了，甚至也不怕被綁架了！」

「但是伊莉莎白，你沒有被綁架的危險啊！」

「女傭說我如果再獨自亂跑，或跟陌生人講話，就可能被綁架，不過雪莉老師，你不是陌生人吧？」

「親愛的，我當然不是啦！在『明天』的世界裡，我們早就很熟悉了。」我說。

第4節

沙馬塞德鎮　迎風白楊之屋

十一月十日

我的摯愛：

以前，世界上我最厭惡的人，就是把我的筆尖弄壞的人。然而，當我在學校上課時，蕾貝卡．迪悠拿我的筆來寫食譜，我卻不能憎恨她。她再度這麼做了，所以，你這次就收不到長信或情書了（但你仍是我的最愛）。

蟋蟀已經唱完秋末最後一首歌，傍晚沁涼如水，蕾貝卡．迪悠就在我房裡放了一個橢圓形火爐，所以，關於筆的事情，我就原諒她了。什麼事都難不倒這女人，當我從學校回來，她總會在我房裡點起火爐，那是個很小的火爐，我雙手就可以拿起來。它看起來就像隻有四隻彎曲鐵腳的活潑小狗，但是當我放入硬木條，它就會燃燒成玫瑰色，散發出溫暖，眞令人覺得舒服極了。我現在就坐在火爐前，把腳懸在它上頭，把紙放在膝上寫信給你。

沙馬塞德鎮幾乎所有人都去參加了哈帝．普林果的舞會，但我沒被邀請，蕾貝卡．迪悠爲此耿耿於懷，還好我不是「灰塵」，否則就倒楣了。

哈帝的女兒蜜拉雖然長得漂亮，頭腦卻很差，當我想到她在考試時試著要證明「等腰三角形的兩個角是相等的」的那副困窘模樣，我就原諒整個普林果黨派了。上星期她還愼重地把「絞刑臺」列爲一種樹木！但是平心而論，也不是普林果的學生才會出這種差錯，例如布雷克．范騰最近就把鱷魚定義爲「大型昆蟲」。這些就是我的教師生活點滴！

今夜似乎下雪了，我喜歡這種下雪的傍晚，風在塔樓和樹木間颳著，讓我舒適的房間更顯愜意。今夜，白楊樹上的金色殘葉將會被風全部颳落。

到目前爲止，我已受邀到鎮上及村裡每位學生家吃過晚餐了，喔！親愛的吉伯，南瓜蜜餞眞令我作嘔，在我們未來的「夢想之家」裡，千萬不要有這種食物。

上個月裡，我應邀的每頓晚餐幾乎都有南瓜蜜餞，我第一次吃的時候還很喜歡，它的顏色是那麼金黃，像在吃收藏了陽光的蜜餞，我無意間過度讚美這道食物，以致大家都謠傳我非常喜歡它，所以每位家長都刻意爲我準備了這道菜。昨夜，我去漢彌頓先生家前，蕾貝卡．迪悠向我保證，我不會再吃到南瓜蜜餞了，因爲他們家沒有人喜歡這道食物。但是當我坐下來吃晚餐時，我看見餐具架上擺了個刻花玻璃碗，上面裝了滿滿的南瓜蜜餞！

漢彌頓太太邊盛給我一大盤南瓜蜜餞，邊對我說：「我家沒有南瓜蜜餞，但我聽說你特別喜歡它，所以上星期天我去住在羅威爾的表姐家時，對她說：『雪莉老師這星期要來我家吃晚餐，她好愛吃南瓜蜜餞的，所以請你借我一缸吧。』——這些就是她借我的，而且吃剩下的你可以帶回家享用。」

當我帶著一玻璃缸、內裝三分之二滿的南瓜蜜餞回家時，蕾貝卡．迪悠的神情眞是有趣極了（眞希望你也看得到）！這屋裡沒有人愛吃這種食物，所以我們趁天黑時偷偷把它埋進花園裡了。

「你不會把它寫成故事吧？」蕾貝卡．迪悠焦慮地問過我。她自從發現我偶爾會在雜誌上發表小說以後，就彷彿活在恐懼當中，或許是活在期盼當中吧？我也搞不清楚。她在害怕或期盼著我把發生在「迎風白楊之屋」的故事寫出來嗎？她要我把普林果家族的事寫出來，並且羞辱他們，但實際上，是普林果家族在我學校的工作上羞辱我，我幾乎沒時間寫小說了。

花園裡現在僅剩枯萎的樹葉和結霜的莖幹，蕾貝卡．迪悠把玫瑰用稻草與馬鈴薯袋包起來，在黃昏裡，這些玫瑰看起來像一群倚靠在其他物品上的駝背老人。

今天，我收到一張德比的明信片，十個吻布滿在上面。我又收到一封普莉希拉的信，這封信是用一種「她住日本的一位朋友」送給她的信紙寫的。信紙像絲一樣薄，還印著如幻影般的櫻花圖案，我開始懷疑那位朋友是怎樣的人了。然而，你那封厚重的信，才是眞正如國王當天的賞賜一般珍貴！我讀了四次並細細品味，就像狗兒舔乾淨盤子裡的食物一般；但是，光是讀你的信，縱然寫得再好，還是不夠令人滿足，我想見到你，再過五週就是聖誕假期了，眞好啊！

第5節

十一月末的一個傍晚，安坐在塔樓房間的窗臺旁，嘴裏叼著筆，出神地看著窗外的黃昏，突然決定了要去墓園散步。她從未去過墓園，通常她較喜歡去樺樹與楓樹林，或是通往港口的道路散步，在十一月裡樹葉掉光後，抬眼望去一片空曠，她覺得侵入樹林裡是很無禮的，因爲她覺得在此時，樹林世俗的屬性已經遠離，而它們純潔的聖靈屬性還未降臨。所以，安就不去樹林，改去墓園。她當時覺得非常沮喪，所以墓園似乎相對地成爲比較快樂的地方。此外，就如蕾貝卡所言，此墓園葬滿了普林果家族的人，他們已有好幾世代葬於此地，加上他們家族較不喜歡新墓園，所以他們要一直用到本墓園擠不下爲止。安覺得去看看這些再也無法煩擾別人的死去的普林果家族人，或許心情會好一點吧！

安覺得她對普林果家族已經到了忍耐的極限，各種狀況不斷發生，有如一場噩夢。珍．普林果精心策劃、反抗安的行動，經常需要安立卽處理，以免情況迅速惡化。上星期某一天，她要求高年級同學寫一篇作文，題目爲「本週發生的重要事件」，珍這個聰明的小頑童狡猾地在文章中汙衊師長，她用詞尖酸，已到不能坐視不管的程度，所以安把珍遣送回家，要求她道歉以後才能返回學校。這件事等於火上加油，開啓了安和普林果家族的戰場。可憐的安對於鹿死誰手，早已心知肚明，教育委員會的成員們支持普林果，要求安做抉擇，不是讓珍返校，就是安辭職。

安很痛苦，畢竟她已經盡力了，如果她有作戰機會，她應該能夠戰勝的。

她悲傷地想：這不是我的錯，誰有能力去對付這樣一個龐大集團使出的精心策略呢？

但是若她回到「綠色屋頂之家」，將是一項重大的挫敗，她必須忍受林德夫人的憤慨，以及帕伊一家人的幸災樂禍！縱使朋友同情她，也會令她感到痛苦。而且，她在沙馬塞德鎮的挫敗經驗，將使她難以在其他學校覓得教職。

不過，至少在戲劇公演這件事上，這一家族輸給她了。安一想起這件事，就忍不住露出狡黠的笑容，眼裡閃爍著光芒。

她為了籌募資金，以購買一些精良的版畫來裝飾教室，匆促組織起一個高中戲劇社，並指導他們表演一小齣戲劇。安覺得凱薩琳．布魯克似乎經常遭到同伴排擠，所以就刻意請她來幫忙，卻為此後悔了好多次。因為凱薩琳特別愛譏諷別人，她對於別人的演練都給予尖酸的評語，並且經常喜歡皺眉頭，更糟的是，她堅持讓珍．普林果來飾演蘇格蘭的瑪莉女皇。

她不耐煩地說：「本校除了珍無人能扮演這個角色，沒有其他人具備劇中角色所需的氣質。」

安有不同的見解，她覺得個子高，帶有榛樹般褐色眼睛及栗子般深茶色頭髮的蘇菲．辛克萊比珍更適合扮演瑪莉女皇。但蘇菲不是戲劇社的成員，也從未參加過戲劇表演。

「我們絕對不用沒經驗的人，我不希望自己跟任何不成功的事情有所瓜葛。」凱薩琳反對安的意見，所以安只好讓步，但是無可否認，珍把這個角色詮釋得很好，她有演戲天分並且全心投入。他們一星期排練四個晚上，表面上，一切進行得很順利，珍似乎對扮演這個角色很有興趣，所以在排練時很守規矩，安也沒有干涉她，只讓凱薩琳負責指導她。曾有一、兩次，安在珍的臉上讀到一種狡詐的勝利神情，讓安頗為不解。

在戲劇排練開始後不久，某一個下午，安發現蘇菲·辛克萊躲在女生衣帽間的角落流淚，她眨著靈動的褐色眼珠，否認哭泣，眼淚卻又不爭氣地掉下來。

她啜泣道：「我好想參加演出，扮演瑪莉女皇，但我沒有機會。父親不讓我加入戲劇社，因為需要支付會費，我家使用每一分錢都要斤斤計較，而且我又沒有經驗。我一直很喜歡瑪莉女皇，光是聽到她的名字，我的指尖都會發抖呢！我不相信她是謀殺達利的兇手，若把自己幻想成她，縱使只有一下下，都令我覺得太棒了呢！」

事後，安認為這一切都是她的守護天使在幫助她。

「蘇菲，我會替你寫好這部分的劇本，並指導你演出，這對你是個很好的訓練。並且，如果這齣戲在學校裡演得好，我們會到其他地方表演，屆時，如果珍臨時不能上場，你可以代替她，但你不要把這件事告訴別人。」

蘇菲隔天就記住了台詞，每天下午放學後，她就隨安回到迎風白楊之屋的塔樓中練習，她們相處得很愉快，因為蘇菲是個沉靜而令人愉悅的女孩。這齣戲預備在十一月的最後一個星期五，於鎮上的公眾聚會廳演出，宣傳做得頗有規模，入場券也全部售光。安和凱薩琳花了兩晚時間來裝飾聚會廳，她們甚至僱了樂團，又從夏洛特鎮請來一位著名女高音串場獻唱，定裝後正式彩排很成功，珍的表演很精彩，其他角色也合作無間。但是星期五早晨，珍缺席了，下午時她的母親請人捎來訊息，說珍的喉嚨非常痛，他們擔心是扁桃腺發炎。所有相關人員都很沮喪，毫無疑問，她當晚是無法演出了。

凱薩琳和安大眼瞪小眼，兩人都很驚慌。

「我們必須延期演出。」凱薩琳慢吞吞地說：「也就是說，我們失敗了，因爲十二月該做的事太多了。我早就說過，選在這個時候公演，眞是太愚蠢了。」

「我們不延期。」安回答。她的眼睛此刻也似乎像珍的眼睛一般翠綠，她雖然沒有向凱薩琳．布魯克提起，但是她很清楚，珍．普林果根本沒有罹患扁桃腺炎，無論是否有其他普林果家族參與，這是一個精心策劃的計謀，用來摧毀她的戲劇公演，因爲這是安．雪莉主辦的。

「喔，如果你覺得行得通的話！」凱薩琳不高興地聳肩，「你打算怎麼做呢？找個人唸臺詞，把她的角色帶過去嗎？這會毀了這齣戲，因爲瑪莉是本劇的靈魂人物呢！」

「蘇菲．辛克萊能夠演得像珍一樣好，而且戲服也適合她的身材。幸虧戲服是由你縫製保管的，而不是珍。」

這齣戲在當晚觀眾爆滿的情況下開演了，蘇菲興奮地扮演瑪莉，她簡直就是瑪莉皇后！珍．

普林果也無法演得如此出色，蘇菲看起來就是穿著絲絨長袍、佩戴珠寶的瑪莉！沙馬塞德中學的學生們都直瞪著蘇菲，驚訝得眼珠子要掉出來了！因爲他們看過的蘇菲，總是穿著平庸而過時的深色棉布洋裝，外罩鬆垮邋遢的大衣，頭戴一頂破舊的帽子。他們當場就決定邀請蘇菲加入戲劇社，成爲永久會員，由安幫她繳交會費。此後，蘇菲就成爲沙馬塞德中學的風雲人物，包括蘇菲自己在內，誰也沒料到，當晚是她踏上日後明星生涯的第一步，二十年以後，蘇菲．辛克萊成了美國著名女演員，但是，她後來聽到的掌聲，可能都比不上當晚在沙馬塞德鎮的公衆聚會廳上，在簾幕拉下的那一剎那，觀衆爆發出的如雷掌聲那般，令她永生難忘吧！

詹姆士．普林果太太回家後，就把當晚的情形告訴珍，珍那雙眼珠頓時燃起怒火。蕾貝卡感性地說，珍總算偶爾也會遭到報應，這個事件，也導致珍在「本週發生的重要事件」那篇文章中侮辱老師。

安沿著一條深深凹陷的小徑走到古老墓園，小徑兩旁是高而長滿青苔的石頭堤防，以及結霜的羊齒植物。路旁規律地種植了細而尖的白楊樹，十一月的寒風尚未將它們的葉子盡數吹落，在以遠處紫色山崗爲映襯的背景中，它們幽暗的輪廓清楚地顯現出來。這個老墓園四周圍繞四排排成正方形的樅樹，看起來高大又陰暗，墓園內半數墓碑立得東倒西歪。安沒有料到會在此遇見其他人，所以當她碰上瓦倫婷．柯泰洛小姐時，被嚇了一跳。柯泰洛小姐剛好在大門內。她有個長而細緻的鼻子、一張薄唇及優雅下垂的雙肩，散發出無與倫比的淑女氣質。安當然認識她，鎮上每個人也都認識她，她是鎮上著名的裁縫師，當地所有人，無論還活著或已經死去，她幾乎都認識。安本想獨自四處走走，讀一讀奇怪的墓誌銘，猜一猜青苔下面埋葬的被遺忘的名字，但是當瓦倫婷小姐一手勾住安的手臂，開始為她解說墓園光榮史時，安就逃不掉了。在這個墓園裡，長眠於此的柯泰洛家族的人，顯然跟普林果家族的人一樣多。瓦倫婷小姐沒有普林果血統，而且她的姪子也是安最喜歡的學生之一，所以安能夠毫不勉強地對她示好，但是安聽說絕對不可以暗指瓦倫婷小姐「以裁縫為生」，她對此非常敏感。

「真高興我今晚碰巧在這裡。」瓦倫婷小姐說：「我可以告訴你每位埋葬於此的人的一切事情。我總是說，如果你知道這些往生者的一切事情，你就會發現墓園真是個有趣的地方。比起新墓園來，我比較喜歡來這裡散步，只有古老的家族才得以葬在此處，其他那些名叫湯姆、狄克和哈利的市井小民，都葬在新墓園。啊，柯泰洛家族葬在這個角落，老天，我們家族的喪禮可真多啊！」

「我想，凡是古老家族都是如此吧！」安覺得瓦倫婷小姐顯然盼望她開口說些話，所以就那麼回答。

「才不是任何家族都會像我們有這麼多喪禮呢。」瓦倫婷小姐嫉妒地說：「我們家族很容易折損，多數因為咳嗽而去世。這是我姑媽貝西的墳墓，如果世上有聖人的話，她就是聖人，但是她的妹妹——瑟西莉亞姑媽，就更值得一提，我最後一次見到她時，她對我說：『親愛的，坐下來吧，我今晚十一點十分會死掉，我們應該在這最後時刻好好聊一聊。』最奇怪的是，她果真在當晚十一點十分去世了，你知道她爲什麼能預知死亡嗎？」

安答不出來。

「我的高曾祖父柯泰洛葬在這裡，他是一七六〇年出生的，以製造紡紗車爲生。據說他一生中製造了一千四百部紡紗車，他死的時候，牧師引用『他們的工作將循著他們的足跡而延續下去』作爲禱文，麥隆·普林果就打趣地說，如此一來，我高曾祖父通往天國之路將會被滿滿的紡紗車堵死。雪莉老師，你覺得他這句話有品味嗎？」

說這話的人如果不是普林果家族的人，安可能不會如此果決地評斷：「當然沒有品味！」她望著以骷髏和骨頭十字架做裝飾的墓碑，彷彿也質疑起了這種裝飾品味。

「我堂姊朵拉葬在此處，她有過三任丈夫，但他們都很快就死了，可憐的朵拉似乎沒有福分去挑選個健康的男人，她最後一任丈夫名叫班哲明·班尼，他不葬在這裡，而是與他的第一任太太合葬在羅威爾鎮。他不想死，朵拉對他說，他將會去往一個極樂世界，可憐的班哲明口齒不清地說：『或許……或許吧，但是我已經習慣這個不完美的世界了。』他吃了六十一種藥，苟延殘喘了好一陣子才死去。大衛·柯泰洛伯伯的一家人都葬在此處，每座墳墓基部都種了一棵百葉薔薇，老天啊，它們全開花了！我每個夏天都來把花摘回去插在花瓶裡，若把它們浪費了，豈不可惜？你怎麼想呢？」

「我……我也這麼想。」

「我可憐的姊姊哈莉特長眠於此。」瓦倫婷小姐嘆了口氣：「她有一頭秀麗的頭髮，跟你的髮色差不多，或許沒有你的那麼紅，不過她頭髮及膝。她生前已經訂過婚，聽說你也訂婚了？我從沒有強烈的結婚意願，但是訂婚應是好事一樁吧，喔，當然我有過一些機會，或許是我太挑剔了，但是身爲柯泰洛家族的一員，我總不能隨便找個人就嫁吧？」

她的確是不可能隨便嫁人的。

「法蘭克．狄格拜——就埋在角落的漆樹下——想娶我，我拒絕了他，並且毫不後悔，但是老天爺，他可是狄格拜家族的人呢！他娶了吉兒尼亞．楚伯，她經常比其他人晚一點上教堂，好炫耀她的衣服。她很喜歡衣服，下葬時穿了一件漂亮的藍色洋裝，我幫她縫製這件衣服，本是讓她去參加別人的婚禮時穿的，到頭來卻變成她的殮衣。她有三個可愛的小孩，他們在教堂裡，通常坐在我前面，我總是給他們糖果。雪莉老師，你覺得在教堂裡給孩子們糖果不對嗎？我不會給他們薄荷糖，這樣可以吧？薄荷糖跟某些宗教事物有關，但這些小朋友不喜歡薄荷糖。」

當瓦倫婷小姐介紹完柯泰洛家族的墓地後，語氣就變得辛辣起來；若不是柯泰洛家族的人，落差是不會如此巨大的。

「羅歇爾．普林果老太太葬在這裡，我經常在想，她現在是不是在天堂？」

「怎麼說呢？」安吃驚得有點喘不過氣來。

「她一直憎恨她的姊姊瑪莉安，她姊姊早她幾個月去世，曾說：『如果瑪莉安在天堂，我就不要待在天堂。』她是個說話算話的人呢，這是普林果家族的特點。她娘家也是普林果家族，然後她又嫁給堂哥羅歇爾。這是丹．普林果太太珍那塔．伯蒂，死於七十歲生日的前一天，人們說她可能認為活過七十歲是不對的，因為七十歲是聖經的界限。別人就是喜歡說這些無聊的事情。我聽說『死亡』是她唯一未徵詢丈夫同意就敢去做的事。有一次，她買了一頂他不喜歡的帽子，你猜那個男人怎麼做？」

「我猜不出。」

「他把帽子吃了。」瓦倫婷小姐嚴肅地說：「當然那只是一頂小帽子，有蕾絲和花，沒有羽毛，但是，可能還是很難消化吧？我知道他有一陣子經常鬧胃痛，當然我沒有看到他吃帽子，但我一直相信確有其事。你覺得這事情是真的嗎？」

「我相信普林果家族人的任何事。」安苦澀地說。

瓦倫婷小姐同情地按住她手臂。

「我真是心有戚戚焉，他們這樣對待你，真是太可怕了。但是雪莉老師，沙馬塞德鎮不全都是普林果家族的人。」

「有時候我覺得全都是呢。」安悲傷地說。

「不是的，並且有很多人樂於見到你比他們佔上風呢，無論他們做了什麼，你都不要屈服啊，是老惡魔撒旦加入他們之中了。不過，他們團結一致，莎拉小姐眞的很希望她們的堂弟掌控學校呢。

「你看那個納森．普林果，埋葬於此，納森老是懷疑他老婆想毒死他，但他好像並不在乎，說這樣會讓生命更刺激！有一次他懷疑她把砒霜加到他的麥片粥裡，他就把粥拿出去餵豬，三星期後，那隻豬死了，但他說這可能只是一個巧合，更何況他也不確定，死的那隻豬就是吃了粥的那隻。結果他的老婆比他早死，他說，除了一件事情以外，她一向都是待他極好的妻子。我認爲，我們最好寬大慈悲一點，把豬死掉的事件當成是他搞錯了。」

安驚訝地讀著一塊碑文：「我被這位肯西小姐的碑文嚇一跳呢！多特殊的碑文呀！難道她沒有其他名字嗎？」

「卽使有，也沒有人知道。」瓦倫婷小姐說：「她是從新斯科細亞省來的，替喬治．普林果工作了四十年，他稱呼她肯西小姐，所以別人也這麼叫她。她很突然地就死了，然後大家發現沒有人知道她的名字，他們也找不到她的親戚，所以在她墓碑上只有姓沒有名。喬治．普林果厚葬了她，也付了紀念碑的費用，她忠心又努力工作，但是如果你見過她，你會認爲她『天生』就叫做肯西小姐。詹姆士．莫利葬在這裡，我參加過他們的金婚典禮，那眞是喧亂極了，送禮、演講、獻花……孩子們都回來了，他們夫妻微笑鞠躬，但卻深深憎恨對方。」

「憎恨對方？」

「這是較惡毒的說法，但是每個人都知道這件事，他們長年以來都是這樣，事實上，幾乎一結婚就這樣了。他們在從結婚教堂回家的路上就吵架了，我常常懷疑，他們現在如何能夠和平地並肩躺在這裡呢？」

輪到安發抖了，這多可怕呀！吃飯時面對面坐著，夜晚肩並肩躺著，帶著他們的嬰兒們上教堂受洗禮，卻無時無刻不憎恨對方！雖然他們一開始時必定愛過對方。她和吉伯可能變成這樣嗎？少胡說了吧！是普林果家族使她心神不寧了。

「英俊的約翰・麥塔伯就葬在這兒。艾尼塔・甘迺迪投水自盡，而約翰總是被懷疑與此事脫不了關係。麥塔伯一家人都生得很英俊，但是他們講的話你一個字也不能信。以前此處放了一個他叔叔山姆的墓碑，根據報案記錄，他是五十年前在海上溺死的。當他活著回來後，家人就把墓碑拿掉，賣墓碑的人也不願意收回墓碑了，所以山姆太太就拿它來當烤盤——竟然把大理石板拿來做烹飪用！她說，舊墓碑的尺寸很剛好，麥塔伯家的孩子們總是帶著上面凸起字母和數字的餅乾上學，凸出的部分就是碑文上烙出的隻字片語啊！他們很慷慨地請別人吃餅乾，但我從不敢吃，我在這方面有點潔癖。

「哈利・普林果葬在此地，他有一次因爲一個選舉的賭注而必須用獨輪手推車推著戴女帽的彼得・麥塔伯在大街上遊行，鎮上所有人都跑出來觀看，當然，不包括普林果家族，他們幾乎要羞死了呢。米莉・普林果葬在這裡，雖然她是普林果家族的人，我還是很喜歡她。她非常漂亮，而且腳步輕盈得像個仙女，有時我會想，在這樣的夜晚裡，她一定會從墳墓裡溜出來跳舞，就如她往常一樣，但我又認爲基督徒不該有這種想法。這是赫伯．普林果的墳墓，他是樂天的普林果家族一員，他總能讓人大笑，有一次他在教堂裡大笑，因爲梅塔．普林果在禱告時鞠躬，一隻老鼠就從她帽子上的花朶裡掉出來。我並不覺得好笑，那隻老鼠不知道跑哪兒去了，我用裙子緊緊裹住腳踝，直到教堂聚會結束，我怕老鼠跑到身上去嘛，但我的教會禮拜也被擾亂了。赫伯坐在我後面，笑聲如雷，沒看到老鼠的人會以爲他瘋了，對我而言，他的笑聲似乎從不會止息，如果他還活著，無論莎拉女士是否在場，他都會支持你的。

「這個當然是亞伯拉罕．普林果船長的墓碑了。」

這座墳墓是整座墓園裡最醒目的，四個向後傾斜的石頭平臺構成方形基座，上面豎立一根巨大的大理石柱，石柱最頂端有個可笑的甕，下面有一個吹喇叭的肥胖小天使。

安率直地說：「好醜啊！」

「喔，你是這麼想的啊？」瓦倫婷小姐似乎很訝異：「它剛落成時，大家都認爲美輪美奐呢！大家認爲吹喇叭的天使就是加百列[1]，我覺得它讓墓園變得優雅了，他們花了九百元來建造它呢！亞伯拉罕船長是非常好的長者，他死掉眞是太可惜了，如果他還活著，普林果一家一定不敢如此

1 加百列（Gabriel），聖經中的天使長，預告處女瑪利亞即將生下耶穌。

爲難你，莎拉和愛琳非常以他爲榮，我覺得她們甚至以他爲榮得太過頭了。」

在墓園的大門邊，安轉身向後看，一股奇異平和的肅靜氛圍籠罩在這片寂靜無風的土地上，月光刺穿幽暗的樅樹林，照耀四散的墓碑，顯現出詭異的碑石陰影。但是墓園絲毫不是個悲傷之處，確實，在聽完瓦倫婷小姐的故事後，葬在墓園裡的人似乎又變得活生生的了。

「我聽說你在寫作。」當她們沿著小徑往前走時，瓦倫婷小姐焦慮地說：「你該不會把我告訴你的這些事寫進故事裡吧？」

安向她承諾：「請你放心，我不會的。」

「你覺得講死掉的人的壞話是一樁不對……或危險的事嗎？」瓦倫婷小姐有些焦慮地喃喃自語。

安說：「我不覺得，只是對他們非常不公平，就像去打了毫無防衛能力的人似的，但是柯泰洛小姐，你並沒有說任何人的壞話。」

「我對你說，納森·普林果認爲他太太想毒死他……」

「但是你也說了有利於他太太的觀點呀……」經過安一再保證，瓦倫婷小姐這才放心地回家了。

第6節

安回家後隨即寫信給吉伯——

我今天傍晚漫步墓園去了。「漫步」是個可愛的詞語，所以只要有機會，我會經常用到這個詞。若說我享受在墓園裡散步的樂趣，似乎有點可笑，不過，我的確是這樣。吉伯啊！柯泰洛小姐告訴我的故事眞是太有趣了，喜劇和悲劇就交織在生命裡，唯一讓我感到糾葛的，就是那一對共同生活了五十年，卻無時無刻不憎恨對方的故事。我簡直難以置信，有人說過，「憎恨是迷失方向的愛」，我確信，在憎恨之下，他們仍舊愛著對方……就像我，在我以爲自己恨你的那幾年，其實是深愛著你的……我想，死亡讓他們了解彼此的愛。我眞慶幸自己還活著時就體會到這一點，我也發現，普林果家族中還是有一些很正派的人。

昨天深夜，當我下樓找水喝，我發現凱特阿姨正在餐具室用奶油敷臉，她叫我別告訴崔蒂阿姨……崔蒂阿姨會覺得那是件蠢事，我答應不說。

雖然女傭的支氣管炎已經痊癒，伊莉莎白仍舊親自來拿牛奶，我很訝異她們肯讓她自己來拿。上星期六夜晚，伊莉莎白當天大概叫做貝蒂吧，邊跑邊唱歌地向我道別，我淸楚聽見女傭在玄關門邊對她說：「今天離安息日（星期日）很近了，你不該唱這首歌。」我確信，如果可能，女傭每天都會禁止伊莉莎白唱歌。

伊莉莎白當晚穿了一件酒紅色的新洋裝，她們的確讓她穿得很好，她渴望地說：「雪莉老師，我覺得今天穿這件衣裳，讓我看起來有點漂亮，眞希望爸爸看得到。當然，在『明天』裡，他看得到……但有時候，『明天』似乎來得很慢，我希望我們可以把時間變得稍微快一點。」

親愛的，現在我必須要去研究幾何練習題了，幾何練習已經取代了蕾貝卡所謂我的「文學造詣」，如今，天天讓我感到惶恐的，就是怕自己無法在課堂上解出一道突如其來的幾何題，如此一來，普林果家族又會說什麼啊？

同時，因爲你愛著我和貓咪的緣故，請爲一隻可憐、心碎且受虐的貓祈禱吧！前幾天在餐具室裡，有隻老鼠從蕾貝卡．迪悠的腳上跑過去，使她一直生氣到現在。「那隻貓除了吃和睡以外，什麼也不做，以致老鼠四處亂跑，這是壓扁駱駝的最後一根稻草，我再也無法忍受了！」所以她把牠趕得到處亂竄，趕離開牠最喜歡的椅墊，而且我看到，當她讓牠外出時，是粗魯地抬腿踢開門的。

第7節

在十二月一個溫和晴朗的週五黃昏，安去羅威爾參加一場火雞晚餐聚會。威福·布萊斯與叔叔一起住在羅威爾，他害羞地詢問安，放學後能否跟他一起參加教堂的晚餐聚會，然後星期六在他家度過。安答應了，希望此行能說服他叔叔，讓威福繼續他的中學課程。威福擔心他在新年過後就會輟學，他是個聰明有上進心的男孩，安因此對他特別關照。

此行對安來說並非特別愉快，威福卻因爲她的來訪而感到開心，他的叔叔嬸嬸是一對古怪粗魯的夫妻。星期六一早，天色陰暗又颳風下雪，安一開始不知如何打發這一天，昨夜的火雞晚餐聚會拖得很晚，讓她又累又睏。威福必須幫忙農務，安又四下找不到一本書可以看，然後，她想起曾在樓上走廊後端看過一個船員用的壞掉的舊木箱，所以記起了史丹滕太太的請託。史丹滕太太正在寫一本有關本島王子縣歷史的書，她曾問安是否知道或找得到相關資料，諸如舊日記或舊文件。

她告訴安：「當然，普林果家族裡有很多我用得上的資料，但我不能向他們要，因爲普林果家族和史丹滕家族從來不是朋友。」

「很不幸地，我也無法向他們索取。」安說。

「喔，我不是盼望你去要，我只是希望當你到附近人家拜訪時留意一下，看看是否有舊日記或地圖等等，如果有，就幫我向他們借一下。你不知道我在舊日記裡發現多有趣的事情呢！那是一些古老墾荒者的實際生活點滴，好像他們又活生生地回來了一樣，我的書就是需要類似的資料，我也需要這些資料來做統計和宗譜。」

安向布萊斯太太，詢問他們家有無這些舊資料，布萊斯太太搖搖頭。

「據我所知並沒有……」但她眼睛一亮，「安迪叔叔的舊箱子就在那兒，可能有些東西在裡面。他曾經跟亞伯拉罕．普林果船長一起航海，我去問問鄧肯，看你可不可以去翻那個箱子。」

鄧肯．布萊斯回答只要安喜歡，可以任意翻找那口箱子，裡面的任何「文件」也都可以拿走；他本來打算把箱裡的東西燒了，把箱子拿來做工具箱呢。安因此去翻找了那口箱子，但她只找到一本泛黃的舊日記，也可說是一本記載安迪．布萊斯航海生活的「航海日誌」。安就在這個暴風雪的上午，興味盎然地閱讀起這本日誌打發時間。安迪．布萊斯的海洋知識豐富，又跟隨亞伯拉罕．普林果船長多次出海，他十分尊崇船長，從這本日誌裡滿滿錯字百出、文法錯誤的讚美詞便可看出。他稱讚船長的勇氣與足智多謀，特別是在合恩角[1]時，他們遇逆風而以「Z」字形前進，船長展現了大無畏的冒險精神。但是安迪並不欣賞亞伯拉罕的弟弟麥隆，他是另一艘船的船長。

「我今晚到麥隆．普林果家去，當他老婆把他惹火了，麥隆就站起來，朝他老婆的臉潑了一杯水。」

「麥隆回家了，他的船起火了，所以他們搭小艇逃生，差點餓死了，後來，他們把舉槍自盡的強納．希克爾克的屍體拿來吃，以此維生，直到『瑪麗．G』號把他們救起。麥隆親口告訴我的，他似乎把它當成一個有趣的笑話。」

安閱讀最後這段敘述時不停地發抖，安迪對這樣殘酷的事實輕描淡寫，更令她覺得可怕，然後她就沉浸於幻想中。這本日誌對史丹滕太太是一點用處也沒有，但是莎拉和愛琳小姐應該會感興趣吧？因爲裡面記載了許多她們愛戴的父親的軼事，安如果把它送給她們是否妥當呢？鄧肯．布萊斯答應讓安任意處理它的。

不，她不想這麼做，她爲何要試著去取悅她們，或去迎合她們那種荒謬的驕傲呢？她們的自傲已經太過分了，她們想把她趕出學校，而且也成功了，她們以及她們的黨羽把她打敗了。

威福當天傍晚送安回「迎風白楊之屋」，兩人都很高興，安說服了鄧肯．布萊斯，他答應讓威福完成中學學業。

「中學畢業後，我要去皇后學院讀書一年，然後就自我進修。」威福說：「雪莉老師，我該如何報答你呢？叔叔聽不進其他人的話，但是他喜歡你。他在穀倉裡對我說：『紅頭髮的女人總是能夠支配我。』雖然你的頭髮很美，但我不認爲這是它的緣故。那是因爲……你的緣故呀！」

1合恩角（Cape Horn），南美最南端的地岬。

當天凌晨兩點，安醒來了，決定把布萊斯的日記送去楓樹別莊。畢竟，她還是有點喜歡這兩位老女士的，並且，除了以父親爲榮外，她們幾乎沒什麼東西可讓生命變得溫暖。凌晨三點，她又醒來，卻決定不給她們日記了，莎拉小姐可是對她假作重聽呢！四點時，她又搖擺不定了，最後，她決定把日記送過去。安不是心胸狹窄的人，她怕成爲個度量小的人……變成像帕伊家族那樣的人。

既已打定主意，安就去睡覺了。她覺得能夠在夜裡醒來，傾聽塔周圍冬季初雪的聲音，然後溜進毯子裡進入夢鄉，眞是太美好了。

星期一早上，她小心地包好這本舊日記，把它送去給莎拉小姐，上面並附了張小紙條。

親愛的普林果小姐：

我想您可能會對這本舊日記感興趣。史丹滕太太正在寫本縣的縣誌，所以布萊斯先生把日記給我，好讓我給史丹滕太太做參考，但我覺得這日記對她沒有用處，或許您們會想保有它。

誠摯的安・雪莉

安想：「這便條的措辭太生硬了，但我無法以自然的語氣寫給她們，如果她們傲慢地把東西退回，我一點也不覺得驚訝。」

在一個初冬晴朗的傍晚，蕾貝卡體驗到了生命中的震撼，楓樹別莊的馬車奔馳在鋪滿粉雪的道上，沿著幽靈巷來到了她家門前。愛琳小姐下了馬車，但更令人吃驚的是，十年來未曾離開楓樹別莊的莎拉小姐也來了。

「她們來到大門口了呢！」蕾貝卡喘著氣，驚惶失措地說。

「除了大門以外，你以爲普林果家族的人還會從何處進來？」凱特阿姨說。

「當然，當然……但是門打不開呀！」蕾貝卡以悲壯的口吻說：「你知道的，門眞的卡住了，自從去年春天我們大掃除以後，大門就不曾打開過，啊！我緊張得受不了了！」

大門果眞卡住了，但是蕾貝卡用盡蠻力把它撬開，引領楓樹別莊的兩位女士來到客廳。

「感謝老天，我們今天房子裡有生火。」她想，但願那隻貓的毛沒有掉滿整張沙發，如果莎拉小姐的衣服在我們客廳裡沾到貓毛……

蕾貝卡不敢再想下去，她到塔樓房間把安叫出來，因爲莎拉小姐問了雪莉老師是否在家。然後蕾貝卡就去廚房裡待著，好奇心奔湧而上，疑惑是什麼風把兩位普林果小姐給吹來的呢？

「她們是否會爲難安呢？」蕾貝卡陰沉地說。

安也驚惶地下樓。她們是來退還日記，並加以尖酸的責罵嗎？

安一進入客廳，嬌小、皺巴巴而堅毅的莎拉小姐就站起來，單刀直入地開口。

「我們是來投降的。」她難堪地說：「我們已經別無選擇了……在你讀到記載了可憐的麥隆叔叔的醜聞後，你就知道我們會投降了。那件事不可能是眞的，麥隆是故意要激怒安迪・布萊斯的……而安迪也輕信了麥隆的話，但是除了我們家族以外，其他人應該都樂於相信這回事，我們將會成爲笑柄……甚至更糟。喔，我們承認你很聰明。珍會向你道歉，將來她也會守規矩，我，莎拉・普林果向你擔保這點，但你必須承諾不要把這件事告訴史丹滕太太，或是其他人……你的要求，我們會做到……全部。」

莎拉小姐以她浮現藍色靜脈的小手絞著精緻的蕾絲手帕，她正在發抖。

安訝異又驚嚇地瞪大眼睛，這兩位可憐的老滑稽！以爲她在威脅她們呢！

「喔，你們大大地誤解我了！」她握住莎拉小姐的手說：「我作夢也沒想到你們會以爲我想……喔，我只是想，你們應該會想知道你們偉大的父親在生活上一些有趣的細節，我也從未想到，去把其他小事情的記載給別人看或告訴別人，那些無關緊要的事情，我絕不會對別人提起的。」

客廳倏然沉寂了片刻，然後莎拉小姐溫和地抽回手，拿起手帕邊擦眼睛邊坐下來，有皺紋的臉上掠過一絲羞愧。

「親愛的，我們誤解你了，我們過去待你太惡劣了，你肯原諒我們嗎？」

半小時以後……這半小時幾乎要把蕾貝卡憋死了，兩位普林果小姐離開了。這半小時內，她們友善地談著安迪・布萊斯日記裡較不引人非議的部分，莎拉小姐這次也不重聽了，來到大門口時，她從手提袋裡拿出一張字跡清晰的紙轉過身來。

「我差點忘了……我以前答應馬克連太太要給她做磅蛋糕的食譜，你可以轉交給她嗎？告訴她，加糖發酵的過程很重要，不可輕忽，眞的。愛琳，你的帽子有點戴歪了，在我們離開前，你最好把它戴好，我們……我們在出門前更衣時，心裡很不安啊。」

安告訴兩位阿姨以及蕾貝卡，她把安迪・布萊斯的舊日記給了楓樹別莊的兩位女士，她們特來向她致謝。一聽解釋，她們都滿意了，唯獨蕾貝卡，總覺得這之後一定大有玄機，莎拉・普林果不可能因爲得到一本老舊又沾菸漬的日記，而來到「迎風白楊之屋」表示謝意，莎拉小姐是個心機很重的人啊！

「今後我每天都要把大門打開一次。」蕾貝卡發誓：「只是要持續練習，剛才我打開門時，差點跌倒呢！我們也總算得到磅蛋糕的食譜了，要用三十六個蛋啊！如果你們把貓送走，讓我養雞的話，我們或許一年做得起一次磅蛋糕。」

蕾貝卡回到廚房，像報復般地明知那隻貓想吃牛肝，卻偏偏只給牠牛奶。

雪莉和普林果家族的敵對已經終結了，除了普林果家族以外，沒人知道爲什麼，但是沙馬塞德鎮的人了解，孤立無援的雪莉用一個神秘方法打敗了整個普林果家族，從此以後，他們完全聽命於雪莉。

而且，珍隔天就回學校上課了，並且當著全班的面溫和地向雪莉老師道歉。她此後就是模範學生，大家都服從她的領導。

至於普林果家族裡的成人，他們對安的敵意就像太陽升起前的雲霧般消失殆盡，再也沒有人對她的懲戒方式或家庭作業有任何意見，他們家族的人再也不會想方設法來怠慢安了。他們試著對安和善，每場舞會或溜冰聚會都邀請她。

雖然那本日記已被莎拉小姐親自燒了，但記憶始終是記憶，而且如果雪莉老師想講的話，她也可以大肆宣揚，但是史丹滕太太始終不知道麥隆．普林果船長是個食人族！

第8節

這是安寫給吉伯的信件——

我在塔樓裡，蕾貝卡·迪悠則在廚房裡高歌〈此處爲純然之樂土〉[1]，這首歌令我想起這裡的牧師夫人要我加入聖歌隊！

當然，是普林果家族請她這麼做的，若我在星期日沒有回到綠色屋頂之家，我就會參加。普林果家族伸出友誼的右手接受了我，那隻手卻和曾經猛烈抨擊、詆毀我的手是相同的，眞是有趣的家族呀！

我參加了三場普林果家族的宴會，我覺得所有普林果女孩們都在模仿我的髮型，但我毫不反感，因爲「模仿卽是最誠摯的奉承」。吉伯，我眞的喜歡他們……我一向都覺得，如果他們給我機會，我是會喜歡他們的。我甚至覺得我遲早會喜歡珍，她如果願意的話可以非常迷人，而且很顯然，她願意這麼做。

1這是一首基督教的讚美詩，原詩題爲“There Is a Land of Pure Delight”，作者是以撒·華茲（Isaac Watts, 1674-1748）。

昨晚，我大膽踏上長春藤之家的臺階，來到四個角落擺了粉刷過的白色鐵罐的方形玄關，按了門鈴。孟克曼小姐來應門，我問她可否讓我帶小伊莉莎白出去散步，我猜她們會拒絕，但是這女傭進去和坎貝爾太太商量後，回來陰沉地對我說，小伊莉莎白可以去，但是請不要太晚回來。我很好奇，是否連坎貝爾太太都接獲莎拉小姐的命令。

伊莉莎白跳著舞從黑暗的臺階上下來，看起來像個穿紅外套戴綠帽子的小妖精，充滿了無限喜悅。

「雪莉老師，我又興奮又不安。」我們一離開，她就對我說悄悄話：「我現在是貝蒂，當我覺得自己是貝蒂，我就是貝蒂。」

我們朝通往世界末端的那條路一直走下去，直到我們不敢再往前，然後回頭。今夜的港口沉浸在歷經火紅夕陽後的黑暗中，頗有「被遺忘的仙境」及「地圖上找不到的海洋之島」的韻味，我為之感到震顫，我手裡牽著的小孩也有同感。

「雪莉老師，如果我們用盡力氣跑，能否跑進落日裡呢？」

我記起保羅與他夢幻中的「落日之土」。

「只有到『明天』裡，我們才有辦法那樣做。」我說：「伊莉莎白，看著港口出口的那片雲形成的金色島嶼，我們假裝那就是你的『快樂之島』吧！」

「在那裡的某處有座島嶼。」伊莉莎白夢幻地說：「它名為『飛行之雲』，這是個可愛的名字吧？這是一個來自『明天』的名稱吧？我從閣樓的窗戶裡就看得到它，它屬於一個從波士頓來的男人，這是他的避暑別墅，但我假裝這是我的。」

在伊莉莎白回家進門前，我彎下來親吻她的臉頰。我永遠忘不了她的眼神，吉伯啊，那個小孩太渴望愛了。

今晚，她來拿牛奶時，我看見她哭了。

「雪莉老師，她們要我把你的吻洗掉。」她啜泣道：「但我再也不願意洗臉了，我發誓，因爲，你知道，我不願意洗掉你的吻，我今天上學前沒有洗臉，可是今晚女傭拉著我，用力把它洗掉了。」

我強忍著笑對她說：「寶貝，在你一輩子當中，不可能不偶爾洗個臉吧？不用在乎我的吻，因爲你每晚來拿牛奶時，我都會吻你一次，所以當你隔天早晨把它洗掉時，也就無所謂了。」

「你是世上唯一愛我的人。」伊莉莎白說：「當你對我說話時，我聞到了紫羅蘭的香味。」還有人對我說過更美麗的讚語嗎？但是伊莉莎白的讚語一直縈繞我心中。

「伊莉莎白，你奶奶喜歡你呢。」

「她不喜歡……她恨我。」

「寶貝，你有點愚蠢，你奶奶與孟克曼小姐都是上了年紀的人，老年人比較容易憂心煩惱。當然，你有時也會惹她們生氣，當然……當她們年輕時，養小孩的態度更加嚴格，她們是對你採用舊式的管教方式。」

我覺得並未說服伊莉莎白，畢竟她們並不愛她，而她也了解這一點，她回頭仔細看看後面房子的門有無關上，然後故意說：「奶奶和女傭是兩個暴君，當『明天』來臨時，我會永遠逃離她們。」

我猜伊莉莎白以爲我會嚇得要死，我懷疑她這麼講只是要引人注目。我只是笑著親吻她，我希望瑪莎能夠從廚房裡看見這一切。

從塔裡的左側窗戶，我可以俯瞰沙馬塞德鎮，現在我看到遍布著友善的白色屋頂，自從普林果家族與我爲友後，這些房子就讓我覺得格外親切。四處都有燈光在屋子頂端的山牆和天窗中閃耀，到處都有灰色幽靈般的炊煙，繁星低垂，這是一個「夢幻小城」，這個名稱夠可愛吧？你記得「加拉哈德[2]經過了夢幻小城。」這句話嗎？

吉伯，我太高興了，因爲在我聖誕節回到綠色屋頂之家時，不是在挫敗又丟臉的情況下回去的，生命多美妙啊！

莎拉小姐的磅蛋糕也同樣美妙，蕾貝卡·迪悠依照指示做了一個，所謂的指示，也不過是把麵糰用好幾層棕色紙包起來，外面再覆上好幾層毛巾，放置三天。磅蛋糕美味得眞値得推薦啊。

附註：推薦（recommend）這個字裡，到底該有一個C還是兩個呢？我雖是個文學士，卻總是搞不清楚，還好，在我找到安迪的日記以前，普林果家族的人沒有發現這點！

二月的一個夜裡，翠克絲．泰勒在塔樓裡縮成一團，陣陣風雪聲在窗外嘶吼，室內小火爐咕嚕咕嚕的聲音就像一隻熾熱的黑貓。翠克絲正在向安傾訴煩惱，安發現所有人都喜歡找她傾訴秘密，大家知道她訂婚了，因此所有沙馬塞德鎮的女孩們都不會把她當作可能的情敵看待。另外，安也有些特質，讓人可以放心對她訴說秘密。

翠克絲來邀請安隔天傍晚去她家用餐。她是個快樂圓胖又嬌小的女孩，棕色眼睛閃亮動人，臉頰紅撲撲的像一朵玫瑰，在她二十幾歲的生命裡，看不到被生命的重擔壓得喘不過氣的痕跡，但是，她有自己的麻煩。

「雷諾克斯．卡特博士明晚要來我家用餐，這就是我特地來邀請你的原因。他是新任的雷蒙現代語言學系的系主任，人非常聰明，所以我們要找個有腦筋的人來跟他聊天，你知道的，我和我弟弟普林戈的談吐乏善可陳，至於姊姊艾絲瑪啊，她甜美又聰明，但是太害羞又膽小，所以卡特博士來訪時，她聰明的頭腦也派不上用場。她熱烈地沉浸在與卡特博士戀愛的感覺裡，太可憐

---

2 加拉哈德（Galahad），亞瑟王傳說中的圓桌武士之一。

了！我很喜歡強尼，但還不至於愛得像要化成一灘液體一樣啊！」

「艾絲瑪和卡特博士訂婚了嗎？」

「還沒有。」她意味深長地說：「但是安，她希望這趟博士是來求婚的，如果他不是來求婚，爲何在學期中就到本島來拜訪堂哥呢？我希望他會爲了艾絲瑪的緣故來求婚，如果他不這麼做，艾絲瑪會死掉的！但是我並不特別喜歡他來當我姊夫，喔！這句話只有在場的你、我以及床柱子知道哦！艾絲瑪說他難以取悅，她也擔心他不喜歡我們，他若不欣賞我們，她覺得他就不會向她求婚了。所以你實在無法想像，她多麼希望明天晚餐一切順利，雖然我覺得應該沒問題……媽媽是烹調高手，我們也有好女傭，我還拿出這星期零用錢的一半來賄賂普林戈，叫他守規矩點。他當然也不喜歡卡特博士，說他太驕傲了，但他喜歡艾絲瑪，我只希望爸爸的易怒症不要發作。」

「有什麼理由讓你如此擔心呢？」安問道。沙馬塞德鎮的每個人都知道希若斯·泰勒患有易怒症。

「你從不知道他何時會發作。」翠克絲悲哀地說：「他今晚只因爲找不到他的新絨布睡袍就異常沮喪，艾絲瑪把睡袍放錯抽屜了，或許他在明晚以前會恢復正常，但也或許不會。若他不恢復正常，他會讓我們全家顏面盡失，卡特博士一定會認定，他不能跟這種家庭結爲姻親。至少，這是艾絲瑪說的，而且我也同意這番話。我想，雷諾克斯·卡特是很喜歡艾絲瑪的，認爲她很適合當他的妻子，但他不想輕率下決定，也不願意拋棄他已經擁有的美好自我。據說，他告訴他堂哥，一個男人對婚姻對象的家庭要非常謹愼地選擇，他現在正走到這節骨眼上，任何一件小事，都會讓他做出相反的決定，如果事實是這樣，爸爸的易怒症實在不是小事一樁。」

「他不喜歡卡特博士嗎？」

「喔，他喜歡，他覺得那是艾絲瑪的最佳人選。可是一旦我父親發作，在那段期間內沒有任何事物可以影響他的決定，這就是我們普林果家啊！你知道，我奶奶泰勒是普林果家族的人，你實在難以想像我們家裡經歷過什麼事情，爸爸從不發脾氣，一旦怒火上升，就會把它吹熄，不像喬治叔叔那樣；喬治叔叔的家人也不在乎他發脾氣，三條街外都聽得到他的怒吼，怒氣過後，他就像隻綿羊，替家裡每個人都買件新衣服來求和。不過爸爸只是怒目瞪人生悶氣，一頓飯下來也不說一個字。艾絲瑪說，畢竟那勝過理查．泰勒堂哥，他在餐桌上總是以尖酸的言語攻詰他太太；但是對我而言，爸爸可怕的沈默才是最糟糕的。爸爸怪異的沉默搞得我們很困擾，嚇得我們只好開口找話題，當然，如果只有我們家獨處，事情並沒那麼糟，但是家裡有客人時，這事情卻很容易發生，艾絲瑪和我都懶得解釋爲什麼爸爸要這麼沒禮貌地不開口了。她非常害怕，萬一他明晚以前還沒有從睡袍事件恢復過來，雷諾克斯會怎麼想呢？她要你穿藍色洋裝，因爲雷諾克斯喜歡藍色，所以她的新衣服是藍色的，但爸爸討厭藍色，你若穿藍色的，或許可化解他對艾絲瑪穿藍衣服的反感。」

「她穿其他顏色會不會比較好呢？」

「除了一件綠色棉質料子的以外，她沒有其他更適合在有訪客的晚餐上穿的衣服了，那是爸爸給她的聖誕禮物，它本身很漂亮，爸爸也喜歡我們穿漂亮衣服，可是你無法想像艾絲瑪穿綠色看起來有多可怕，普林戈說那讓她看起來像肺結核末期。雷諾克斯．卡特的堂哥告訴過艾絲瑪，卡特不會娶一個體弱的人。眞慶幸強尼沒這麼挑剔。」

「你有把你和強尼訂婚的事，告訴過你爸爸嗎？」安問道，她知道翠克絲的所有戀情。

「沒有。」可憐的翠克絲呻吟道：「安，我鼓不起勇氣，我知道爸爸的反應會很嚇人的，因爲強尼窮，爸爸一直貶損他。可是爸爸忘了，當他的五金生意剛起步時，他比強尼還窮呢。當然，訂婚的事要快點告訴他，但我想等艾絲瑪大事底定了再說，我知道，一旦告訴他，他會一個星期不講話，媽媽則會擔心得要命。她無法忍受爸爸的病症，在爸爸面前，我們都很怯懦。當然，媽媽和艾絲瑪對於任何人都感到怯懦，但普林戈和我就有勇氣多了，只有爸爸能讓我們膽怯，有時候我會想，是否能有人替我們撐腰呢？但是沒有，我們不過是麻痺了。親愛的安，你無法想像，當爸爸發作時，我們家裡的待客晚餐將會是怎麼回事！如果他明晚表現得體，我什麼事都原諒他。如果他願意，他可以很討人喜歡，他就像朗費羅[1]筆下的小女孩，『當他好的時候，是非常非常地好；當他壞的時候，就相當可怕。』明天晚宴的成敗，就看他了。」

「上個月我和你一起吃晚餐時，他人很好啊！」

「喔，我說過了，他喜歡你，這也是爲何我們如此需要你的原因之一，你可能對他有好的影響。

我們沒有忽略任何能讓他高興的事物，但當他生悶氣了，他似乎就憎恨起任何事與人。無論如何，我們要準備一頓一流的晚餐，甜點是優雅的橘子果凍，媽媽本想做派餅的，她說，除了爸爸以外，天底下的男人都喜歡吃派餅來當甜點勝過其他東西，即使是現代語言學系的教授也不例外。但爸爸不喜歡派餅，因此明晚不會有派餅可吃，很多事都靠明晚來決定呀。橘子果凍是爸爸最愛的點心。至於可憐的強尼與我，我想，自己可能終有一天會和他私奔，而爸爸也終究不會原諒我。」

「我相信，如果你夠有勇氣去告訴他，並忍受他生悶氣，你可能會發現，他會圓滿地妥協，你們也可以不用幾個月都活在煩惱之中。」

「你不了解爸爸。」翠克絲陰鬱地說。

「或許我比你更了解他呢。你失去對他客觀的遠距離觀察了。」

「失去我的……什麼？親愛的安，請記住我不是文學士，我只有中學畢業，我想上大學，可是爸爸覺得女人不需要接受高等教育。」

「我是說，你們太接近他了，有時反而不能了解他，陌生人反而可以更清楚地觀察他……更了解他。」

「我知道，如果爸爸決心不說話，是沒有任何事物能讓他開金口的……一點都沒有，他還以

---

1 朗費羅（Henry Wadsorth Longfellow, 1807-1882），美國詩人。

此為傲！」

「那麼，為什麼你們不繼續聊天，假裝沒事發生呢？」

「我們做不到，我跟你說過，他使我們麻木了。如果他沒有從睡袍事件恢復，明晚你自己看就知道了，我不明白他為何這麼做，但他就是真的這麼做了。若他願意講話，即使是胡言亂語我們也不在乎，他的默不作聲真把我們打敗了，假如爸爸明晚又不正常，我是不會原諒他的，因為明晚是決定很多事情的關鍵時刻。」

「親愛的，我們就做最好的打算吧！」

「我試過了，我知道你來了會對我們有幫助，媽媽覺得我們也應該邀請凱薩琳．布魯克來，不過我明白這對爸爸沒好處，我必須說，他憎惡她。我不怪他，我本身也對凱薩琳．布魯克毫無好感，真難明白你為何可以對她那麼好？」

「翠克絲，我是替她感到惋惜。」

「替她感到惋惜！她會不受歡迎，是咎由自取，喔，世界上是有千百種人，但是沙馬塞德鎮少了凱薩琳．布魯克也沒關係……她就像隻怏怏不樂的老貓兒！」

「翠克絲，她是位優良教師啊。」

「喔，我怎麼不知道？她教過我，她的確把一些東西捶打入我的腦袋裡……譏諷的言語簡直要把我的肌肉從骨頭上剝離啊。你看看她的穿著！爸爸無法容忍女人穿得邋遢，他說，他對邋遢的女人沒好感，上帝也是。安，如果媽媽知道我告訴你這些話，她八成要嚇死了，但因爲爸爸是男人，她也就原諒他了。

「可憐的強尼現在幾乎不敢上我們家，因爲爸爸待他很無禮，天氣好的夜晚，我就偷溜出去，我們一直繞廣場散步，直到凍得半死才回家。」

翠克絲走後，安鬆了一口氣，下樓哄騙蕾貝卡給她一些零嘴吃。

「你要去泰勒家吃晚餐啊？我希望老希若斯的表現能夠得體。我確信如果他的家人不那麼怕他的易怒症，他就不會那麼經常沉溺於病中，雪莉老師，我告訴你，他以此病爲樂呢！現在我必須幫那隻貓熱牛奶了，眞是隻被寵壞的貓呀！」

隔天傍晚，安一抵達希若斯．泰勒家，立刻感到一股寒冷的氣氛。穿著整齊的女傭把安帶到客房，安上樓時，看到希若斯太太急忙從餐廳走進廚房，她從那蒼白卻精心化妝過而顯得甜美的臉上拭去淚水，很顯然，希若斯先生尚未從睡袍事件的影響中恢復。

翠克絲溜進客房，緊張地在安耳邊低語，更證實了安的猜測。

她說：「喔，安，他現在情緒糟得很呢！今天早上他很和藹，所以我們又燃起希望，但是到了下午，休．普林果下棋贏了他，他就受不了了，又開始發作。如他所言，他發現艾絲瑪『在鏡子前顧影自憐』，所以把艾絲瑪從她自己的房間裡趕出去，把門鎖了。可憐的艾絲瑪只是想知道自己看起來好不好，能否取悅雷諾克斯．卡特博士，她甚至還沒時間把珍珠項鍊戴上呢！你看看我吧，我不敢把頭髮燙捲，爸爸不喜歡非自然捲的頭髮，所以我像醜八怪似的。除了我的事情外，爸爸又把媽媽擺在餐桌上的鮮花花瓶丟掉，令她覺得非常……媽媽看起來很傷心呢。此外，他不准她戴深紅色耳環，去年春天他從西部回來，發現媽媽把起居室的窗簾換成紅色，而他當時喜歡的是深紫色，自此之後，他就著魔般地對顏色挑剔。喔，安，晚餐時如果他不說話，請儘量找話題講吧，要不然實在太可怕了。」

「我盡力而爲吧！」安承諾。她從來不覺得自己會找不到話題，但是她卻沒注意到，她也從未面臨過這種狀況。所有人都聚在餐桌前，桌上除了缺少花朵外，可說布置得美輪美奐，怯懦的希若斯太太穿著灰色絲質洋裝，臉色看來比她的衣服還灰白。艾絲瑪是家裡最漂亮的，她是個極蒼白的美女，蒼白的金髮、蒼白的粉唇、蒼白的勿忘草色眼珠……她當晚看起來更蒼白了，好像要暈倒了似的。普林戈通常是個肥胖開朗的十四歲淘氣鬼，當晚他的圓眼珠、眼鏡和頭髮都很白皙，乖巧得像一條被拴住的白色小狗，而翠克絲就像個被嚇壞的女學生。

卡特博士外貌出衆，他有波浪狀的深色頭髮、閃亮的深色眼睛，戴著銀框眼鏡，但在安的印象裡，當他在雷蒙擔任助理教授時，是個傲慢無趣又拘謹的人。很顯然，他感受到某種不對勁的氣氛……當主人只是踱步到餐桌主位，一屁股坐下，對你或其他人都不說半句話時，他的懷疑就很合理了。

希若斯也不進行飯前禱告，希若斯太太羞紅著臉，用幾乎聽不見的聲音喃喃：「感謝主的賜予。」緊張的艾絲瑪讓叉子掉到地上，除了希若斯以外，每個人都跳了起來，因爲他們的神經太過緊繃，晚餐就在這種怪異的氣氛下展開。希若斯用他凸出的藍眼憤怒地瞪視艾絲瑪，又依序凝視每一個人，讓他們感到一陣頭皮發麻。當希若斯太太取用辣根醬時，他用怒目而視提醒她胃不好不可以吃辣根醬，希若斯太太並不相信這種醬料會對她不好，但被丈夫一瞪，她什麼也吃不下了，艾絲瑪也一樣。他們只是假裝吃著，晚餐就在可怕的沉寂下進行，偶爾翠克絲和安聊到天氣才打破沈默。翠克絲使眼色暗示安講話，但是安卻感到有生以來從沒像現在這樣毫無話題可聊，她拚命地想找話講，可是閃過腦海的卻都是些愚蠢而不可能大聲說出來的事情。每個人都中邪了嗎？一個易怒又固執的男人，對別人的影響怎會如此大？安幾乎難以相信呢。不容置疑地，當他發現餐桌上每個人都極爲不舒服時，他卻樂得很，他心裡在想些什麼呢？如果有人以大頭針戳他，他會跳起來嗎？安想賞他一巴掌……想要批評他……讓他在牆角罰站，把他視爲被寵壞的孩子般對待他。事實上，除了他有著針刺般的灰髮及不整齊的鬍鬚外，他真像個放縱的孩子。

安滿心想讓希若斯開金口，她覺得當他決心不說話時，對他最嚴厲的懲罰就是騙誘他開口。

如果她起身，故意把牆角桌上那只又大又討厭的舊式花瓶摔碎呢？那個華而不實的花瓶插滿一圈圈玫瑰花與葉子，很難保持清潔，但又是必須最費心維持乾淨的物品。安知道他們全家人都討厭它，可是希若斯不肯把它收到閣樓裡，因爲那是他媽媽的遺物，安想，假使她能確信那會讓希若斯發出憤怒的聲音，她眞的會毫無畏懼那樣做。

爲什麼雷諾克斯．卡特不說話呢？如果他說話，安也就有話說了，或許如此一來，翠克絲和普林戈也能逃出魔咒，談一些話。但卡特只是坐著吃東西，可能他覺得這樣子最好……或許他唯恐一說話，會讓他本來已經在發怒的女友父親更加生氣吧！

「雪莉老師，請你先取用醃黃瓜吧。」泰勒太太有氣無力地說。

一個搗蛋的念頭掠過安的腦海，她開始拿取醃黃瓜……也開始進行一個策略。她不經思索地彎身向前，大而灰綠的眼睛清徹地閃耀。她輕聲地說：「卡特博士，你聽了可能會吃驚，你知道泰勒先生上星期突然聽不見了嗎？」

丟出這麼一顆炸彈以後，安坐回來，她也說不出自己期盼發生什麼結果。如果卡特覺得主人是聽不見，而不是氣得不說話，他可能會比較有話講吧！她從未說過謊……她沒有說希若斯．泰勒是個聾子。至於希若斯．泰勒，如果安希望他說話，她就失敗了，他只是默默瞪著她。

但是安作夢也沒想到，她這句話對翠克絲和普林戈產生了作用，在安丟出那句浮誇的話之前，翠克絲正在自己生悶氣，她看見艾絲瑪偷偷拭去從絕望的藍眼珠中垂下的淚珠。一切都無望了……雷諾克斯．卡特現在不會向艾絲瑪求婚了……現在，任何人再說什麼或做什麼都無關緊要了，在徹底絕望中，翠克絲突然想將計就計來對付她殘酷的父親，安的話給她一個詭異的靈感。還有普林戈這個被壓抑的小鬼，就像預備爆發的火山，眨眨他的白睫毛，然後立即遵循翠克絲的引導。在翠克絲、普林戈、艾絲瑪和希若斯太太的一輩子當中，將永遠忘不了接下來那可怕的十五分鐘。

「這可眞是折磨可憐的爸爸呀！」翠克絲向坐在對面的卡特博士說：「他才六十八歲啊。」

當希若斯．泰勒聽到自己的年齡被增加了六歲時，鼻孔明顯收縮起來，但是他仍保持沈默。

「能夠吃頓像樣的正餐，眞是恩賜啊！」普林戈口齒清晰地說：「卡特博士，如果一個男人只讓他家人靠著水果和蛋過活，你會怎麼想啊？只是爲了他個人的嗜好，只給水果和蛋，沒有別的喔。」

「你父親？」卡特博士迷惑地問。

「當一個男人的老婆掛了一副他不喜歡的窗簾，他就咬她，你會怎麼想啊？故意咬她喔。」翠克絲問。

「咬到流血喔。」普林戈生氣地補充。

「你是在講令尊嗎？」

「如果一個男人只因爲不喜歡他太太絲質洋裝的款式，就把衣服剪破，你會怎麼想啊？」翠克絲說。

「如果一個男人不肯讓他太太養隻狗，你會怎麼想啊？」普林戈說。

「她眞想養一隻呢。」翠克絲嘆息道。

「如果只送一雙橡膠鞋給太太當聖誕禮物，你會怎麼想啊？只有一雙橡膠鞋，沒有別的喔。」普林戈開始因杜撰故事而自得其樂起來。

「橡膠鞋無法讓心靈溫暖。」卡特博士承認。他與安四目交接，並微笑了。安以前從沒見他笑過，微笑讓他的面容更加好看。翠克絲說了什麼？誰知道她會這麼鬼靈精？

「卡特博士，你想過嗎？如果一個男人在烤肉烤得不好時，什麼也不想，抓起烤肉就往女傭身上丟，跟這種人生活在一起，是不是很可怕呢？」

卡特博士擔心地望向希若斯・泰勒，似乎害怕他會抓起雞骨頭來丟人，然後，他安心地記起來主人聽不見這些話。

「如果相信地球是平的，你會怎麼想啊？」普林戈問。

安心裡想道，希若斯應該要開口了。他紅潤的臉頰似乎抽搐了一下，儘管他仍不說話，可是，她確信他的鬍鬚看來不那麼挑釁了。

「如果把他的姑媽，他唯一的姑媽送進窮人安養院，你會怎麼想啊？」翠克絲問。

「而且還把他的牛帶到墓園去放養？」普林戈說：「沙馬塞德鎮的人還沒忘記那情景呢。」

「假如他把每天晚餐吃了什麼寫進日記裡，你會怎麼想啊？」翠克絲問。

「那位偉大的派普斯[1]也是這樣做啊。」卡特博士又微笑起來，他的聲音聽上去好像快要爆笑出來了。安想，或許他一點也不傲慢，他只是年輕、害羞又過度嚴肅罷了。但是她非常吃驚，她並無意讓事情發展到此地步。她發現，要引發一件事比起要結束一件事容易多了。翠克絲和普林戈像魔鬼般聰明，他們沒有說他們父親做過這些事中的任何一件，安可想像，普林戈會睜著他那雙渾圓的眼，假裝無知地說：「我只是想就這些問題請教卡特博士，多獲得一些訊息罷了。」

翠克絲繼續問：「如果擅自拆開他太太的信來看，你會怎麼想啊？」

「如果參加他父親葬禮時穿著連身工作褲，你會怎麼想啊？」普林戈問。

1派普斯（Pepys, 1633-1703），英國海軍大臣。

他們接下來會怎麼想呢？希若斯太太大聲哭泣，艾絲瑪則絕望得異常冷靜，任何事再也無關緊要了，她轉頭直視卡特博士，她將要永遠失去他了。這次，她被激得說出她生命裡頗具智慧的一席話。

她平靜地問：「如果他花了一整天，去找尋被開槍射死的可憐貓咪生下的一窩小貓，只因為他無法忍受小貓可能會被餓死的結果，你會怎麼想啊？」

屋裡出現一種怪異的沉寂，翠克絲和普林戈似乎突然感到頗為羞愧，然後希若斯太太出聲了，對於艾絲瑪出乎意料地為父親辯解，她覺得自己身為妻子有義務聲援。

「他可以用鉤針編出很漂亮的東西。去年冬天他因為腰痛臥病在床，就替客廳桌子編了一條漂亮的桌巾呢。」

每個人都有忍耐限度，希若斯此時已達極限，他把椅子狠狠往後一推，在磨亮的地板上飛射出去，撞上放花瓶的桌子。桌子翻倒，花瓶碎成千片，希若斯濃密的白眉因憤怒而豎起，他終於站起來發脾氣。

「女人！我是不編織的！難道一件不足掛齒的桌巾就要永遠毀了我的英名嗎？我被該死的腰痛折磨得不知該做什麼事才好啊！雪莉老師，我聾了是吧？」

「爸爸，她沒有這麼說！」翠克絲大喊，當她父親發脾氣而願意說話時，她就不怕他了。

「喔！她沒有說，你們也什麼都沒有說！我只有六十二歲，你沒有說我是六十八歲嗎？你沒有說我不讓你媽媽養狗嗎？老天，女人啊，你知道如果你願意的話，你可以養四萬隻狗啊！我什麼時候拒絕你想要的任何東西了……什麼時候？」

「從來沒有啊，孩子的爸。」希若斯太太斷斷續續地啜泣：「我從沒說過要養狗，想都沒想過啊。」

「我什麼時候拆過你的信？什麼時候寫過日記了？我什麼時候穿了連身工作褲去參加任何人的葬禮了？我什麼時候把牛放養在墓園了？我哪位姑媽住在窮人安養院了？我曾經把烤肉丟在任何人身上嗎？我曾經讓你們只靠水果和雞蛋過活嗎？」

「從來沒有，孩子的爸。」希若斯太太流淚說道：「你一向都能好好養家，這點你是無與倫比的。」

「上個聖誕節你有告訴我說，你想要橡膠鞋當禮物嗎？」

「喔，是的，我當然說過，親愛的。那讓我的腳整個冬天都舒適而溫暖呢！」

「那麼……」希若斯以勝利目光環視房間一周，他的視線和安接觸到，出人意料的事情突然發生了。他咯咯笑起來，臉頰浮現酒窩，那讓希若斯的表情奇蹟般地親和，他把椅子拉回桌旁坐了下來。

「卡特博士，我有一個極壞的生悶氣的習慣，每個人都有壞習慣，我的壞習慣就是那樣，那是我唯一的壞習慣。得了，得了，媽媽，不要再哭了，我承認，除了我會做編織以外，你們說我的那堆鬼話，都是我罪有應得。

「艾絲瑪，我的好女兒，你是唯一替我說話的人，這點我不會忘記。叫瑪姬來收拾碎花瓶吧，我知道這個該死的東西摔碎了，你們都很高興吧！把布丁拿出來吃吧！」

安難以相信，一開始氣氛那麼糟糕的傍晚，竟會有如此快樂的結局，希若斯變成一個讓人最感溫暖且最好的友伴，而且此後也沒有報復跡象。因爲幾天後的傍晚，翠克絲再度拜訪安，她說，她終於鼓起勇氣告訴父親她和強尼的事了。

「翠克絲，他有大發雷霆嗎？」

「他……一點都沒有。」翠克絲羞怯地承認：「他只是用鼻子哼道，強尼和我交往了兩年，同時也沒有其他對象，所以時候到了。我想，他覺得自從他上次生悶氣以後，不能這麼快地又生悶氣了。安，除了愛生氣外，他眞是個親愛的老父親呢。」

「我覺得他待你之好，超過你應得的。」安模仿蕾貝卡的口吻說：「翠克絲，你當天晚餐太無禮了。」

「喔，是你起頭的。」翠克絲說：「普林戈這個好孩子也幫了點忙，有好收場眞是太棒了。還有，感謝上帝，我再也不用去擦拭那個花瓶了。」

第11節

安兩星期後寫給吉伯的信件——

艾絲瑪即將和雷諾克斯·卡特博士訂婚的消息被宣布了，我從本地一些閒言閒語中得知他是在那個重大的星期五晚上做決定的。他想保護她，把她從父親與家人中，也可能是從朋友中拯救出來，艾絲瑪的困境讓有俠士之風的他採取行動。翠克絲堅信，是我促成這件事的，或許我是幫了點忙，不過我下次再也不敢做這種嘗試了，這就像抓住閃電尾巴一般危險。

吉伯，我眞不知道怎麼回事，我以往對任何與普林果家族相關的事物都感到厭惡，這種感覺必定還殘留在我身上。那都是往事，我幾乎要忘掉了，然而，仍有些人對此好奇。我聽說瓦倫婷·柯泰洛小姐表示，對於我贏了普林果家族，她是一點都不驚訝，因爲我有「特殊方法」，牧師夫人則說，這是給信徒的一個答案。誰知道事情爲何如此發生呢？

珍·普林果昨天放學回家時，和我一起走了一段路，我們聊了一些船、鞋子、封蠟和其他很多雜事，就是不談幾何學，我們迴避這個話題；珍知道我對幾何學懂得不多，但是我知道麥隆船長的事，所以我們算是扯平了。我把我那本福克斯所著的《殉道者列傳》借給珍，我不喜歡出借心愛的書，因爲當它還回來時，似乎就變得不一樣了。我之所以喜愛福克斯這本書，只因爲它是多年前我上主日學校時，亞倫太太給我的獎品，其實我不愛讀殉道者的書，因爲那總會讓我覺得自己渺小而自慚形穢。我慚愧地承認，我恨透了在嚴寒的早晨起床，看牙醫時，我也畏畏縮縮！

艾絲瑪和翠克絲都很快樂，眞令我欣慰，自從我的羅曼史綻放花朵後，我就比較關心別人的終身幸福。這是個不錯的關懷，沒有好奇與惡意，只是樂於看到天下有情人終成眷屬。

現在仍是二月天，「修女院屋頂的積雪在月光下閃耀」[1]……其實，那並非修女院，而是哈彌敦先生家的穀倉。但我已經開始想著，「再過幾週就是春天，而再過幾週又是夏天了，放假日就來臨了，我可以回到『綠色屋頂之家』，艾凡里的金色陽光照耀草地，海灣在黎明時呈現銀白色，中午一片蔚藍，日落時分又是遍地鮮紅……還有你。」

小伊莉莎白和我對春天有著數不盡的計畫，我們非常要好，我每天傍晚拿牛奶給她，她每隔很久才被准許和我外出散步一次。後來發現我們兩人的生日竟是同一天！伊莉莎白因此高興得臉頰泛出「神聖的玫瑰紅色」。平常時候，她的臉色太蒼白了，喝了鮮奶也不見得紅潤，只有在夜晚散步回來時，吹著傍晚的涼風，她的小臉頰才顯現得出可愛的玫瑰色。有一次她嚴肅地問我：「雪莉老師，如果我每晚在臉上塗抹奶油，我長大以後，會像你一樣有可愛白皙的皮膚嗎？」在幽靈巷裡，奶油似乎已成爲最受歡迎的保養品了。我發現蕾貝卡也使用它，她擔心兩位阿姨會認爲她一大把年紀了，還這麼輕浮愛美，所以叫我要守密。我在「迎風白楊之屋」裡要保守很多秘密，這眞會讓我老得快呢！我想，如果我也用奶油塗抹鼻子，能否消除那七顆雀斑呢？另外，我的閣下，你是否曾經察覺我有「可愛白皙的皮膚」呢？如果是，你也不曾告訴過我啊。還有，你是否覺得我是「比較起來算是美麗的人」呢？我發現我是。

「雪莉老師，怎樣才算是美麗呢？」有一天，蕾貝卡．迪悠慎重地問我，當時我穿了件餅乾顏色的薄紗新衣。

我說：「我也經常想知道答案啊！」

她回答：「但是你長得美麗啊！」

我以責備的口吻說：「蕾貝卡，我不知道你也會挖苦人。」

「雪莉老師，我眞的不是在挖苦你，你是長得美麗的……和其他人比起來。」

我說：「喔，是『比起來』啊！」

「看看餐具架子上那面鏡子。」她指著那兒說：「跟我比起來，你很美麗。」

好吧，她說得對！

伊莉莎白的事還沒講完。一個暴風雨的傍晚，風兒在幽靈巷裡怒號，我們無法去散步，就到我房間裡畫了一幅仙境地圖。伊莉莎白坐在我的藍色甜甜圈墊子上，好讓個頭高一點，當她彎腰面朝地圖時，看起來就像個嚴肅的侏儒。

1安引用了丁尼生（Alfred Tennyson）的詩作〈聖阿格妮絲之夜〉（"St. Agnes' Eve"）。

我們的地圖尚未完成，每天都會增添一點新東西，昨晚，我們決定了「雪地巫婆之屋」的位置，又畫了一個三連小丘，後面植滿盛開的櫻桃樹（順便一提，吉伯，我要在我們的夢想之家附近種幾棵野櫻桃樹）。當然，我們的地圖上有「明天」，它是位於「今天」之東，「昨天」之西。仙境裡有取之不盡的「時間」，有春天的時間、長的時間、短的時間、新月的時間、晚安的時間、下次的時間……但是沒有最後的時間，因爲那樣的時間在仙境裡顯得太悲傷了。還有年老的時間、年輕的時間，因爲若有年老的時間，就應該也有年輕的時間；有山巒的時間，因爲它有迷人的聲音；有夜晚的時間、白晝的時間，但是沒有上床的時間，也沒有上學的時間；有聖誕節的時間；沒有僅此一次的時間，這也太悲傷了；還有逝去的時間，人們把它找回來時會很高興；未來的某段時間、歡樂的時間、快速的時間、緩慢的時間、過了一半的親吻時間、回家的時間、遠古之前的時間……這是世上最優美的詞語之一了。我們爲了指示通往不同時間的路徑，在圖上到處畫滿精巧的紅色箭頭。我知道蕾貝卡．迪悠認爲我很孩子氣，但是吉伯，我們可不要變得太老太聰明啊，喔，不對，不要變得太老「太笨」，以致進不了仙境啊！

我確信，蕾貝卡．迪悠覺得我可能沒有對伊莉莎白的生活產生正面影響，她認爲我鼓勵她不切實際的幻想。有一天我不在，她端牛奶去給小伊莉莎白，發現她已經在門邊等著，只是太專注地看著天空，以致沒聽見蕾貝卡的腳步聲。

「我正在傾聽呢，蕾貝卡。」她解釋。

「你傾聽得太多了。」蕾貝卡不以爲然地說。

伊莉莎白淡漠而拘謹地微笑。（蕾貝卡．迪悠其實不是用這些字眼來形容，但我很淸楚伊莉莎白微笑的模樣）

「蕾貝卡，如果你曉得我有時候會聽到什麼聲音，你會大吃一驚。」她用一種令大人毛骨悚然的神情說著。

但是伊莉莎白總是深受神仙故事感動呢，我們該怎麼做呢？

你的「最像安．雪莉」的安

附註一：當希若斯太太說希若斯會做編織品時，他的表情讓我永遠忘不了，但我也應該永遠欣賞他，因爲他去找到那些小貓；我也喜歡艾絲瑪，縱然在絕望之中，依舊挺身爲父親辯護。

附註二：我有支新筆了。我愛你，因爲你不像卡特博士那麼傲慢；我愛你，因爲你不像強尼般有對招風耳……而最好的理由是，我愛你，只因爲你是吉伯！

第12節

幽靈巷　迎風白楊之屋

五月三十日

比親愛更摯愛的吉伯：

春天來了！

或許你在金斯泊被考試壓得喘不過氣來，而沒有注意到這點，但我卻從頭到腳都察覺到了春天的氣息！沙馬塞德鎮有了春天的色彩，縱使在最不可愛的街道上，也有探出木籬的花朵，以及人行道旁草地上的蒲公英，都把街道變了樣子。甚至我架上的瓷器仕女也感受到春天的降臨，如果我能在某個夜裡突然醒來，我定能發現她穿著有鍍金鞋跟的粉紅鞋子翩翩起舞呢！

就我而言，每件事物都可稱爲「春天」，開懷大笑的小溪、「風暴之王」上的藍色霧靄、在我閱讀你信件之處的樹林裡的楓樹、幽靈巷沿路的白色櫻桃樹、身披光澤羽毛活潑地向「灰塵米勒」挑釁的知更鳥、伊莉莎白來拿牛奶的拱型門上翠綠的爬藤植物、老墓園旁的針樅樹新長出的嫩葉……甚至墓園本身，因爲各個墳墓前種滿各色花朵，也都發芽長出新葉和鮮花，似乎在訴說著：「就算在此處，生命還是對死亡耀武揚威呢！」前幾天某個夜晚，我在墓園裡做了一趟愉快的漫步（蕾貝卡．迪悠肯定認爲我這個嗜好嚇人地病態，她說：「我無法想像你爲什麼會對那種不祥之地如此嚮往。」），我在此地散步，常常想著，納森．普林果的太太是否眞想毒死他？她的墳前長出了新草以及六月百合，看來是那麼地無辜，所以我下結論，她完全是被惡意中傷的。

再過幾個月，我就要回家度假了！我一直想著「綠色屋頂之家」的老果園，樹上積滿雪，架在「耀眼之湖」上的舊橋樑，海洋在你耳邊低語，「戀人小徑」內的夏日午後，還有你！

吉伯，今晚我拿了支恰當的筆，所以……

（省略兩頁）

今晚我去造訪吉布森家，瑪麗拉前些日子就叫我去拜訪她們家了，因爲她住在白沙鎮時就認識了這家人。我照她的話去探視他們，而且從那之後，我每星期都去，因爲波琳似乎很歡迎我，我也爲她感到惋惜，她只是母親的奴隸，她母親眞是個可怕的老婦人。

亞都尼瑞．吉布森太太已經八十歲了，整天坐在輪椅上，她們十五年前搬到沙馬塞德鎮，波琳現年四十五歲，是家中最小的孩子，她的哥哥姊姊都已結婚，不肯收留亞都尼瑞太太。波琳整理家務，無微不至地伺候母親，她有點蒼白，有雙黃褐色眼睛，金褐的頭髮仍舊光澤漂亮。她們即使沒有工作，經濟狀況也還不錯，假若不是母親的緣故，波琳的生活應能過得輕鬆愉快。她喜歡教會工作，參加婦女互助會、傳道社，更參與籌劃教會的晚餐會、迎新交誼會，這都使她非常快樂。更別說她因爲擁有鎭上最好的虎耳草而感到喜悅且驕傲了。

但她很少有機會可以離開家裡，甚至連星期天上教堂的機會也不多，我看她是逃不出這種枷鎖了，年老的吉布森太太可能會活到一百歲呢，她的雙腳雖然無用，舌頭卻很管用，我經常得坐在那裡聽她譏諷可憐的波琳，令我絕望又生氣。波琳告訴我，她媽媽很「尊重」我，每當我去拜訪時，她媽媽還待她比較好呢，果眞如此，一想到我不在場時，吉布森太太會怎麼待她，我就不禁要顫抖了。

波琳做任何事都要事先請問母親，她甚至不敢買自己的衣服，更遑論一雙長襪。每次都得經吉布森太太同意，每件衣物穿破了，還得翻到反面繼續用，波琳一頂帽子就戴了四年啊。

吉布森太太無法忍受家裡有噪音，也不喜歡任何一絲新鮮空氣，據說她一輩子不曾微笑過，我眞的沒見過她笑，我也好奇她笑起來會是什麼樣子？波琳甚至沒有自己的房間，她必須與母親同睡一房，夜裡幾乎每小時都要起床幫母親擦背、餵她吃藥，或給她熱水瓶……一定要熱的水，絕對不可微溫！或是替她換枕頭，或是去察看後院詭異的聲音，吉布森太太下午都睡得飽飽的，夜裡則不斷編派工作給波琳。

但波琳並不以此爲苦，她甜美、無私又有耐心，我眞高興她有一隻狗去愛。她唯一自作主張的就是養了那隻狗，然後，只因鎭上某處有過盜賊，所以吉布森太太認爲養狗會保護她們。波琳從不敢讓她母親看到她有多愛這隻狗，吉布森太太厭惡牠，抱怨牠把骨頭帶回家，但是爲了自私的理由，卻從未說過要把狗趕走。

不過，至少我有機會給波琳某些東西，我也會這麼做，我要給她「一天」，就算我要犧牲下個週末回到「綠色屋頂之家」的機會也沒關係。

今晚我造訪時，我看見波琳在哭，吉布森太太不等我猜測，立刻說：「雪莉老師，波琳想離開我，她眞是我的好女兒啊，不是嗎？」

「只不過是一天嘛！媽！」波琳吞下淚水，想擠出笑臉說。

「只不過是一天？」她說：「雪莉老師，你曉得我的日子是怎麼過的嗎？每個人都知道，但是你還不知道，我也希望你從不知道，一個病痛的人，她的一天是怎麼熬過去的。」

我知道吉布森太太並沒有病痛，是故我沒有表示同情。

波琳說：「媽，當然我有找了人來陪您。」她對我解釋：「我堂姊露易莎下週六將在白沙鎮慶祝她的銀婚典禮，她希望我能去，當她嫁給莫利斯・希爾頓時，我是她的伴娘，假設媽媽同意，我可眞想去。」

「如果我孤伶伶地死了，那也是命，波琳，這件事全憑你的良心了。」吉布森太太說。

當吉布森太太說要把事情留待波琳的良心決定時，我知道波琳輸了這場戰爭。把事情留待對方的良心來決定，是這位老太太一輩子慣用的伎倆，我聽說多年前有人向波琳求婚，吉布森太太卻想加以阻撓，而把事情「留給波琳的良心來決定」。

波琳拭去淚水，擠出可憐的笑容，撿起她正在修改的衣服，那是件教人難以恭維的綠色和黑色格子衣服。

「波琳，現在不准生悶氣。」吉布森太太說：「我不能忍受別人生悶氣，可以請你在衣服上加個衣領嗎？雪莉老師，你相信嗎？她真想縫件沒衣領的衣服呢！如果我允許的話，她眞會穿低領衣服呢，就是那件。」

我看著擁有纖細頸子的波琳，她的頸子豐潤美麗，卻被裹在一圈又高又硬的衣領裡。

我說：「現在正流行無領衣服呢。」

吉布森太太說：「無領衣服不端莊。」

（注意，我當天就穿了件無領衣服。）

「再說。」吉布森太太繼續說，好像兩件事是同一回事一樣。「我從來就不喜歡莫利斯．希爾頓，他母親是柯洛克家族的人。他不懂禮節……總在不恰當之處親吻他老婆！」

吉伯，你確信你吻我的地方是恰當之處嗎？恐怕吉布森太太覺得諸如後頸等處，是最不恰當的。

「媽媽，可是那天是因爲露易莎差點就被哈威．威瑟在教堂草地上狂奔的馬踩扁了！老婆能夠驚險躲過一劫，莫利斯感到激動也是正常的啊！」

「波琳，不要頂嘴，我仍然覺得任何人在教堂臺階上親吻都極不恰當，當然，『我的』意見再也對『任何人』發揮不了作用了，當然，每個人都希望我死，好吧，墳墓已有留給我的空位了，我知道自己對你是個極大的負擔，我最好死了，沒有人要我。」

波琳乞求道：「媽，請別這麼說……」

「我就是要講，你明知我反對，卻執意要去參加銀婚典禮。」

「親愛的媽媽，我不去了，如果您不願意，我是不會去的，請別激動……」

「喔，我甚至連一點點激動的自由都沒有，難道我不能讓自己乏味的生活變得有趣點嗎？雪莉老師，你不會這麼快就走吧？」

我覺得如果再待下去，我若不是要發瘋，就是會在她那乾癟的臉上賞一巴掌，所以就說了要回去改考試卷。

「好吧，可能像我們這樣的兩個老女人不是年輕女孩的好夥伴。」吉布森太太嘆息，「波琳不是令人愉悅的人，難怪雪莉老師不願久留。」

波琳送我到玄關，月光在她的小花園裡閃爍，也在港灣處生輝。輕軟愉快的風兒正在跟白色蘋果樹呢喃，春天來了，春天，春天！甚至吉布森太太也不能阻止李樹開花，波琳柔和的灰藍色眼睛卻噙滿淚水。

「我非常想參加露易莎的銀婚典禮。」她絕望地長嘆一口氣。

我說：「你去得成的。」

「喔，我不能去，可憐的媽媽未曾同意，我不要再去想這件事了。今晚月色眞美啊！」她用大聲而愉快的口吻說。

「我從未聽過瞪月亮會有什麼好下場。」吉布森太太在起居室裡喊：「波琳，不要再竊竊私語了，進來把我那雙有毛皮的紅色臥房拖鞋拿給我吧，這一雙太擠腳了，但是無人在乎我多受苦啊。」

我確實感到，我根本不在乎她多受苦。可憐又親愛的波琳啊！但是波琳肯定會休一天假好去參加銀婚典禮。因爲我——安．雪莉說過這一句話。

我一回家，就把事情全盤托出給蕾貝卡以及兩位阿姨，我對吉布森太太說過的話，無論是好的或汙衊的，都成了我們有趣的話題。凱特阿姨認爲我無法說服吉布森太太讓波琳出門，但是蕾貝卡．迪悠對我有信心，她說：「如果你都辦不到，就無人可以辦到了。」

最近，我受邀去湯姆．普林果太太家吃晚餐，她就是那位不肯把房子租給我的人（蕾貝卡說，我是她聽過平均每餐飯要付最多錢的房客，因爲我經常受邀外出用餐）。眞慶幸她當時不租給我，她人很好，相處起來令人愉快，做派餅的功力也很出名，但她的房子不是「迎風白楊之屋」，她不住在幽靈巷，她也不是凱特阿姨、崔蒂阿姨或蕾貝卡．迪悠，我愛她們三人。

明年、後年我都還要住在這裡，我的椅子總被稱爲「雪莉老師的椅子」。崔蒂阿姨告訴我，當我不在時，蕾貝卡．迪悠也會在餐桌上擺設我的餐具，如此「才不至於太寂寞」，有時候，崔蒂阿姨的情緒較低落，不過她說，她了解我不會故意傷害她。

小伊莉莎白和我現在每週可以有兩次外出散步的機會，坎貝爾太太同意這件事，但是次數不能增加，星期天也不行。春天裡，小伊莉莎白的生活越來越順利了，甚至連這棟陰森的舊房子也有些許陽光，戶外則因有了樹梢飛舞的影子更美麗，然而，伊莉莎白還是一有機會就想逃離這棟房子。

偶爾我們會去上城區，好讓伊莉莎白伊看看商店櫥窗的閃耀燈火，但是我們最常沿著「通往世界盡頭」的那條路走，走到不敢再往前爲止。我們會在各個轉角兜圈子，暮色中遠處的綠色小丘整齊連接在一起，好像在它後面就可以發現「明天」似的。伊莉莎白希望在「明天」裡能夠「去費城看看教堂裡的天使」，我沒有告訴她，也不想告訴她，聖約翰筆下的費城，不是美國賓州的費城。人們很快就會失去幻想力，如果我們能夠去到「明天」，誰知道我們可以在那裡發現什麼呢？或許可能發現到處都有天使吧！

有時候，我們會來到港口，看看船隻在透明的春天氣息中，沿著閃耀的河道以及美好的風兒入港。伊莉莎白會想著，她父親是否就在那其中某艘船內呢？她一直抱著希望，期盼他有一天能來看她，我也想不出爲什麼他不來，如果他知道他這麼可愛的小小女兒正在此期盼他來，他一定會來的。我想，他大概沒想過她已經成爲一個女孩兒了……他大概還把她當成是個奪去母親生命的小嬰兒吧？

我在沙馬塞德中學執教的第一年很快就要結束，第一學期眞是場噩夢，第二、第三學期就很愉快，普林果家族是開朗的人，我怎可把他們拿來和帕伊家族相提並論？錫德．普林果今天買了一束延齡草給我，珍是班上的領袖，而且根據報告，愛琳小姐說我是唯一能理解孩子的老師！美中不足的是凱薩琳．布魯克，她仍舊不友善而冷漠，我不想再試著伸出友誼之手了，畢竟誠如蕾貝卡．迪悠所言，那是存在阻礙的。

喔，差點忘了告訴你，莎莉．尼爾森要求我當她的伴娘之一，她將於六月三十日在美景鎮結婚，尼爾森醫師在那個偏遠鎮上有座避暑別墅，莎莉要嫁給戈頓．希爾，然後尼爾森醫師的六個女兒中，只剩下諾拉．尼爾森是小姑獨處了。吉姆．威克瑟已和她交往數年，蕾貝卡說他們分分合合，但終究沒有結果，別人也不看好。我眞替莎莉感到高興，卻沒有機會認識諾拉，她大我好幾歲，緘默又傲慢，但我仍想和她做朋友，她不漂亮、不聰明也不迷人，但她有自己的特質，値得結交認識。

講到婚禮，艾絲瑪．泰勒上個月和她的博士先生結婚了，因爲婚禮在星期三下午舉行，我抽不出時間去教堂祝賀，但是每個人都說她看起來漂亮又開心，雷諾克斯則是一副自豪自己對得起良心的樣子。希若斯．泰勒和我成了好友，他經常把那次晚餐當成笑話來講，他告訴我：

「從那以後，我再也不敢生悶氣了，否則媽媽下次要說我擅長縫縫補補了。」然後，他要我記得幫他向「兩位寡婦」問好。吉伯，人們都很甜美，生命很甜美，我也很甜美。

永遠屬於你的人

附註：我們寄養在哈彌敦先生家裡的那隻老紅牛生了一隻有斑點的小牛，因此，這三個月以來，我們都向盧·杭特買牛奶，蕾貝卡說我們又會有奶油了，她也聽說杭特家的水井有源源不絕的水，現在她相信了。蕾貝卡一點都不希望母牛生這隻小牛，凱特阿姨還要請哈彌敦先生來告訴蕾貝卡，如果她一直都不同意，母牛太老就生不出小牛了。

「喔，當你老了，像我一樣臥病在床，你就會較有同情心了。」吉布森太太發牢騷地說。

「吉布森太太，請不要認為我缺乏同情心。」安說道，她現在眞想扭斷吉布森太太的脖子，因為她已經白費了半小時的唇舌。但是當她看到後面可憐的波琳懇求的眼光時，她又覺得自己不能放棄。「我向你保證，你當天不會感到寂寞，也不會缺乏照料，我將整天待在這裡，擔保你一切都不缺乏。」

「喔，我知道自己是老廢物了。」吉布森太太扯到不相干的事情上：「雪莉老師，你不需要強調這件事，我隨時都準備走了……隨時。屆時，波琳就可隨心所欲到處蹓躂了，我不會留在這裡讓人漠視，時下年輕人是一點見識也沒有，都太輕浮了。」

安不知道所謂的「沒見識而輕浮的年輕人」是在說波琳或者說她，但她使出最後一記招式。

「吉布森太太，你知道，如果波琳不參加她堂姊的銀婚典禮，人們會議論得多難聽嗎？」

「議論！他們都講些什麼呢？」吉布森太太尖銳地說。

「親愛的吉布森太太……」（我想我可以拿掉「親愛的」這個抬頭？）「您年長見識多，也知道愛嚼舌根的人是怎麼回事。」

「你毋需提醒我的年紀。」吉布森太太斷然說：「我毋需別人來告訴我這是個愛好批評他人的世界，我太了解這點了，我也毋需別人來告訴我這鎮上充滿了喜歡碎嘴八卦的人，但我猜他們就在嚼舌根，說我是個老暴君。我沒有阻止波琳去啊，我難道沒有讓她憑良心來決定嗎？」

「很少有人會相信的。」安謹慎又遺憾地說。

吉布森太太懷著怒意吸吮起薄荷糖，約過了一、兩分鐘之久，才說：「聽說白沙鎮在流行腮腺炎。」

「親愛的媽，你知道我已經感染過腮腺炎。」

「也有人得過兩次的，波琳，你也可能得兩次，每當有流行病來，你就經常被傳染。我生你的那晚，就以為你活不到天亮了，喔！我這個當母親的所做的犧牲再也無人記得了。此外，你要怎麼去白沙鎮呢？你好幾年沒搭火車了，星期六晚上也沒有回程的火車啊。」

安說：「她可以搭星期六早晨的火車去，回程的話，詹姆士·葛雷格可以載她回來。」

「我不喜歡詹姆士·葛雷格，他母親是塔布許家族的人。」

「他會駕駛雙人座馬車，星期五就出發，否則他也可以帶她去的。但是波琳搭火車也很安全，只要在沙馬塞德鎮踏上火車，在白沙鎮步下火車，也不用轉車啊。」

吉布森太太懷疑地說：「這其中必有隱情，雪莉老師，為什麼你要極力促成她去呢？告訴我原因吧。」

安笑得眼睛如玻璃珠一般閃亮。

「吉布森太太，因爲我覺得波琳對您來說是個美好又仁慈的女兒，偶爾也需要休假一天。」大多數人都難以抗拒安的笑容，或許是這個原因，或是害怕閒言閒語，吉布森太太屈服了。

「從來沒有人替我著想過，我也希望有一天我能擺脫輪椅呢，但我沒辦法，只好耐心地忍受折磨。好吧，如果她必須去，那就去吧，波琳總是我行我素，如果她染上腮腺炎，或被毒蚊子叮了，不要怪我！我獨處時，必須儘量照顧好自己，喔，你會來陪我，但你不像波琳般熟悉我的習慣，我應該能忍耐一天，但假使我無法忍受呢？……好吧，我已經活得夠久了，所以，又有什麼差別呢？」

雖然她不是親切地同意，但畢竟也同意了，安又釋懷又感激，發現她過去無法想像可以做到的事，竟然也做到了。她彎下腰，親吻吉布森太太皮革般的臉頰，說：「謝謝。」

「不用如此諂媚。」吉布森太太說：「吃顆薄荷糖吧！」

「雪莉老師，我該如何謝你呢？」波琳給安送行到馬路上的時候問道。

「帶一顆愉悅的心去白沙鎮，並享受你的每一分鐘，這就是謝我了。」

「喔，我會照辦，你不知道這趟出門對我的意義。我不只想見露易莎，她家隔壁的拉克利舊居要被出售了，我眞想在房子被賣給陌生人以前再去看看那地方。瑪莉．拉克利，現在是霍瓦．福雷明太太了，她目前定居在西部，是我女孩時期最好的朋友，我們情同姊妹，我經常去她家，對那房子很有感情，我常常作夢回去那裡。媽媽說我已經快老得不會作夢了，你覺得對嗎？」

「沒有人會老得不會作夢，而且夢也不會變老。」

「眞高興你這麼說，雪莉老師，一想到能再看看那個海灣就很令人興奮，我已經十五年沒看到它了。港口是很美，但並不是我的那個海灣，我好像飄飄欲仙了，這都是拜你之賜，只因爲媽媽喜歡你，才會答應讓我去，你使我快樂，你總是使別人快樂，每當你進入一個房間，那房裡的人就感到快樂。」

「波琳，這是對我最好的讚美了。」

「雪莉老師，還有一件事……我除了那件老舊的黑色絲質衣服外，沒有別的體面衣服可穿了，穿這件參加婚禮會不會太憂傷了？而且我變瘦後，那衣服也變得太大了，那件衣服是六年前做的。」

安抱持希望說：「我們必須試著勸說你媽媽，讓你有件新衣裳。」

但事實證明安也無此力量，吉布森太太頑固得像顆石頭，認爲波琳穿黑色絲質衣裳去參加露易莎的婚禮已經夠好了。

「六年前，我以每碼布兩元的價格買了布料，又花了三元請珍．莎普來裁縫，珍是很好的裁縫師，她母親是史蜜莉。波琳．吉布森，你竟想要一件『明亮』的衣服！雪莉老師，如果我允許的話，她會從頭到腳都穿鮮紅色呢，就是那件！她在等我死了，好能隨心所欲呢。好吧，波琳，你很快就會卸下我帶給你的重擔，然後你愛穿得怪異或輕浮就隨你了，但只要我有一口氣在，你就得端莊點。你的帽子怎麼了？你已經是該戴淑女帽的年紀啦。」

可憐的波琳害怕戴淑女帽，她寧可一輩子戴那頂舊帽子，也不願意戴淑女帽。

波琳和安一起到花園，採了一束六月百合與荷包牡丹要送給兩位阿姨。她說：「我只好想著內心的快樂，而忘掉衣服的事。」

「我有一個計畫。」安邊說邊警戒地張望，雖然吉布森太太正從起居室的窗戶觀察她們，但安確信她聽不到交談：「你知道我那件銀灰色混紡的衣裳吧？我就借給你穿去參加婚禮吧。」

波琳興奮得整籃花都掉在地上，使得安腳上灑了一片粉紅與潔白的芬芳。

「喔，親愛的，沒辦法的……媽媽不會讓我這麼做的。」

「她不會知道的。聽著，星期六早上，你就把我的衣服穿在你的黑衣服底下。我知道它合你的身材，它有點長，但我明天會把它打褶改短，現在很流行打褶。它是無領的，所以穿在裡面看不出來。你一到達海鷗灣，就脫掉黑衣服，婚禮結束後，你可以把我的衣服留在那裡，我下週末回家時就可以拿到。」

「可是那件衣服款式太年輕了吧？」

「一點也不會，灰色適合各種年齡層。」

波琳結結巴巴地說：「你覺得這麼做……對嗎……欺騙媽媽？」

「但這件事本身卻是對的。」安毫無愧色地回答：「穿黑色去參加婚禮很不恰當，會給新娘帶來晦氣。」

「喔，我不可能故意穿黑衣，把晦氣帶給新娘；當然，我穿你的衣服，也不會傷害到媽媽。我希望她星期六過得好，眞擔心我一不在，她就不肯吃東西了。上次我去參加瑪堤達堂姊的喪禮時，波勞蒂小姐就告訴我……我那天請她來照顧，她就對堂姊的死感到非常憤怒啊……噢，我說的是媽媽。」

「她會吃的，我會注意的。」

「我知道你對她很有一套。」波琳被說服了。「親愛的，別忘了按時給她服藥，喔，或許我根本不該去呢。」

「你們所花的時間，足夠摘四十束花朵了！」吉布森太太生氣地喊道：「我不知道有什麼樣的寡婦會要你們的花，她們自己也有很多呢！如果要我等蕾貝卡．迪悠來給我送花，我大老早就沒有花朵了！我快渴死了，但我的事總是排在最後順位！」

星期五晚上，波琳激動地打電話給安，說她喉嚨痛，問安是否覺得那可能是腮腺炎呢？安過去安慰她，並把銀灰色混紡禮服放在棕色包裹裡帶給她，她把衣服藏在丁香花叢中。深夜裡，波琳冒著冷汗把衣服「走私」到樓上她放衣服的小房間，媽媽從不准她睡在那房間。波琳對那件衣服還耿耿於懷，或許她會喉嚨痛就是她欺騙的報應吧？但是她也不可以穿那件嚇人的黑衣去參加露易莎的銀婚典禮啊！

星期六早晨，安神情愉快地來到吉布森家。通常像這般閃亮的夏日清晨，安總是容光煥發，她似乎隨著天氣在閃亮。她在金色空氣中前進時，就好像希臘古瓶上畫的纖細人物一樣，當她一走進屋，縱使是最陰暗的房間，都會生意盎然、滿室生輝。

吉布森太太諷刺地說：「你走路的模樣，好像你擁有這個地球呢。」

「我就是這樣嘛！」安快樂地回答。

「喔，你是非常年輕啊。」吉布森太太怒道。

「『我不會把自己的心靈禁錮在任何喜悅之外。』[1]」安引用起經句：「這是聖經賦予你的權力。」

「聖經也寫著『人們生而受苦，就像上升的火花一樣』。[2]」吉布森太太反駁。她得以如此簡潔地對抗文學士雪莉老師，讓她心情好了一點。「我從不愛諂媚，雪莉老師，但是你這頂藍花小帽的確很適合你。戴了這帽子，你的頭髮就不顯得那麼紅了，就跟我一樣。波琳，你看到這樣一位清新的年輕女孩，難道不欣賞嗎？你自己不會也想成爲一位清新的年輕女孩呢？」

波琳太興奮了，所以她當時只想做她自己，不想變成別人。安上樓幫她整裝。

「一想到今天將會發生的快樂事情，就令人興奮！我的喉嚨已經不痛了，媽媽心情又好。你可能沒察覺，但是我明白，當她話多起來，即便是諷刺的言語，就表示心情好。如果她生氣憤怒，她就生悶氣不說話。我已經削了馬鈴薯皮，牛排在保冷櫃，媽媽的牛奶凍則放在地窖裡，晚餐可以吃食品室裡的罐頭雞肉和海綿蛋糕。我現在心裡還很忐忑，生怕媽媽改變主意，如果她不讓我去，我會受不了的。喔，雪莉老師，你覺得我最好穿那件灰洋裝嗎？真的嗎？」

安以教師的口吻說：「穿上吧！」

波琳遵從了，穿上以後，她簡直變了個人，漂亮極了。這件衣服沒有領子，袖口有優雅的蕾絲皺褶，當安幫她梳好了頭髮，她差點認不得自己了。

「雪莉老師，我眞厭惡把那件嚇人的黑衣穿在外面呢。」

但她必須這麼做，黑衣服緊密地蓋住灰色洋裝，又戴上舊帽子……但她在抵達露易莎家以後，這些都會被脫掉……波琳有雙新鞋，吉布森太太允許她買了雙新鞋，雖然她覺得那鞋跟「高得奇醜」。

「我要『獨自』去搭火車，我希望人們別以爲有誰過世了，我不希望露易莎的銀婚典禮被聯想成死亡，喔，雪莉老師，香水呢？蘋果花味的那瓶！味道很棒吧？一點點就夠了，像淑女一樣吧？我一直想這樣呢！媽媽不讓我買，喔，雪莉老師，你不會忘了餵狗吧？我把牠的骨頭蓋在盤

1 出自《舊約．傳道書》2:10。
2 出自《舊約．約伯記》5:7。

子裡，放在食品室。我希望……」她壓低了聲音，用畏怯的耳語說道：「你在的時候，那孩子不會太頑皮。」

波琳出門前必須通過母親的檢查，她內心交雜著即將出門的興奮，以及隱藏灰洋裝的罪惡感，讓她的面容顯現出一股不尋常的紅暈，吉布森太太不滿意地瞪視她。

「喔，老天！你是要去倫敦覲見女王嗎？你身上的色彩太多了，人們會認爲你是被塗成大花臉了，你沒有嗎？」

「喔，媽媽，沒有的。」她驚嚇地回答。

「要注意禮節，坐下時要得體地靠緊腳踝，不要待在風口處，也不要講太多話。」

「我不會的，媽。」波琳熱切地承諾，並緊張地看了眼時鐘。

「我要送給露易莎一瓶我的沙士酒，好讓他們在舉杯慶祝時喝，我從不在乎露易莎，但她母親是塔克貝利家的人。請把瓶子帶回來。如果她要給你貓咪，也不要接受，露易莎老愛送人貓咪。」

「我不會接受的，媽。」

「你確定沒有把肥皂放在水裡吧？」

「很確定，媽。」她再度痛苦地看看時鐘。

「你鞋帶有繫好吧？」

「是的，媽。」

「你身上的味道不莊重……像在香味裡浸透了似的。」

「喔，不是的，親愛的媽……只有一點點……極少的一點。」

「我說浸透就是浸透！你手臂下的衣服有條裂縫吧？」

「喔，沒有，媽。」

「讓我看看。」老太太冷酷地說。

波琳感到戰慄，她眞怕舉起手臂會露出灰洋裝！

「好吧，現在可以走了。」吉布森太太長嘆一口氣：「如果你回來時我不在了，記住，我要穿蕾絲披肩、黑色絲綢便鞋進棺材，並請注意不要讓我的頭髮亂糟糟的。」

「你哪裡不舒服嗎？媽。」灰洋裝讓波琳的良心極度不安，「如果是的，我就不去了……」

「那就浪費買鞋子的錢了！你當然得去，注意不要跨坐在樓梯扶手上溜下來。」

一講到此，波琳這條小蟲蠕動了。

「媽，你想我會嗎？」

「你在南西．派克的婚禮上就這樣做過。」

「那是三十五年前的事了！你想我現在還會這樣嗎？」

「你該走了，爲何還淨說些無用的話？你想錯過火車嗎？」

波琳匆匆走了，安如釋重負地長嘆一聲，她眞擔心吉布森老太太會在最後一刻出於惡魔般的衝動，而扣留波琳直到火車走掉。

「現在安靜多了。」吉布森太太說：「這房子雜亂得不像話，雪莉老師，平時不老是這樣的，那是因爲這幾天波琳魂不守舍。可以請你把花瓶往左挪一吋嗎？不對，請再移回來，燈罩彎掉了，對了，平多了，那個窗簾比其他的低了一吋，請把它拉好。」

不幸地，安拉窗簾時太用力，它颼地一聲全部捲上去了。

「喔，你看吧！」吉布森太太說。

安沒有回應，只是小心翼翼調整窗簾。

「吉布森太太，現在我來替你泡壺好茶，好嗎？」

「我眞需要喝點東西呢……我被這些麻煩和瑣事搞得累極了。」吉布森太太悽慘地說：「你可以泡杯像樣的茶給我嗎？我很快就要去喝泥巴了，有些人泡的茶也像泥巴一樣！」

「瑪麗拉．卡伯特教過我泡茶，你等會兒就知道了，但首先我要把你推到門外玄關，好讓你享受陽光。」

「我好幾年沒有出過大門，去到玄關了。」吉布森太太抗議。

「喔，今天天氣太棒了，不會傷到你的，我要你看看盛開的山楂樹，不出去的話是看不到的。今天吹南風，你會聞到諾曼．強森家田地裡苜蓿的清香，我會把茶端來給你，我們可以一起喝茶，然後我做刺繡，我們可以一起坐著，批評每個路過的行人。」

「我不批評別人。」吉布森太太善良地說：「基督徒不這麼做。你介意告訴我，你頭上都是你眞正的頭髮嗎？」

安大笑著說：「每根都是。」

「眞可惜它是紅的，雖然紅頭髮似乎越來越受歡迎了。我喜歡你大笑，可憐的波琳每次緊張得咯咯笑，總會令我不安。好吧，如果我必須出去，那我就出去，我可能會感冒，但那是你的責任，雪莉老師。記住，我已經八十歲了，每一天都是歲月的痕跡，不過我聽說老大衛．阿克罕告訴沙馬塞德鎮附近的人說我只有七十九歲。他母親是瓦特家族的人，他們最愛嫉妒他人。」

安靈巧地把輪椅推出戶外，並把枕頭擺放整齊，很快地端出茶，吉布森太太對茶表示認可。

「這就對啦，這茶可以喝，我有一整年的時間只喝流質食物，他們從沒想過我能度過難關，我總是想，如果我那時過不了難關，可能會好一點。那就是你稱讚的山楂樹嗎？」

「是的，很漂亮吧？在藍天之下很潔白漂亮吧？」

「那並不詩情畫意。」這是吉布森太太唯一的評語，但她在喝下兩杯茶後，態度變柔和了。早上很快就過，午餐的時間到了。

「我進去把午餐準備好，然後把它端出來，放在小桌子上。」

「喔，小姐，不要。我不要用那種瘋狂愚蠢的方式來享受陽光，別人會認爲我們當街吃飯眞是昏了頭啦！雖然苜蓿的味道很怡人，而且早晨時光也異常地快，但我不在戶外吃飯，我可不是吉普賽人，你下廚前記得先洗好手。老天，史多瑞太太必定想招待很多朋友，她客房的所有床單都晾在曬衣繩上了，她並非真的好客，她只是想找尋刺激罷了。她母親是卡利家族的人。」

安做的午餐讓吉布森太太非常滿意。

「想不到爲報紙寫文章的人也會做菜，當然，是瑪麗拉・卡伯特調教有方，她母親是強森家族的人。我想，波琳在婚禮上會吃得撐壞肚子，她不知道自己何時才能吃飽……就像她父親一樣。我曾看他大吃草莓，卽使他知道一小時後會因而痛得彎腰，他也不在乎。雪莉老師，我給你看過他的相片嗎？去那個沒人睡的房間裡把相片拿來吧。相片放在床下。不要窺探抽屜裡的東西，但要看看五斗衣櫃下面灰塵多不多，我不相信波琳……喔，這就是他了，他母親是渥克家族的人，當今已經沒有像他這樣的人了，這眞是個墮落的年代啊，雪莉老師。」

安笑著說：「荷馬在西元前八百年就說過同樣的話了。」

「寫《舊約》的人當中，有幾個淨是寫些牢騷話。」吉布森太太說：「我敢說，你聽我這麼說一定很吃驚，但我丈夫的視野是很寬廣的。聽說你跟醫學系學生訂婚了，大部分醫科生都會喝酒，我相信他們必須喝酒，進解剖室才能壯膽。雪莉老師，不要嫁給愛喝酒的人啊，也不要嫁給不擅養家活口的人，風花雪月是不能當飯吃的。清洗一下碗槽，然後洗淨擦碗布吧。你應該餵狗了，雖然牠已經太肥了，波琳還硬塞東西給牠吃，有時候我覺得眞該把牠趕走。」

「喔，吉布森太太，我不會這麼做的。老是有盜賊呢，你的房子又是獨立門戶，應該要有所保護才好。」

「好吧，就照你的話去辦，我不愛跟人辯論，尤其當我後頸震顫得很不舒服時，可能是要中風的前兆呢。」

「你需要小睡一會兒，睡醒就沒事了。我給你蓋條毯子，並調低椅子高度，你喜歡在門廊上小睡嗎？」

「當衆睡覺比當衆吃飯還要糟糕，你總是有些很怪的想法，你只需把我放在起居室，然後放下窗簾，關上門，別讓蒼蠅進來。我敢說你需要一道安靜咒，你的舌頭從剛剛到現在一直講個不停。」

吉布森太太睡得很甜，但醒來後情緒卻很差，她不讓安再用輪椅推她到玄關。

「你要我在夜風之下冷死嗎？我想是吧！」她發牢騷地說，其實這不過是下午五點鐘。沒有一件事情合她心意，安端給她的飲料太冷了……下一杯則不夠冷，當然，她都可以接受。狗兒在哪裡呢？毫無疑問，在淘氣。她的背痛、她的膝痛、她的頭痛、她的肋骨痛，無人同情她，無人了解她遭遇了什麼。她的椅子太高、她的椅子太低，她的肩膀需要一條披肩、她的膝蓋需要一條毛毯、她的腳需要一個靠墊。雪莉老師會發現這股可怕的冷風是從哪裡吹來的嗎？她只要一杯茶就夠了，但她不要成爲別人的負擔，很快地，她就要躺在墳墓裡了，或許等她走了，他們會感謝她吧。

「無論這天是長是短，最後終會響起黃昏之歌。」

安覺得似乎不會到來的一刻，終於來臨了。日落了，吉布森太太開始想著爲何波琳還不回來，天色暗了，波琳仍未回來，夜晚來臨，月光也閃耀了，可是還等不到波琳。

「我知道。」吉布森太太神秘地說。

「您知道，她必須和葛雷格先生一起回來，而他總是最晚回來的。」安溫柔地說：「吉布森太太，我把你放到床上好嗎？你累了，我知道一個陌生人在你家，會讓你精神緊繃。」

吉布森太太嘴邊的皺紋頑固地加深了。

「在這女孩回家前，我是不會上床的，但如果你急著走，我可以獨自一人在這裡……或是獨自死去。」

九點半時，吉布森太太認定詹姆士·葛雷格不到星期一是不會回來了。

「詹姆士的心思總是變個不停，他認爲在星期日旅行是不對的，縱然是要回家也不行。他是學校委員會的成員吧？你對他以及他的教育主張有什麼看法？」

安已經忍受了吉布森太太一整天的嘮叨，所以淘氣起來，嚴肅地回答：「我覺得他生錯年代了。」

吉布森太太連眼睫毛也不眨一下，說：「我同意。」之後，她就假裝睡著了。

波琳終於在十點鐘回來了，雖然她得再度穿上黑衣服，戴上舊帽子，但她面頰緋紅，眼睛閃亮，看起來年輕十歲。她趕忙把一束漂亮的花獻給坐在輪椅上、一臉怒容的女士。

「媽，新娘把她的花束送您喔，很漂亮吧？二十五朵白玫瑰呢！」

「這一點也不稀奇！我不奢望誰會想送我一小片結婚蛋糕，現代人一點家庭觀念都沒有。喔，想當年……」

「他們也送蛋糕啊，我袋子裡有好大一塊呢，每個人都問候您呀，媽。」

安問：「今天過得好嗎？」

波琳在一張硬椅子上坐下，她知道，如果她坐在軟墊椅子上，她母親會不高興。

「非常好。」她小心翼翼地回答：「結婚晚宴很溫馨，海鷗灣的牧師福立曼先生重新爲露易莎和莫利士主婚呢。」

「我說這是冒瀆上帝。」

「然後，攝影師幫我們照相，花朵很美，客廳裡還裝飾了爬在木架上的爬藤植物……」

「眞像個喪禮……」

「喔，媽，瑪莉．拉克利也從西部趕回來……她現在是福雷明太太了，這您是知道的。您記得我們是多要好的朋友，我們互取小名，她叫我波莉，我叫她莫莉。」

「好蠢的名字。」

「能再次見到她眞好，我們敍舊了很久，她姊姊耶恩也參加了，還帶著一個甜美的嬰兒呢。」

「說得像是嬰兒也可以吃似的。」吉布森太太哼聲說：「嬰孩都是很平凡的。」

「喔，不對，嬰孩絕不平凡。」安一邊端了一碗水幫吉布森太太給白玫瑰澆水，一邊說：「每一個都是個奇蹟。」

「我養了十個，在他們之中我也沒看到什麼奇蹟。波琳，可以的話，坐好，你動來動去會讓我心煩。我注意到了，你沒有問我今天過得好不好，我根本不奢望你來問候呢。」

「媽，我不用問就知道了，您看來容光煥發又快樂。」波琳還在興奮當中，所以甚至對於她媽媽都有點頑皮。「我深信您今天和雪莉老師過得很好。」

「我們處得很好，我讓她爲所欲爲，我承認這幾年來，今天是第一次和人談論一些有趣的話題，如果有人願意去了解，就知道我也不是這麼靠近墳墓。感謝老天，讓我不聾也不孩子氣。我想，下次你會去月球吧！他們一點也不在意我的沙士酒吧？」

「喔，他們很喜歡，覺得很好喝。」

「怎麼不早說？有把瓶子帶回來嗎？或是要你記得這件事太難了？」

「瓶……瓶子破了。」波琳結巴地說：「在食品室裡被人打破了，但是露易莎給我一個完全一樣的，所以您不用煩惱。」

「自從我開始持家後，就有了那個瓶子，露易莎的瓶子不完全雷同。現在沒有人做這種瓶子了。拿條披肩給我吧，我打噴嚏了，我可能已經患上嚴重的風寒了，你們兩人似乎忘記別讓風吹到我，我想我神經炎的老毛病又要復發了。」

街上一位鄰居剛好過來串門子，所以波琳有機會送安一程。

「雪莉老師，晚安了。」吉布森太太優雅地說：「我很感激你，如果鎮上有更多像你這樣的人就好了。」她露出沒牙齒的笑容，把安往下拉向自己，「我不在乎人們怎麼說，我覺得你很漂亮。」她說著悄悄話。

波琳和安在寒冷的暗綠夜色裡沿著路往前走。波琳這次想出門就出門，她以往不敢這麼做的。

「喔，雪莉老師，太棒了，我該怎麼報答你？我從沒有過這麼美好的一天……今後的好幾年裡，我會靠著這個美麗的回憶過日子。重新當伴娘的感覺眞好，伊撒克．肯特是伴郎，他以前追求過我……喔，也算不上啦，可能他沒這種心意吧，我們只是常常一起駕車四處兜風……他給過我兩句讚美的話，『我還記得你，在露易莎婚禮時穿了件酒紅色洋裝，看起來非常美麗。』他還記得這件衣服，眞是太好了。他又說：『你的頭髮跟往日一樣，看來像太妃糖般令人喜愛。』他這樣說沒有什麼不妥吧？雪莉老師。」

「沒有啊。」

「在賓客離開以後，露、莫莉和我一起吃了頓美好的晚餐，我很餓，似乎好幾年都沒那麼餓過了，還能隨心所欲地吃，不會有人警告我的腸胃可能會不舒服呢。

「晚餐後，瑪莉和我到她的舊宅去，我們在花園漫步。聊起往事，我們看見我們多年前種植的丁香花叢，我們還是少女時，共度了很多美麗夏日，日落時分，我們來到昔日的海岸，沉默地坐在岩石上。港口處有鈴聲響了，再度感覺海風吹拂，看著星光在水裡閃耀，真是太美了。我早已忘掉海灣的夜色竟可以這麼美，我們直到天色很暗時才返回，而葛雷格先生已經等著要上路了，所以……」

波琳笑出聲，說：「『老女人當晚就回家了。』」

「波琳，我希望……我希望你回家後，日子會好過一些。」

「喔，親愛的雪莉老師，我現在不在乎了。」波琳很快地說：「畢竟可憐的媽媽需要我，而被需要的感覺真好。」

是的，被需要的感覺真好，安在她的塔樓房裡想著，而「灰塵米勒」則因爲要躲避其他三位女士而跑來安的房裡，綣縮在她床上。安想著，波琳匆忙趕回來恢復她的「奴隸身分」，伴著她的是一個「永不磨滅的快樂日子」。

安對「灰塵」說：「我希望有人會老是需要我，能把快樂帶給別人的感覺真棒。我能帶給波琳這麼一天，讓我覺得很富有。但是，灰塵，縱使我八十歲了，我也不會像亞都尼瑞．吉布森太太一樣吧？」

「灰塵」以甜美的咕嚕咕嚕喉音來回答，向她保證：「不會的。」

---

1 此句出自英格蘭童話《老女人與她的豬》（*The Old Woman and her Pig*）。

第15節

星期五晚上婚禮前夕，安來到美景鎮，尼爾森家設了晚宴款待那些配合船期而提早到來的朋友和婚禮賓客。這棟寬大又舒適的房子是尼爾森醫師的夏日別墅，房子建在地勢狹長的針樅樹林裡，兩旁都可見到海灣，四處皆有海風吹拂，金黃色山丘綿延不絕。

安一看到這幢房子，立刻就喜歡上它了，舊式的石砌房子總讓人覺得穩重威嚴，它不怕風雨，也不退流行，在這樣一個六月黃昏裡，它顯得熱鬧而活潑，屋子裡充滿年輕的生命和興奮、女孩子們的笑聲、老友的祝賀、來來往往的馬車聲、四處亂跑的孩子們、送來的禮物，每個人都因婚禮的喜悅而騷亂，而尼爾森醫師的兩隻黑貓，巴拿巴和掃羅[1]，就坐在陽臺欄杆上守望著，彷彿兩尊沉穩的黑色人面獅身像。

莎莉從人群中退出，也叫安趕快上樓去。

「我們把北牆頂樓的房間留給你，當然你必須與至少其他三人共用這個房間，這屋子現在真是混亂得太有趣了。爸爸將在針樅林裡搭設帳篷讓男孩子睡，稍後，我們可以在屋子後端那個四周用玻璃圍住的小廳裡放置折疊床，當然，我們可以把大部分的孩子們『塞』進放乾草的倉庫裡。喔，安，我太興奮了，結婚是永不休止的樂趣呢。我的結婚禮服今天剛從蒙特婁送到，它簡直像夢一樣美好……它有乳白色紮起來的絲綢、蕾絲寬領和珍珠鑲邊。最可愛的禮物抵達了，這是你的床，瑪咪．葛雷、達特．菲沙和西西．珀瑪則睡其他三張床。媽媽本來要把艾咪．史都華安置在這個房裡，但我阻止了她。艾咪討厭你，因爲她本想當我的伴娘，但我不能找個肥胖臃腫的人來當伴娘吧？此外，她穿上淡綠衣服時，看來就像暈船了一樣。喔，安，『捕鼠姨婆』來了，她幾分鐘前才抵達，我們都被嚇呆了，當然我們必須邀請她，但我們沒料到她今天就來了。」

「誰是『捕鼠姨婆』啊？」

「就是爸爸的阿姨詹姆士．甘迺迪太太，我們應該稱呼她葛雷絲姨婆的，但是湯米給她取了個綽號，叫做『捕鼠姨婆』，因爲她總是像貓捉老鼠般到處窺探，想找出我們不想讓她知道的事。沒有事情能逃過她的眼睛，她甚至早早起床，就怕遺漏了一些閒事，她也總是最晚睡覺的。但最糟糕的不僅於此，不該說的話她也說，不該問的問題她也問，爸爸稱呼她說的話爲『捕鼠姨婆的巧思』。我知道她肯定會破壞晚餐氣氛。她來了！」

門打開了，「捕鼠姨婆」進來了，她是個矮小肥胖、有一雙凸出的棕色眼睛的婦人。她一副長年憂愁的表情，除了這個神情外，看起來活像是隻精通捕鼠的貓咪。

「你就是我久聞大名的雪莉老師了？你跟我以前認識的一位雪莉一點兒也不像，她的眼睛很

1巴拿巴（Barnabas）和掃羅（Saul），名字皆出自聖經，兩人爲朋友。

漂亮。喔，莎莉，你終於要結婚了，現在只剩下可憐的諾拉了。你媽媽能夠擺脫掉五個女兒真是幸運，早在八年前我就對她說：『珍，你覺得能夠把所有的女兒都嫁掉嗎？縱然我覺得男人只是個麻煩東西，並且在所有不確定的事物當中，婚姻是最不確定的，但是女人活在世上做什麼呢？我剛剛就對可憐的諾拉說：『諾拉，記住我的話，當個老姑婆實在不好玩，吉姆．威克瑟在想什麼呢？』」

「喔，葛雷絲姨婆，但願你沒這麼說，威克瑟和諾拉去年一月吵架後，他就沒再來找她了。」

「我想到什麼就說什麼，事情說出來比較好。我也聽說他們吵架啦，所以才向她問起他。我說：『你該知道，據說他正在追求艾琳娜．普林果。』她就羞紅了臉，氣得轉身就走。另外，薇拉．強森來這裡做什麼？她不是親戚啊！」

「葛雷絲姨婆，薇拉是我的好朋友，她來彈奏結婚進行曲。」

「喔，是嗎？但願她不要搞錯，彈成了安魂曲，就像湯姆．史考特太太在朵拉．貝絲特的婚禮上犯的錯誤一樣，眞是個凶兆啊。我不知道你要叫這群亂七八糟的人今晚睡哪裡，我估計有些人要睡在晾衣繩上面了。」

「葛雷絲姨婆，每個人都會有地方睡覺的。」

「莎莉啊，但願你別像海倫．莎瑪一樣，在最後關頭改變主意，會把事情搞得亂糟糟的呢。你爸爸精神很亢奮，不是我要找麻煩，但願這不是中風的前兆，我曾見過類似的事情發生。」

「喔，爸爸很好，姨婆，他只是有點興奮罷了。」

「你太年輕了，而不明白可能發生的那些事。你媽媽告訴我婚禮將在明天中午舉行，婚禮的方式也像其他一些事一樣地改變了，而且不是朝好的方向改變。我的婚禮是在傍晚舉行的，我爸爸準備了二十加侖的酒。喔，時代不同啦。瑪西·丹尼爾怎麼了？我在樓梯碰到她，她的外貌亂糟糟的。」

「慈悲不該受強制。」[2]莎莉咯咯笑著，費力穿起晚宴服。

「捕鼠姨婆」回嘴：「別這麼無禮地引用《聖經》的句子！雪莉老師，你就原諒她吧，她還不習慣結婚這回事呢。我希望新郎不要像其他人有一副被鬼嚇著的樣子，可能他們眞的被嚇著了，但也不要表現得如此坦白嘛。但願他不會忘了戒指，阿柏頓·哈帝就是這樣，他和弗蘿拉只好從窗簾桿子上取下一個鐵環充當戒指。我要再去看看結婚禮物了。莎莉，你收到了很多好禮物，但願你能夠把湯匙的握柄擦得亮晶晶的。」

晚餐是在那個寬敞、四周以玻璃圍起的小廳舉行，氣氛很愉快，四處吊掛著中國式燈籠，柔和的燈光傾瀉在女孩們華麗的服裝、閃亮的頭髮以及潔白無皺紋的面容上。巴拿巴和掃羅像黑色雕像般坐在寬臂椅子上，尼爾森醫師輪流餵食牠們。

2瑪西與慈悲的英文字同爲一字mercy。並且，此句引用自莎士比亞的作品《威尼斯商人》，而非聖經。

「你這就跟派克．普林果一樣糟，他讓狗兒在餐桌上也擁有一席，還有牠自己的餐巾呢。這遲早會有報應的。」捕鼠姨婆如此評論。

晚宴上很多人，尼爾森醫師所有出嫁的女兒以及她們的夫婿都回來了，還有一位負責接待的人及伴娘，除了「捕鼠姨婆」的「巧思」以外，氣氛很快樂……或許是有了這些巧思，才讓氣氛快樂也說不定。沒有人把她的話當眞，她置身年輕人之中，活像個笑柄。別人把戈登．希爾介紹給她時，她說：「哎呀，哎呀呀，你一點也不像我期盼的樣子，我老是以爲莎莉會挑個高大英俊的男人。」廳裡就爆出一陣笑聲。戈登個子不高，相貌頂多也只是被朋友們形容成「令人覺得愉快」，他知道自己並不想聽完這句話。當姨婆和達特．菲沙講話時，她說：「哎呀，哎呀呀，我每次見到你，你都穿著不同的新衣裳！但願你老爸的荷包在幾年內還足夠應付開銷呀。」達特當然可能把「捕鼠姨婆」丟進油鍋裡，但其他女孩子們卻覺得這席話挺好笑。

「捕鼠姨婆」又以悲劇的口吻來評論結婚晚宴的狀況，她說：「我只希望婚宴之後每個人的銀湯匙都不要遺失了才好，戈悌．保羅的婚宴就遺失了五支，而且再也找不回來。」尼爾森太太向她嫂嫂借來三打銀湯匙，她和嫂嫂同時露出懊惱表情，但是尼爾森醫師則愉快地呵呵笑說：「葛雷絲阿姨，每位賓客要離開以前，我會要求他們翻出口袋讓我檢查。」

「喔，山姆，你還笑，家裡發生這種事可不是開玩笑的，一定是有人拿走了那些銀湯匙，我沒有四處去找，但我留意著它們。如果讓我看見了，一定認得出來，雖然這已經是二十八年前的往事了，可憐的諾拉當時還是一個嬰兒。珍，你還記得你爲她穿了件白色刺繡衣服，帶她去那裡的情形嗎？二十八年！喔，諾拉，你年紀也不小了，雖然在這種燈光下，不太能看出你眞正幾歲呀。」

諾拉沒有和大家一起笑，她看起來就像隨時要大發雷霆似的，儘管她穿了一襲水仙花色調的衣服，還在深色頭髮上點綴了珍珠，她依舊令安聯想到黑蛾。諾拉和莎莉形成明顯的對比，莎莉是沉穩雪白的金髮美女，諾拉則有黑頭髮、黑眼睛、濃密烏黑的眉毛以及柔軟的紅頰。她有點鷹勾鼻，從來算不上美麗，但是就算她的神情看起來壓抑而不悅，安仍覺得她有一股特殊的吸引力。她覺得與較受歡迎的莎莉比起來，她比較喜歡和諾拉交朋友。

晚宴後有一場舞會，在這棟古老的石屋裡，笑聲如洪水般穿過低矮的大窗，十點鐘，諾拉不見了。安對這樣的喧囂與快樂有點倦了，她悄悄開溜，經過走廊，走出幾乎位於海灣上的後門，輕快地跳下岩石階梯，經過一小片針樅樹林來到海岸邊。在悶熱的傍晚後，能吹吹清涼帶鹽味的海風，眞是上天所賜啊！海灣上的銀色月光是多麼美妙啊！船隻在月昇時分出航，現在即將抵達港灣，看來眞是有如夢境！在這樣的夜色裡，你會期盼因爲迷路而碰見跳舞的美人魚呢。

諾拉坐在海邊一塊岩石的可怕黑影下，彷彿身在暴風雨中一般。

安問：「我可以陪你坐一會兒嗎？我跳舞跳得有點累了，若錯過這樣美好的夜色，還眞可惜啊。你們家的後院就是整個港灣，眞令人嫉妒。」

「如果你沒有追求者，在這種時刻，你會有什麼感覺？」諾拉唐突且悶悶不樂地問：「或只是可能的追求者也好。」她更鬱悶地補上一句。

安在她旁邊坐下來說：「如果沒有，我會想，也許是自己的錯。」諾拉發現自己正在向安傾訴煩惱，安總是有這種特質，讓人向她傾訴煩惱。

「當然你是基於禮貌才這麼說，你不需要這樣。你和我都知道，我不是個男人可能愛戀的對象，我是『那個最平凡的尼爾森小姐』。沒人追求我，又不是我的錯，我無法忍受待在舞會裡，我必須到這裡來抒發心中的不快樂，我厭倦了對每個人強顏歡笑，而且當他們挖掘我不結婚的理由時，我還得假裝不在乎。我不再假裝了，我是在乎、非常在乎啊！我是尼爾森家唯一還沒出嫁的女孩了，我們之中有五人已婚，或者明天即將結婚，你也聽到捕鼠姨婆在餐桌上提到我的年齡，而且打從去年夏天她就對媽媽說我已經『頗有年歲』了，當然沒錯，我是二十八歲了，再過十二年，我就四十歲了。安，假使我在四十歲時還沒有自己的家，我怎能忍受？」

「一個愚蠢老婦人所說的話，我是不會放在心上的。」

「喔，你不會嗎？你沒有像我這樣的鼻子，再過十年，我的鷹勾鼻會彎得像爸爸的一樣；如果你等著一個男人來求婚，他卻不來，你可能也不在乎吧？」

「喔，當然我會在乎。」

「好吧，這就是我的困境，我知道你也聽說吉姆．威克瑟和我的事了。這是舊聞了，他和我交往了好幾年，但從未提到結婚。」

「你在乎他嗎？」

「當然在乎，我總是裝得不在乎，但是，我已說過我不再假裝了。他從去年一月之後就不再來找我，我們吵架，但是我們之前也吵過數百次，每次他都會回來找我，只是這次他不會回來了，他永遠不會回來了，因爲他不想。看看對岸他家吧，正在月光下閃耀呢，我猜他就在家裡，而我則在這兒，我們中間有一個港灣阻礙著啊，事情總是這樣，我總是一籌莫展。」

「如果你請他來，他會來嗎？」

「請他來？你想我會這麼做嗎？我不如死了算了。如果他想來，沒有任何東西擋得了他；如果他不想，我也不要他來了。喔，其實我是希望他來的，我愛吉姆，我也想結婚，我要有個自己的家，當個某某太太，並封住『捕鼠姨婆』的嘴，但願我可以變成巴拿巴或掃羅一會兒，好去咒罵她一頓！如果她再叫我『可憐的諾拉』，我會朝她丟一桶煤炭，但畢竟她只是把大家心裡想的話說出來罷了。媽媽很久以前就不指望我能結婚，所以就讓我自求多福了，不過其他人卻惹毛我了。我恨莎莉，我這麼說當然太糟了，但我眞的恨她，她有個好丈夫、好歸宿，她什麼都有，我卻什麼都沒有，太不公平了。她不比我好，也不比我聰明或漂亮，只是比我幸運，我想你會覺得我很可怕吧？但我不在乎你怎麼想。」

「我想你是因爲這幾週準備婚禮而精神緊繃，所以之前的難題在此時就變得更難了。」

「我知道你了解我，我想和你做朋友，安·雪莉，我喜歡你笑的樣子，我總希望能笑得像這樣子。我的個性不像外貌一樣總是在不高興，是我的眉毛造成這種錯覺，可能是它們把男人們嚇跑的吧！我從出生到現在，還沒有過一個眞正的女性朋友，但當然我是一直和吉姆交朋友，我們從孩提時代就是朋友，每當我特別想要他來時，只要在閣樓窗邊掛盞燈，他就立即划船過來了。我倆的足跡遍及各地，其他的男孩子一點機會也沒有，但我想，也不是每個人都想要這種機會。可是現在一切都玩完了，他對我感到厭倦了，也很高興藉著吵架的機會獲得自由。喔，我告訴你這番話，明天會不會因而討厭你呢？」

「爲什麼呢？」

諾拉陰沉地說：「我想，我們都討厭對自己的秘密感到驚訝的人，現在因爲婚禮又令我特別善感，不過我不在乎，我什麼都不在乎。喔，安·雪莉，我太悲傷了！我可以靠在你肩上痛哭一場嗎？我明天一整天都得微笑且裝得快樂。我不當莎莉的伴娘，她以爲是我迷信的緣故，不是這樣的，那只是因爲我無法忍受站在那裡聽她說『我願意』，而我卻永遠無法對吉姆說那句話，我可能會痛苦得仰天痛哭。我想當新娘，有嫁妝和繡上字母的亞麻織品和動人的禮物，甚至是『捕鼠姨婆』的銀製奶油碟子。她總會送給每位新娘一個奶油碟子，那碟子很可笑，它的蓋子就像聖彼得教堂的圓屋頂，我們可以把它擺在吃早餐的桌子上，讓吉姆拿它來開玩笑。安，我快要瘋了……」

當安和諾拉手牽手回到屋內時，舞會已經結束。當晚屋裡擠滿了人，湯米·尼爾森將巴拿巴和掃羅帶到穀倉內，「捕鼠姨婆」仍舊坐在沙發上，想著希望隔天不要發生的可怕事情。

「我希望明天不要有人提出理由來反對這個婚姻。在提利·哈特菲兒的婚禮上就發生過這種事。」

「戈登沒有這種好運氣。」伴郎說。捕鼠姨婆則用冰冷的棕色眼睛瞪向他。

「年輕人，婚姻不是兒戲。」

「當然不是。」這個毫不悔過的年輕人頂了她一句。他又說：「哈囉，諾拉，我們什麼時候能夠在你的婚禮上跳舞？」

諾拉並不答話，她走近他，狠狠賞他兩記耳光，一邊一個，這兩記耳光不是假裝或開玩笑的，然後，她頭也不回地上樓去了。

「這女孩是太過勞累了。」姨婆說道。

第16節

星期六早上是在混亂的最後準備中度過的，安穿上尼爾森太太的圍裙在廚房裡幫諾拉做沙拉。諾拉好像全身長了刺，表現得非常不友善，誠如她前夜所說，很明顯，她後悔前夜對安的告白。

她匆促地說：「我們會累上一個月，爸爸實在負擔不起這種揮霍啊，但莎莉想要她所謂的『漂亮的婚禮』，爸爸就聽她的了，他總是把她寵壞了。」

「怨恨加嫉妒。」「捕鼠姨婆」忽然從食品室探出頭來，她剛剛一直在那裡說著「但願不會發生」的事，搞得尼爾森太太快瘋掉了。

諾拉尖酸地對安說：「她說對了，非常對，我既怨恨又嫉妒，我討厭看到人們快樂的樣子，我不後悔昨晚打了朱德．泰勒兩巴掌，我眞遺憾沒有擰他的鼻子。好啦，沙拉做好了，看起來眞美，當我正常時，我喜歡小題大作。喔，看在莎莉的份上，希望每件事都進行得順利，我是喜歡莎莉的，只是現在我覺得我討厭每個人，特別是吉姆．威克瑟。」

「希望在婚禮前夕，新郎不要失蹤了才好。」「捕鼠姨婆」又從食品室現身，以悲傷的口吻說：「奧斯汀．克理德就是那樣，他就是忘記他當天要結婚。克理德家的人總是很健忘，但我覺得那也太離譜了。」

兩個女孩相視而笑，諾拉笑時，整張臉都改變了，變得光亮、閃耀而有歡愉的波浪。然後，有人進來告訴她，巴拿巴在樓上病了，可能是吃了太多雞肝的緣故。諾拉急忙去處理，「捕鼠姨婆」則從食品室裡出來，希望結婚蛋糕不要搞丟了，可別像十年前在艾爾瑪．克拉克的婚禮上發生的糗事一樣啊。

中午以前，一切都準備就緒，桌子擺好了，庭園裡也布置得很漂亮，四處都是花籃；樓上北側的大房間裡，莎莉和她的三位伴娘美呆了，安穿戴起淡綠色洋裝和帽子，看著鏡中的自己，她真希望吉伯也能在場。

諾拉半嫉妒地說：「你真美啊！」

「你才美呢，諾拉，你的淡藍薄紗禮服以及鴕鳥羽毛的寬邊帽，讓你的頭髮看起來光澤閃亮，眼睛湛藍動人。」

「沒人在意我看起來如何。」諾拉尖酸地說：「看著我的笑臉吧，安，我總不能在婚禮上擺張臭臉，我必須彈奏結婚進行曲呢，我真想依照捕鼠姨婆預言一般，彈奏安魂曲呢！」

「捕鼠姨婆」整個早上就穿著一件不太乾淨的睡袍和一頂皺皺的蕾絲睡帽到處遊走，擋住每個人的去路，現在她則身穿茶色絲質衣裳，打扮得燦爛耀眼。她對莎莉說，莎莉的一隻袖子尺寸錯了，另外，但願沒有人的襯裙會露到衣服外面，就像在安．克魯森婚禮上發生的事那樣。尼爾森太太一進來，見到莎莉穿披婚紗，看起來是那麼美麗，一下就哭了。

「捕鼠姨婆」安慰她：「珍，現在不要那麼多愁善感，你還有一個女兒還沒出嫁呢，並且她很可能會陪著你好久一段歲月，婚禮上流淚不吉利。好啦，但願婚禮上沒有人會倒地暴斃，就像老克朗威叔叔在羅勃塔．普林果的婚禮上一樣，在典禮舉行當中就死了，新娘驚嚇得在床上躺了兩星期吶。」

聽了這番「鼓舞人心的婚前贈言」，新娘及伴娘們走下樓。就在諾拉狂風暴雨彈奏的結婚進行曲當中，莎莉和戈登結婚了。沒人倒地暴斃或忘了戒指，新人及伴郎伴娘們都很漂亮，甚至「捕鼠姨婆」也有一陣子忘了杞人憂天，她事後以充滿希望的口吻對莎莉說：「縱然你結婚時不是非常快樂，但你若不結婚，很可能會更不快樂呢！」

諾拉則獨自坐在鋼琴椅上怒目相對，然後她走向莎莉，粗魯地抱住她，連頭紗和其他衣物都用力擁在懷中。

「所以一切都結束了。」當晚宴結束，大多數賓客走後，諾拉陰鬱地說。她看了眼亂七八糟的房間，如同其他婚禮之後的情況，地板上被腳踩過的褪色胸花、歪斜的椅子、破掉的蕾絲、兩條掉落的手帕、孩子們散落的麵包屑，以及「捕鼠姨婆」在客房打翻的一個水壺，水噴到天花板上而造成一個污漬。

「我們必須把這裡清理一下。」諾拉殘酷地說：「有很多年輕人在等配合船期的火車，也有人要留下來，在此度過星期日。這些人準備在海灘上升起營火，在月光下、岩石邊辦一場舞會，你可想像我多喜歡在月光下起舞，但我只想躲在床上哭泣。」

安說：「舉行過婚宴之後的房子，看起來就像荒蕪之地一樣髒亂，我來幫你打掃吧，然後，我們可以一起喝杯茶。」

「安．雪莉，你以爲一杯茶是每件事的萬靈丹嗎？是你該成爲老姑婆的，不是我。算我沒講，我不想嚇人，但我本性就是如此，我厭惡沙灘上的舞會，勝過厭惡婚禮。吉姆以往總會來參加我們的沙灘舞會。安，我決心離開此地，接受訓練而成爲一個護士，我知道我討厭當護士，我未來的病人也得祈求老天多保佑他們，但我不想繼續待在沙馬塞德鎭，一再被嘲笑嫁不出去了。好吧，我們就假裝喜歡的樣子，來清洗這疊油膩膩的盤子吧。」

「我眞的喜歡，我老是喜歡清洗油膩盤子，把髒東西洗得乾淨又閃亮，眞是有趣。」

「喔！你可以被收藏在博物館裡了！」諾拉吼道。

月昇之際，海灘上的舞會已準備就緒，男孩們撿拾海上漂流的木材，在陸地上搭起營火，燃燒起熊熊火焰。海灣之水在月光下顯得皎潔閃耀，安正準備大大享受一番，但她瞥見了正提著一籃三明治走下臺階的諾拉的臉，讓她猶豫起來。

「她這麼不快樂，我能替她做什麼呢？」

安的腦子裡閃過一個念頭，她總是那麼衝動，說做就做。她衝進廚房，抓起一盞還沒熄滅的小手提油燈，從後面階梯上樓，又走上一道階梯來到閣樓，她把燈掛上面朝海灣對岸的那扇天窗，跳舞的人看不到這盞燈，因爲它被樹木遮住了。

「他可能會看到燈而過來，諾拉會生我的氣，但沒關係，只要他能來就好。現在我就來包一塊結婚蛋糕給蕾貝卡．迪悠吧。」

吉姆．威克瑟沒有來，一會兒後，安放棄希望不想找他了。在傍晚歡樂的氣氛中，安就忘了這件事。諾拉不見蹤影，「捕鼠姨婆」也出乎意料地上床睡覺了，狂歡在十一點結束，疲倦的月光舞者們打著呵欠紛紛上樓。

安睏極了，沒有想起閣樓上的小燈，但是夜裡兩點鐘時，「捕鼠姨婆」躡手躡腳走進房裡，用燭光照亮女孩們的臉。

「老天！發生什麼事啊？」達特．菲莎從床上坐起來喘著氣問。

「噓……」「捕鼠姨婆」警告她，眼珠像要掉出來了似的。「我猜有人進房子來了，我確定有，那是什麼聲音？」

「聽起來像貓叫或狗吠。」達特咯咯笑。

「不是。」「捕鼠姨婆」嚴肅地說：「我知道穀倉內有狗在吠叫，但是把我吵醒的不是那個聲音，而是一個碰撞聲，一個又大又淸晰的碰撞聲。」

「可能是鬼怪、食屍魔、長腿野獸，以及夜晚裡會發出聲響的東西。上帝啊，來救救我們吧。」安喃喃自語。

「雪莉老師，這可不是開玩笑的，屋裡有竊賊，我去叫山姆。」

「捕鼠姨婆」消失了，女孩們面面相覷。

安說：「你覺得是……所有結婚禮物都放在樓下圖書室裡。」

瑪咪說：「我要起床了。安，當『捕鼠姨婆』把蠟燭拿低，影子往上投射時，你有看過像那樣的臉嗎？就像是隱多珥的巫婆[1]呢！」

四個穿睡袍的女孩們溜到走廊上，「捕鼠姨婆」也來了，後面跟著穿睡衣及拖鞋的尼爾森醫師，尼爾森太太找不到她的睡袍，從房裡探出一張可怕的臉。

「喔，山姆，不要冒險啊，如果是竊賊，他們可能會開槍啊。」

「別胡說，我不相信會有什麼東西。」醫生說。

「我告訴你，我聽到一些碰撞聲。」「捕鼠姨婆」顫抖地說。

一些男孩們加入進來，他們由尼爾森醫師帶頭，躡手躡腳走下樓梯，而「捕鼠姨婆」則一手持蠟燭，一手持火鉗地走在最後面。

毫無疑問，圖書室裡有聲響，尼爾森醫師開門走進去。

貓兒巴拿巴正坐在長沙發椅背上高興地眨眼，牠是被帶來圖書室接受照護的，而掃羅則被安

1 隱多珥的巫婆（Witch of Endor），出自《舊約．撒母耳記上》。

置在穀倉裡。諾拉和一個年輕男子站在房間中央，旁邊放著一支黯淡的閃爍蠟燭。男子雙手環抱諾拉，手上還拿著一條寬大的白色手帕放在她臉上。

「他要用麻藥迷昏她！」「捕鼠姨婆」尖叫起來，手上的火鉗子掉落地面，發出一聲巨響！年輕男子轉過身來，手帕掉在地上，呆住了。他的相貌英俊，有著波浪般晶瑩的赤褐色眼睛和鬈曲的赤褐色頭髮。

諾拉抓起手帕來壓住自己的臉。

「吉姆・威克瑟，這是什麼意思啊？」尼爾森醫師用一種非常嚴厲的口吻說。

「我不知道啊。」吉姆・威克瑟壓抑著怒氣回答：「我只知道諾拉放訊號叫我來，我從沙馬塞德鎮的共濟會晚宴上回來看見燈的訊號，我馬上就划船過來了。」

諾拉發怒地說：「我才沒有打訊號給你！爸爸，求求你不要那樣看人，我剛才沒有睡著，我坐在窗戶旁，我還沒有換上睡衣，我看見一個人從岸邊走來，當他走近房子時，我知道是吉姆來了，所以就跑下樓。但我撞到圖書室的門，就流鼻血了，他想幫我止血。」

「我從窗口跳進來，撞到一條長凳子……」

「我就告訴你們嘛！我真的聽到了碰撞聲……」「捕鼠姨婆」插嘴。

「諾拉說她沒有打訊號叫我來，所以我這個不速之客就告辭了，若有所打擾，就此致歉。」

「擾亂你夜晚的休息，並讓你渡船過來卻徒勞無功，真是太糟糕了。」諾拉儘量以冰冷的語氣說，並拚命尋找吉姆的手帕上沒染上血跡的地方。

「你說徒勞無功，是說對了。」醫生說。

「你最好用你背後的鑰匙開門出去。」「捕鼠姨婆」說。

「是我掛上那盞燈的！」安羞愧的說：「後來我忘記了……」

「你敢！」諾拉大叫：「我絕不原諒你……」

「你們都瘋了嗎？」醫生發怒了：「這樣的事也值得大驚小怪？吉姆，看在老天的份上，把窗戶放下來吧，外面的寒風會把你凍得刺骨呢！諾拉，頭往後仰，你的鼻血就會止住了。」

諾拉又氣又羞的流著淚，臉上的血水混合淚水，讓她看來可怕極了。吉姆．威克瑟看來就像期盼地板可以裂開，以便讓他躲進地窖裡一樣。

「好吧。」「捕鼠姨婆」以一副備戰的口吻說：「吉姆．威克瑟，你現在唯一可做的事，就是娶她。夜裡兩點鐘，她和你在這裡幽會，如果消息傳出去，她就嫁不出去了。」

「那就娶她啊！」吉姆憤怒地叫起來：「我這一輩子就一直想娶她！我不要其他東西！」

「那爲什麼你不早說呢？」諾拉思緒紛亂地追著他問。

1引用自拜倫的長詩 *The Isles of Greece*。

2約瑟夫．吉卜林（Joseph Rudyard Kipling, 1865-1936），生於印度，爲英國第一個獲得諾貝爾文學獎的作家。

「我要說什麼呢？你已經怠慢、冷落又戲弄我好幾年了，你無數次以你的方式來表示你瞧不起我，我想，向你求婚一定會碰釘子的。去年一月，你又說……」

「是你激我說那些話的……」

「我激你？我喜歡那麼說嗎？你故意和我吵架，以便把我甩了……」

「我沒有！我……」

「我在這該死的晚上興沖沖地趕來這裡，眞是笨得可以！我以爲是你把我們的老訊號掛在窗口，希望我過來！叫我向你求婚！好吧，我現在就求婚，好讓你在這群人面前拒絕我，並以此爲樂。諾拉．艾蒂絲．尼爾森，你願意嫁給我嗎？」

「喔，我怎會不願意呢？怎會不願意呢？」諾拉毫不害羞地大叫起來，甚至巴拿巴都要爲她感到臉紅。

吉姆難以置信地看她一眼，然後迅速走到她身邊，或許她的鼻子已經不再流血，或許還淌著血，但這都無關緊要。

「我猜大家都忘記今天是安息日了。」「捕鼠姨婆」說，她自己也是剛剛才想起：「如果有人要去泡茶的話，我可以喝杯茶，我不習慣這樣的示範表演呢，但願可憐的諾拉終究可以擺平他，至少，她有這麼多證人。」

他們來到廚房，尼爾森太太下樓來替他們泡茶，但諾拉和吉姆留在圖書室裡，巴拿巴伴著他們。直到早晨，安才再度見到諾拉，她看來是如此不同，彷彿年輕了十歲，快樂得臉色緋紅。

「安，這都是拜你之賜，如果你不去掛那盞燈……雖然昨夜有兩分半鐘的時間，我眞想咬下你的耳朵啊！」

「我是睡得不省人事，錯過好戲了。」湯米・尼爾森心碎地呻吟。

「捕鼠姨婆」最後又下了結論：「好吧，但願你們不是匆促結婚，然後，再慢慢的後悔。」

3出自《舊約・創世紀》37:3。約瑟備受父親寵愛，唯獨他擁有令兄長們嫉妒的彩衣。

第17節

這是安寫給吉伯的信件摘要——

學期結束了，我將有兩個月可待在「綠色屋頂之家」，我懷念小溪旁那些被露水沾濕、有香味且長到腳踝高的羊齒植物、「戀人小徑」上懶散而斑駁的影子、貝爾先生牧場上的野草莓，以及「幽靈森林」裡烏黑又可愛的樅樹！我的靈魂就像長了翅膀一樣雀躍！

珍．普林果送我一束山谷百合，祝我有個快樂假期，她之後會偶爾來找我共度週末。我彷彿在談論奇蹟啊！

但是小伊莉莎白心碎了，我也要她來找我，不過坎貝爾太太「認爲並不恰當」。所幸我沒有把這番話告訴伊莉莎白，所以她不至於太失望。

「雪莉老師，你不在時，我會一直是莉茲。」她告訴我：「我就是會覺得我像莉茲。」

我說：「但是請你想想我回來後，我們會有多快樂！你當然不會變成莉茲，你身體內根本沒有莉茲這個人啊。小伊莉莎白啊，我每星期都會寫信給你的。」

「喔，雪莉老師，太好了！我從未收過任何信件呢！太有趣了，如果她們肯讓我買張郵票的話，我也會寫信給你；如果她們不肯，你也知道我是同樣地想你，我替後院的花栗鼠取了和你同樣的名字『雪莉』呢！你不在意吧？我本想叫牠安．雪莉的，但後來我覺得可能不太禮貌，而且，安聽起來不太像花栗鼠。另外，牠也可能是個紳士呀，花栗鼠很可愛吧？但是女傭說牠們會吃掉玫瑰花的根。」

「她就是會這麼說！」我說。

我問凱薩琳．布魯克打算在哪裡度過夏天，她簡短答道：「就在這裡，你想我會去哪裡呢？」我覺得似乎該邀請她去「綠色屋頂之家」，但我辦不到，當然，我也不敢期盼她肯去。而且她很煞風景，會破壞氣氛的，可是當我一想起她將獨自在那個廉價的出租房屋度過整個夏天，我的良心就會受到譴責。

灰塵米勒前幾天抓了條活蛇進來，把牠丟在廚房地板上，蕾貝卡．迪悠嚇得臉色一片慘白：「這次眞的是壓扁駱駝的最後一根稻草了！我再也無法忍受了！」這幾天以來，她有點愛抱怨，因爲她得把所有閒暇時間都用來抓玫瑰樹上的灰綠色甲蟲，把牠們丟到煤油桶裡，她說，世界上的昆蟲眞是太多了。

她悲傷地預測：「這世界總有一天會被昆蟲們吃光的。」

諾拉．尼爾森將於九月嫁給吉姆．威克瑟，婚禮會很低調，不會小題大作，沒有賓客，也沒有伴娘。諾拉告訴我，這是擺脫「捕鼠姨婆」的唯一辦法，她不想讓「捕鼠姨婆」看著她出嫁，然而，我會「非正式地」去參加婚禮。諾拉說，如果我不在窗上掛那盞燈，吉姆是絕對不會再回去找她的，他本已經打算賣掉店面搬到西部。每當我想起這些人時，總認爲是由我牽起他們的姻緣……

莎莉說，他們大部分時間將會打起來，他們會樂於陷進爭執，而不樂於贊同對方，但我不覺得他們會有那麼多摩擦，我認爲，世上大多數麻煩都是因誤會而起，你和我也是歷經很長一段時間，而現在……

晚安，我的摯愛，如果我的願望眞能夠發生影響，你一定能睡得十分甜美。

你的安

附註：最後一句是一字不漏從崔蒂阿姨的奶奶的信件上抄來的。

第二年記事
The Second Year

第1節

幽靈巷　迎風白楊之屋

九月十四日

我很難相信，我倆美好的兩個月假期已經結束。親愛的，這兩個月眞是太快樂了，現在，只要再過兩年……

（省略數個段落）

但是回到迎風白楊之屋也是很快樂的，回到我個人的塔樓、我個人的特別椅、我個人的高床，甚至「灰塵」在窗臺曬太陽的模樣，這些事都讓我感到快樂。

兩位阿姨很高興我回來了。蕾貝卡．迪悠坦白說：「你回來了眞好。」小伊莉莎白也有同感，我們興高采烈地在綠色柵門邊見面。

小伊莉莎白說：「我有點擔心你會在我之前去到『明天』呢。」

我說：「今天這黃昏眞美啊。」

她說：「雪莉老師，只要有你在的地方，黃昏總是很美。」

這些稱讚眞令人喜悅呢！

我問：「寶貝，你這個夏天是怎麼度過的？」

伊莉莎白溫和地說：「想像那些所有可能發生在『明天』裡的美妙事情。」

然後，我們在塔樓房間裡，讀了一本有關大象的書，小伊莉莎白目前對大象很感興趣。

「『大象』這個名字很吸引人呢。」她以小手托著下巴，鄭重地說：「我希望到了『明天』，會遇見很多大象。」

我們在仙境地圖上加了一個大象公園。吉伯，我知道你讀到這裡時，會露出一副充滿優越感又蔑視他人的表情，那是沒有用的，世界上總會有神仙故事，不能沒有它們的，並且，也要有人編造故事才行。

回到學校的感覺也眞好，凱薩琳·布魯克雖然不友善，但我的學生們見了我卻很高興。珍·普林果要我幫她用錫紙做天使頭上的光環，好在主日學校的音樂會上使用。

我覺得今年的課程會比去年有趣，課程表上多了個加拿大歷史，我明天要針對一八一二年的戰爭做一場小小的「演說」。閱讀這些古老的戰爭史眞有點奇怪……這些事情不會再次發生，我想，我們對「很久以前的戰爭」不會太感興趣，頂多做做學術研究罷了，我想像不到加拿大還會發生戰爭，眞感謝這段時期早已經過去。

我們馬上要再組織戲劇社了，並且打算向所有與學校有來往的家庭進行募款。路易斯·艾倫和我負責的範圍是多利需路，我們將在下週六去募款，路易斯此行可說是一石二鳥，因爲他要參加《鄉村家庭誌》舉辦的「最吸引人的農舍」獎金攝影比賽，獎金是二十五元，那意味著他可用這筆錢來購買他急需的衣服和外套。他整個夏天都在農場上工作，今年又繼續在他居住的供膳食租屋打工，整理房屋、充當餐桌服務生，他必定討厭這份工作，但他隻字不提。

我喜歡路易斯，他大膽而有野心，微笑時很迷人。他不是很強壯，去年我甚至擔心他會病倒，不過今年夏天在農場上工作讓他長壯了一點。這是他在中學的最後一年，然後他希望去皇后學院就讀一年。兩位阿姨希望今年冬天可以盡量邀他週日來家裡吃晚餐，凱特阿姨和我討論到開銷問題，我說服她讓我來負擔這筆額外支出，當然我們不會試圖去說服蕾貝卡．迪悠。我只是故意在她聽得見的地方詢問凱特阿姨，我們是否可以一個月有兩次機會邀請路易斯來吃晚餐。凱特阿姨冷漠地說，除了支付那個經常跟她們住一起的寂寞女孩子的費用以外，她們恐怕負擔不起其他人的費用了。

蕾貝卡．迪悠發出痛苦的叫聲。

「這是壓垮駱駝的最後一根稻草了！我們窮到這種地步嗎？竟然負擔不起邀請一個貧窮、勤奮、樸素又有心向學的男孩偶爾來家裡吃一口飯！你花更多錢買牛肝給那隻貓吃，吃得都要打飽嗝了，好吧！就從我薪水裡扣一塊錢來招待那孩子吧！」

阿姨們接受了蕾貝卡的「福音」。她們會邀請路易斯．艾倫來，而且「灰塵」的牛肝以及蕾貝卡的薪水都沒有減少，親愛的蕾貝卡啊！

崔蒂阿姨昨晚溜到我的房間告訴我，她想要一條串珠披肩，但是凱特阿姨認爲她太老了，不適合這種披肩，她因此覺得很傷心。

「雪莉老師，你覺得我太老了嗎？我不想太輕浮，但我一直非常渴望有條珠子披肩，我總是覺得它們很漂亮，而且最近又在流行了。」

「太老！親愛的，你當然不會太老。」我向她保證：「沒有人會老得不適合穿她想穿的衣物，如果你眞的太老了，你也不會想穿它了。」

「我要去買一條，來向凱特挑釁一下。」崔蒂阿姨說著，她的口氣是一點挑釁味道也沒有，但是我想，她會的，我也知道如何去勸說凱特阿姨。

我現在獨自在塔樓裡，外頭是很平靜很平靜的夜晚及溫柔的靜謐，甚至白楊樹也不晃動了，我才剛探出窗外，朝距離金斯泊不到一百哩的某人獻上一個飛吻。

多利需路生得蜿蜒曲折，適合午後用來散步。所以安和路易斯想，當他們在路上漫步，可以佇足在此，從樹林間眺望突然出現的蔚藍海峽，拍照捕捉一幅可愛的風景，或者周圍長滿綠葉的小房子。或許，要親自去造訪每棟房子，要求住戶對戲劇社樂捐，並不是件輕鬆事，但是安和路易斯將會輪流募款，路易斯向女人募款，安則負責向男人募款。

「如果你穿那件衣服，再戴上那頂帽子，比較能引起男人興趣。」蕾貝卡給她忠告。「我過去有很多募款經驗，結論是，穿得漂亮長得美的人，總能募到較多錢或得到捐款承諾。如果你需要去向男人勸募，你會了解這一點；但如果你要對女人募款，就盡可能穿得又舊又醜吧。」

「路易斯，『道路』是很有趣的啊！」安出神地說：「不是一條直直的道路，而是一條有盡頭、有曲折，中間隱藏很多美麗事物和驚奇的路。我一向就喜歡彎彎曲曲的路。」

「這條多利需路通往哪裡呢？」路易斯務實地問，同時想，雪莉老師的聲音總是讓他聯想到春天。

「路易斯，我可能會以一副嚇人又說教的口吻說：『它不通往任何地方，它終盡於此地。』但我不會這麼說。至於它通往哪裡，誰在乎呢？或許是通到世界盡頭又繞回來呢。記住愛默生[1]的話吧：『喔，我該怎麼利用時間呢？』這是我們今天的座右銘。如果我們讓這個宇宙獨處一會兒，它可能會亂糟糟的。瞧瞧那朵雲的陰影，以及寧靜綠色的山谷，還有那角落各有一株蘋果樹的房子吧。想像它在春天時的樣子，世界上的每股風兒都像親切的姊妹般。很高興路上有這麼多帶香味的羊齒植物，上面還有薄紗一般的蜘蛛網，讓我回想起我以前的日子，當時我相信薄紗蜘蛛網就是神仙的桌巾啊。」

他們在路邊一個金黃色洞穴裡發現一道泉水，坐在大約是由小型羊齒植物生成的青苔上，用路易斯以樺樹皮搓出來的杯子喝水。

「如果你沒經歷過在快要渴死的當下找到水的經驗，你是不會知道喝水的樂趣的。」他說：「我有一年夏天到西部參與建造鐵路。在一個大熱天裡，我在大草原上迷路了，我四處亂晃好幾小時，很怕自己會渴死，後來我來到一個拓荒者的小屋，他在一個柳樹洞中就有道像這樣的泉水，我喝得眞暢快啊！自此之後，我更了解聖經，以及它呼籲人要愛惜好水的道理了。」

「大概再過十五分鐘，我們還會有另一種水呢。」安焦慮地說：「待會兒會有一場傾盆大雨，路易斯，我喜歡傾盆大雨，但是今天，我把我最好以及第二好的衣服都穿上了，而且半里內也沒有任何屋子啊。」

1愛默生（Ralph Waldo Emerson, 1803-1882），美國思想家。

路易斯說：「那邊有個古老的廢棄鍊鐵房，我們現在必須跑過去。」

他們衝了過去，在鍊鐵房遮蔽下，他們享受傾盆大雨，就如同他們在那個無憂無慮、吉普賽生活般的午後，享受了其他一切事物。一開始，整個世界被覆蓋在一片沉寂之中，那些沿多利需路沙沙作響的清新風兒也折疊起翅膀，變得安靜無聲。沒有一片葉子晃動，也沒有一道陰影閃爍，路轉彎處的楓葉彎折到反方向，直到它們看來像因爲恐懼而變得蒼白。一股陰涼的影子如綠色波浪般要把它們吞噬，雲朵籠罩住它們。一股急掃的狂風立即帶來陣雨，雨水尖銳擊打在葉片上，在煙霧般的紅色路上起舞，快樂地拍響舊鍊鐵房的屋頂。

「如果雨下不停……」路易斯說。

但是事實相反，這陣雨來匆匆去匆匆，太陽重新照耀在潮濕閃爍的樹上，從白雲縫隙中亮出綻藍的天，他們仍可看到遠方山丘還在幽暗雨幕裡，山腳下的谷地卻已充滿桃色的霧靄。四周樹林彷彿春天一般光耀燦爛，並且惡作劇地伸展開來，一隻鳥開始在鍊鐵房上的楓樹唱起歌，好像牠眞的上當了，以爲春天到來。一時之間，世界顯得無比清新甜美。

「我們來探險吧。」安說道。他們又踏上旅程，並發現一條小叉路，路的兩旁是被瀰漫的麒麟草掩蓋的鐵道柵欄。

路易斯懷疑地說：「我想應該不會有人住這條路上，它可能只是一條通往港口的路罷了。」

「無所謂啦，我們就走走看吧！我總是經不起小路的誘惑，它就像脫離常軌的某樣東西，顯得迷失、翠綠又寂寞。路易斯，聞聞濕草地的芳香吧。此外，我打從骨頭裡感到這路上有房子……某一種房子，非常適合攝影的房子。」

安的骨頭沒有欺騙她，他們很快就在路旁看到一幢屋子，而且是幢很適合攝影的屋子；那房子的外觀古舊而奇異，它的屋簷很低，鑲著方形小窗框。屋子上端有雄赳赳的大柳樹伸直了臂膀，還有一些長年生長的野生植物與灌木佈滿房子四周，它飽受風吹雨打而呈現灰色且十足破舊，但它後面的幾個大穀倉卻很整潔，看來很現代化且平易近人。「雪莉老師，我一向聽說，若一個男人的穀倉比他的房子好，那意味著他的收入大於支出。」當他們漫步在留下深深車轍痕跡的雜草小徑上時，路易斯說道。

「我認爲他關心馬匹勝過於家庭。」安笑道：「我不敢期盼能在這裡募到捐款，但是這房子是最適合參加攝影比賽的，雖然它有些灰暗，但是放在相片裡沒什麼關係。」

「這條小巷看起來少有人煙。」路易斯聳聳肩，「很顯然，住在這裡的人不太有社交活動，恐怕他們根本不知道什麼是戲劇社。無論如何，在把房子裡的人從他們的『窩』裡驚醒前，我最好趕快來拍張照片。」

房子似乎是被廢棄的，但在拍完照以後，他們打開白色小柵門，穿越庭園，去敲敲廚房褪色的藍色門。前門顯然就像「迎風白楊之屋」一樣，設立的目的是觀賞大於使用……說它具有觀賞目的也不無疑問，因爲這道大門隱藏在爬藤植物後面。

他們期待無論屋主是否慷慨捐錢，至少也能像他們拜訪別的房子一樣，屋主都是謙恭有禮地對待他們。但是當門被用力拉開，出現的不是他們想像中的農夫太太或女兒，而是一個高大、寬肩、灰白頭髮、濃密眉毛的五十多歲男人時，兩人不禁嚇了一跳。那男人不客氣地問：「你們想要幹嘛？」

「我們造訪的目的是希望您支持中學的戲劇社。」安結巴地說，但她也不用白費心機了。「沒聽過，也不想知道，與我無關。」男人打斷安的話，門立刻「砰」一聲關上。

「我們碰過釘子。」他們離開時，安邊走邊說著。

路易斯笑著回：「眞是一位和氣友善的紳士啊，如果他有老婆，我眞替她感到難過。」

「我想他是沒有，否則她會讓他變得有禮貌些。」安儘量恢復鎭靜：「但願蕾貝卡‧迪悠能治治他。但至少我們有了房子的相片，我有預感它會得獎。眞討厭！有小石子跑進我鞋子裡啦，不管屋主准不准，我都要在這位紳士家的石牆上坐下來，把石子取出來。」

路易斯說：「幸好他從房子裡看不見。」

安才繫好鞋帶，就聽到右邊灌木叢裡有東西前進的細微聲音，然後看見一個大約八歲的小男孩害羞地站在那裡打量他們。在他胖胖的小手上，緊握一個三角形的大蘋果派。男孩長得很漂亮，有一頭光亮的棕色捲髮，大而充滿信賴的棕色眼睛，五官也很俊俏，他有一種高雅的氣質，縱然他光著腳，也沒戴帽子，從頭到腳只穿一件褪色的棉布藍襯衫，和一件脫毛的絨布燈籠褲，但他看來就像是一位小王子假扮成這副模樣的。

他後面站著一隻碩大的黑色紐芬蘭犬，個頭幾乎到達男孩肩膀的高度。

安看著他，並勾起一個總是能夠贏得孩子們歡心的微笑。

「哈囉，小朋友。」路易斯說：「你是哪家的小孩啊？」

小男孩往前走，以笑容代替回答，並拿出三角派。

他羞澀地說：「這個給你們吃，爹地為我做的，但我寧可給你們，我有很多東西可以吃。」

路易斯比較不機敏，差點就拒絕了小男孩的點心，但是安很快用手肘輕輕碰他，接受了暗示後，他鄭重接受點心並交給安。安也很鄭重地把它分成兩半，一半給路易斯。他們知道必須把點心吃下，只是他們很痛苦地懷疑「爹地」的烹飪能力，還好第一口就讓他們有了信心。「爹地」可能禮貌不夠好，但是做三角派絕對沒問題。

安說：「真好吃，親愛的，你叫什麼名字？」

「泰迪．阿姆斯壯。」善心的小男孩回答，「但爹地習慣叫我『小傢伙』，你知道，我就是他的一切了，我非常喜歡爹地，爹地也非常喜歡我。我真怕你們會認為我爹地沒禮貌，因為他那麼快把門關了，其實他不是有意的。我聽到你們向他要些東西吃。」（「我們沒有啊！但是沒關係。」安想著。）

「我當時正在花園裡的蜀葵後面，所以我想，我一定要把我的三角派拿給你們吃，因為我一向對沒有太多東西吃的窮人感到難過。我總有很多東西吃，爹地是烹飪高手，你們該看看他做的米布丁。」

「他有加很多葡萄乾在裡面嗎？」路易斯眨著眼問。

「很多很多，爹地是不吝嗇的。」

「親愛的，你有媽媽嗎？」安問。

「沒有，媽媽死了。米瑞爾太太有次告訴我說，媽媽上天堂了，但爹地說根本沒有這種地方，我猜他應該說得對。爹地很聰明，他讀過幾千本書，我長大以後也要完全像他一樣，但是如果有人需要食物吃，我一定會給他們。我爹地並不怎麼喜歡別人，但他對我非常好。」

「你有上學嗎？」路易斯問。

「沒有，爹地在家裡教我，不過教育委員告訴他，我明年一定得上學。我喜歡上學，這樣才可以跟其他男生玩。當然我有卡洛可以一起玩，而且只要爹地有時間，也很樂意陪我玩。他很忙，他必須經營牧場，也要整理家務，所以他不喜歡有人來。我長大以後就可以幫他很多忙，這樣他就有比較多時間，也可以對別人有禮貌一點。」

「三角派很好吃，小傢伙。」路易斯邊吞下最後一口邊說。

小傢伙的眼裡閃爍著光芒，說：「眞高興你喜歡它。」

「你想照張相嗎？」安說，她覺得若給這位慷慨的小朋友錢財是行不通的。「如果你願意，路易斯可以幫你照相。」

「喔，當然好！」小傢伙熱切地說：「卡洛也可以一起照嗎？」

「當然可以。」

安讓他們倆以灌木爲背景，擺出漂亮的姿勢，小男孩站著，一手摟住他那巨大捲毛玩伴的脖子。人和狗看來都很愉快，路易斯用他剩下的最後一張底片爲他們拍照。

「相片沖好後，我會把它寄給你。」他承諾，「我該怎麼寫地址呢？」

「詹姆士．阿姆斯壯先生，轉交泰迪．阿姆斯壯，幽谷海灣路。」小傢伙說，「透過郵局寄東西給我，感覺眞有趣！我覺得很驕傲，我不會向爹地吐露半個字的，我要給他一個驚喜！」

「兩、三星期後，注意一下有沒有寄給你的包裹。」路易斯說。他們向他道別，但是安突然彎下腰，親吻這張被太陽曬黑的小臉蛋。有某種東西揪住她的心，這男孩是那麼可人，那麼像男子漢，卻沒有母親疼惜他！

在小巷轉彎處，他們停下來看他，他正和狗兒一起在石牆上對他們揮手。

當然，蕾貝卡知道阿姆斯壯的一切。

「詹姆士．阿姆斯壯仍舊無法忘懷他那五年前過世的太太。」她說，「在那之前，他沒有那麼糟糕，他待人接物還算得體，雖然有點獨來獨往，但他生性如此。他對妻子很專情，她比他年輕二十歲，她的死亡對他造成極大的震撼，似乎讓他完全變了個人，他變得尖酸古怪，甚至不肯找個管家，反而獨自整理家務、照顧小孩。他在結婚以前獨居好幾年，所以料理家務還挺有一手。」

「但是對孩子而言，這實在不是好的生活方式。」崔蒂阿姨說：「他爸爸從不帶他上教堂，或到其他地方去讓他見見別人。」

「他把孩子捧在手上。」凱特阿姨說。

蕾貝卡突然引用聖經箴言：「除了我以外，你不可有別的神。」[2]

當路易斯能空出時間沖洗相片時，已經是三星期後的事了，他星期日晚上第一次到「迎風白楊之屋」吃晚餐，就把相片帶去給安看。無論是房子或是小傢伙，都拍得太好了，蕾貝卡說小傢伙照片上的微笑「眞是栩栩如生」。

安宣稱：「路易斯，他長得眞像你啊！」

「眞的很像。」蕾貝卡也同意，斜眼說著：「我一看這張相，就覺得眼熟，看起來像某個人，但我又想不起來。」

「啊，這眼睛、前額、整個表情……就像你啊，路易斯。」安說。

「說我曾經是這麼一個漂亮的小男孩，眞令人難以置信啊。」路易斯聳聳肩，「我自己也有一張八歲時的照片，不知放哪兒去了，我必須找出來比較比較。雪莉老師，你看到相片時一定會大笑的，我是眼神最嚴肅的小孩，留著長捲髮，穿著蕾絲衣領服裝，看起來像負責維持秩序的人那樣硬梆梆的，我想，他們是把我的頭固定在他們慣用的三角架上來幫我拍照吧。如果小傢伙的

2出自《舊約．出埃及記》20:3。

相片像我，應該也只是巧合，他不可能是我親戚，我目前在島上沒有任何親戚。」

凱特阿姨問：「你在哪裡出生的？」

「新布藍茲維，我父母在我十歲就死了，所以我到這裡來，和媽媽的一位表姊同住，我叫她伊達阿姨，你知道，三年前她也死了。」

「詹姆士．阿姆斯壯也是從新布藍茲維來的。」蕾貝卡說：「他不是土生的本島居民，否則也不會這麼古怪了。我們的島民是有怪癖，但至少我們謙恭有禮。」

「我不確定是否該追根究柢，去找出我和這位和藹的阿姆斯壯先生是否有親戚關係。」路易斯邊笑邊伸手進攻崔蒂阿姨的肉桂吐司麵包，「然而，當我把相片沖好裝框以後，我要親自把它拿到幽谷海灣路，並向他打聽打聽。他可能是遠房表兄或什麼的。我母親的親戚如果還有人活著的話，我也眞的一點都不清楚，在我印象中，她沒有親戚，父親也沒有親戚。」

「如果你親自把相片送去，小傢伙會不會因爲沒有收到郵局信件，失去振奮的感覺，而非常失望呢？」安說。

「我會補償他的，我會郵寄別的東西給他。」

次一個週六下午，路易斯駕駛一輛古董馬車，由一隻更古董的母馬拖著，沿著幽靈巷而來。

「雪莉老師，我要把相片帶去幽谷海灣路給小泰迪．阿姆斯壯，如果我今天的突然現身沒有讓你心臟衰竭的話，請你也跟我一道去吧。我想，不會有半個車輪掉下來的。」

「路易斯啊，你是從哪裡把這些先人遺物挖出來的啊？」蕾貝卡問。

「迪悠小姐啊，不要開我這匹英勇駿馬的玩笑，對年紀大的事物尊重一點吧。是邦德先生把馬和馬車借給我的，他的條件是要我幫他跑一趟多利需路買個東西，我今天沒空來回走路去幽谷海灣路。」

「時間！」蕾貝卡說：「我自己走路來回那裡，都比這隻動物還要快。」

「並且你也可以替邦德先生扛一袋馬鈴薯回來嗎？你眞是個厲害的女人啊！」

蕾貝卡的紅色臉頰變得更緋紅了。

「取笑長輩是不好的啊。」她回嘴，「你們出發前，要不要吃幾個甜甜圈啊？」

然而，當他們來到原野，這匹母馬的速度卻是出乎意料地快，他們沿著路前進時，安咯咯笑了起來，如果加德納太太或詹姆西娜阿姨見了她現在這副德行，她們會怎麼想呢？好吧，她不在乎，今天眞是適合駕車馳騁在這片頗具秋色的土地上，路易斯也是個好夥伴。他的雄心壯志將會實現，在她認識的人當中，沒有其他人敢邀她坐在由邦德先生的老母馬拉著的老馬車上面，路易斯卻絲毫不覺得怪異，只要到得了目的地，管它是用什麼方法到達呢？無論你搭乘何種車輛，沉靜的高地丘陵邊緣都是如此湛藍，路都是這般赤紅，楓樹也都是那麼漂亮。

路易斯是個哲學家，很少在意別人怎麼說他，他因爲替寄宿家庭做家事而被一些中學生取笑，說他「娘娘腔」時，他也不太在乎，就讓他們去說吧！總有一天，可能會反過來換他嘲笑別人呢。

他的口袋可能空空，但他的腦袋則不然。同時，這個午後就如一首田園詩，他們就要再度造訪小傢伙。他們向邦德先生的小舅子說明來意，他也就把一袋馬鈴薯放到馬車後面去。

「你是說，你替小泰德．阿姆斯壯拍了相片？」梅利爾先生問。

「是的，而且拍得很好。」路易斯打開照片，驕傲地拿出來。「專業攝影家也不可能照得更好。」

梅利爾先生大聲拍了一下自己的腿。

「有這張照片真好！小泰德．阿姆斯壯已經死了……」

「死了！」安嚇得大叫。「喔，梅利爾先生，不！不要告訴我……那可愛的小男孩……」

「真抱歉，小姐，但這是事實，他父親快瘋掉了，更糟糕的是，他連孩子的一張照片也沒有，現在，你們有一張拍得很好的。真好，真好……」

「不……不可能。」安的眼睛充滿淚水。不久前她還看著這個纖瘦的小傢伙站到石牆上對她揮手呀。

「很抱歉，這是千真萬確的事，他大約三星期前死的，是肺炎。據說他很痛苦，但表現得勇敢又堅忍。我不知道詹姆士．阿姆斯壯現在怎麼樣了，據說他活像個瘋子——總是愁眉苦臉、喃喃自語，一直說著：『如果我有一張我的小傢伙的相片就好了。』」

「真替那男人感到難過。」梅利爾太太突然說道。她剛才一直站在丈夫旁邊，沒有開口說話，她是個皮膚灰白、生得憔悴瘦弱的婦人，穿了件褪色的棉布衣，圍了條格子圍裙。「他有錢，我總是覺得他因爲我們窮而瞧不起我們，但是我們有兒子……只要擁有所愛，再怎麼窮也無所謂。」

安望著梅利爾太太，產生了一股新的敬意。她並不漂亮，但飽經日曬的灰眼睛與安四目相接時，兩人間產生一股無言的精神交融。安以前從未見過梅利爾太太，以後也不會了，但她會永遠記得梅利爾太太，並把她視爲自己生命中的一個絕對秘密——只要擁有所愛，再怎麼窮也無所謂。

對安而言，閃亮的一天已被破壞殆盡，雖然只跟小傢伙有過短暫的一面之緣，他已經贏得安的心，她和路易斯沉默地沿著幽谷海灣路前進，朝綠草小徑往上行。卡洛躺在藍色門前的石頭上，牠站起來，朝他們走來。當他們從馬車上下來時，牠就舔舔安的手，用渴望的眼神抬頭看她，好像在詢問牠的小玩伴有無消息似的。門是開著的，他們看到幽暗的房間裡有一個男人將頭垂在桌子上。

安敲了門，他起身來到門邊。她看到男人的改變，眞是嚇了一跳，阿姆斯壯先生雙頰凹陷，憔悴又長滿鬍鬚，深陷的雙眼間歇閃著怒火。

她本以爲他會趕她走，但他似乎認得她，因爲他無精打采地說：「所以，你又回來了？小傢伙說你和他談話，而且吻了他，他喜歡你。眞抱歉我上次對你那麼粗野，你想做什麼呢？」

安溫和地說：「我們想拿一樣東西給你看。」

他陰鬱地說：「你們要進來坐坐嗎？」

路易斯一語不發地把小傢伙的相片從包裝紙裡拿出來，交給男人。他一把抓住，驚訝又饑渴地看著，然後癱坐到椅子上，眼淚奔湧而出，他啜泣起來。安以前從未見過男人如此哭泣，她和路易斯只能同情又無言地佇立，直到他恢復自制力爲止。

「喔，你不知道，這對我有多麼意義重大。」他斷斷續續地說：「我連他的一張相片都沒有，我和其他人不同，我記不住人的相貌，我不能像其他人一樣在心中想起人的容貌，自從小傢伙死後，我的日子過得眞是太可怕了，我記不起他的長相，現在，你們給我這張相片，我曾對你們那麼無禮……坐下，坐下，我希望可以有機會表達謝意，你們讓我不至於發瘋……或許是拯救了我的生命吧？喔，小姐，這相片照得可眞像小傢伙，好像他就要開口講話似的，我親愛的小傢伙！沒有他，我怎麼活得下去？我已經沒有活下去的理由了，首先是他媽媽，現在是他……」

「他是個可愛的小男孩。」安溫柔地說。

「他是的，小泰迪，泰迪是暱稱，迪奧多爾才是本名，是他媽媽取的。她說，他是『上天的賜予』。他生病時很堅忍，沒有抱怨，有一次他對我的臉微笑說：『爹地，我想你搞錯了一件事……就那麼一件事，我猜有天堂存在。有嗎？爹地？』我說：『有的。』上帝啊！請原諒我教過他一些無神論的思想吧！他滿足地笑說：『爹地，我就要去那裡了，媽媽和上帝都在那裡，所以我會過得很好，但我擔心你，沒有我，你會非常寂寞，但請盡量過得好，而且對他人有禮貌一點，不久之後，再來看我們吧。』他叫我承諾並嘗試去做，但是他走後，我無法忍受這一片空白，如果你們沒有把相片給我，我會瘋掉的！有了它，我就好一點了。」

他講了一些小傢伙的事，這對他而言像一種解脫與樂趣，他的冷漠與粗暴彷彿脫下的衣服似的，最後，路易斯拿出自己褪色的相片給男人看。

「阿姆斯壯先生，你見過長得像這個人的人嗎？」安問。

阿姆斯壯先生疑惑地看著它，最後總算開口：「他太像小傢伙了，這是誰呢？」

路易斯說：「這是我七歲時照的相，因爲長得太像泰迪了，所以雪莉老師叫我把它帶來給你看。我想，有可能我和你或小傢伙是遠親？我叫路易斯．艾倫，我父親叫喬治．艾倫，我在新布藍茲維出生的。」

詹姆士．阿姆斯壯搖搖頭，然後說：「你母親叫什麼名字？」

「瑪莉．加蒂那。」

詹姆士．阿姆斯壯沉默地看了他一會兒。

「她是我同母異父的妹妹。」他終於說：「我幾乎不認識她……只見過一次面，我父親死後，我在叔叔家裡長大，我媽媽再嫁而搬走了。她曾來看我一次，並且帶著她的小女兒來，她不久之後就死了，我再也沒見到我同母異父的妹妹。我搬到本島來時，就已經失去她的音訊。你應該是我外甥，也就是這小傢伙的表哥。」

對這個一向認爲自己孤伶伶地活在世上的少年而言，這的確是個令人吃驚的消息，路易斯和安整個傍晚就和阿姆斯壯先生待在一起。他們發現他博覽群書又有智慧，他們都喜歡他，也把他之前不友善的態度都忘了，並看到隱藏在他那不妥協的外表下那真性情與人格的優點。

他們在夕陽中駕車返回「迎風白楊之屋」時，安說：「如果不是這麼有智慧的父親，小傢伙也不至於這麼愛他吧？」

當下次路易斯去探望他舅舅時，他舅舅說：「孩子，搬來和我一起住吧？你是我外甥，我可以好好照顧你，就像我對待小傢伙一樣。你孤伶伶地活著，我也是，我需要你，若我獨自生活，會變得艱苦難堪，他的位子空了，你來填補它吧！」

「舅舅，謝謝你，我會試著去做的。」路易斯邊說邊伸出手。

「偶爾也帶你老師來，我喜歡這女孩，小傢伙也喜歡她。他對我說：『爹地，除了你之外，我不喜歡別人吻我，但當她吻我時，我很喜歡。她眼神裡藏著某種溫暖的感覺。』」

「玄關上的舊溫度計顯示是零度，側門上的新溫度計則是十度以上。」在一個結霜的十二月夜晚，安表示：「所以我不知道是否該戴上我的手套。」

「你最好相信舊的那個。」蕾貝卡警覺地說：「它可能比較習慣我們的氣候吧，可是這麼冷的夜裡，你要去哪裡啊？」

「我要去寺廟街找凱薩琳．布魯克，請她跟我一起回『綠色屋頂之家』過聖誕節。」

「那你會毀了你的假期。」蕾貝卡認真地說：「如果她得以進入天堂的話，她也會怠慢天使們呢。最糟的是，她還以她的沒禮貌為傲，認為這樣可以顯示她的心靈堅強。」

「我的腦子完全同意你所說的，但我的心很難同意。」安說：「無論如何，我覺得凱薩琳．布魯克雖然表面上令人討厭，其實她只是個害羞而不快樂的女孩罷了。在沙馬塞德鎮，我和她的關係不會有進展，但如果我可以帶她去『綠色屋頂之家』，我相信可以讓她冷漠的心解凍的。」

「你請不動她，她不會去的。」蕾貝卡預測：「或許你邀請她，她還會覺得是在侮辱她，對她施恩惠。我們曾請她來吃聖誕晚餐，就在你來這裡的前一年，那年馬克伯太太收到兩隻火雞，正愁著吃不完，但她說了一句：『不用了，謝謝，如果有什麼東西令我憎惡，那就是聖誕節這個詞了。』」

「但是憎惡聖誕節眞是太可怕了！蕾貝卡，我們總是要想個辦法吧，我這就去邀請她。而且我有個不尋常的預感——我覺得她會來。」

蕾貝卡勉強開口：「無論如何，當你說事情會發生，我就相信它會，你有通靈眼嗎？馬克伯船長的媽媽就有，她經常讓我覺得毛骨悚然。」

「我沒有會讓你毛骨悚然的東西，只不過是……我有時覺得，凱薩琳．布魯克在她冷酷的外表下，可能寂寞得要發瘋了，就心理學上的時機而言，我的邀請應該可以撫慰她。」

「我不是文學士。」蕾貝卡異常謙卑地說：「我不能否認你有權使用我不太懂的字眼來說話，我也不能否認你總是有辦法讓別人服從你，看看你怎樣應付普林果家族吧。但是如果你要把一座冰山和荳蔻刨刀的混合體帶回家過聖誕節，我眞的會可憐你。」

在安到寺廟街的途中，她不像外表假裝的那樣有信心，凱薩琳．布魯克近日越來越令人難以忍受了，安一再地遭到拒絕，只好像愛倫坡詩中的烏鴉說：「絕不再如此了。」昨天凱薩琳才在教師會議上當面侮辱人，但在某個不防備的時刻，安在這個老女孩的眼中看到某種東西，一種熱烈而半瘋狂的情緒，就像關在籠裡的動物，因不滿而對安瘋狂。一晚的大半時間，她都在考慮是否要邀請凱薩琳．布魯克去「綠色屋頂之家」，後來她終於睡著了，並且也下定了決心。

凱薩琳的房東太太帶領安進入客廳，當安說要找布魯克小姐時，她聳了聳肥厚的肩膀。

「我會告訴她你來了，但我不確定她是否會下來見你。她正在生悶氣，今天晚餐時我對她說，羅琳太太說她身爲沙馬塞德中學的老師，穿著方式卻令人反感，但她聽了後像往常一樣，表現出一副氣焰囂張的樣子。」

「我覺得你不該告訴她這些。」安責備地說。

「但我認爲她應該知道。」丹尼斯太太語帶諷刺。

「你也覺得她該知道督學說她是海洋省份裡最優秀的教師之一嗎？」安問：「或是你不知道這回事？」

「喔，我聽過，但她現在太自大了，再也不能更糟糕了，莫名地自大，眞不知道她有什麼好驕傲的。她今晚生氣，是因爲我不答應讓她養狗，她想養狗，她說願意支付養狗費用而且不會讓牠打擾別人，但是當她去學校時，我該怎麼辦呢？所以我堅決反對。我說：『我租人的房子是不准養狗的。』」

「喔，丹尼斯太太，你不讓她養隻狗嗎？牠不會打擾你的……不太打擾的。她去學校時，你就把狗放在地下室裡，狗兒晚上能保護人啊，希望你能答應，拜託。」

當安．雪莉說「拜託」時，她的眼神裡總有些什麼東西，讓人很難拒絕。丹尼斯太太雖然有一雙肥厚的肩膀以及愛管閒事的舌頭，其實她有顆善良的心。只是凱薩琳．布魯克屢次不優雅的做事方法讓她印象極度差勁。

「我不懂爲什麼你要操心她養不養狗的問題，我不知道你是這樣的朋友，她沒有任何朋友，我從未有過這麼不善交際的房客。」

「丹尼斯太太，我想這就是她想養狗的原因，沒有人可以完全無伴侶地活著。」

「好吧，這是我第一次看到她比較有人性的一面。」丹尼斯太太說：「我其實不是堅決反對養狗，是她以譏諷的方式來要求我而惹惱了我啊。她高傲地說：『丹尼斯太太，我想，如果我要養一隻狗，你一定不同意吧？』我就將計就計，同樣高傲地說：『你說對了。』我較其他人更不喜歡食言，但是你可以告訴她，我答應她養狗，但要保證狗兒不會在客廳裡胡鬧。」

安沒想到，如果狗兒在客廳胡鬧，可能會更糟糕，她看了看骯髒的蕾絲窗簾及地毯上討人厭的紫玫瑰，不禁打了個冷顫。

若有人需要在這樣一個寄宿房子過聖誕節，我眞是替那人感到難過。她想。難怪凱薩琳憎惡聖誕節，我眞想把這個地方弄得乾爽通風，它的空氣聞起來像有一千種食物混在一起的味道，凱薩琳的薪水不錯，爲什麼她要繼續住這裡呢？

「她請你上樓去。」丹尼斯太太以懷疑的態度帶回訊息，因爲布魯克小姐如此反常，反而讓她不解。

又窄又陡的樓梯很令人討厭，像不歡迎別人似的，沒必要上去的人，根本不想上去。走廊上的地毯已破成碎布，後端的臥室比客廳還令人洩氣。房間則是用一盞閃爍不已又未加燈罩的瓦斯燈來當照明工具，床是一張中央已經凹陷的鐵床，窗戶狹窄且馬馬虎虎掛著窗簾，望出去是堆滿錫罐子的後院，之後卻是漂亮的天空，以及一排倫巴底式[1]的房子佇立在山丘前方。

凱薩琳指了一張吱吱作響又沒椅墊的搖椅給安坐，安則興高采烈地說：「喔，布魯克老師，看看這日落吧。」

「我看過太多日落了。」凱薩琳動也不動，冷漠地說。她尖酸地想：對於你的日落，我何必降格相從！

「你從未看過這個，沒有兩次日落會完全一樣。坐在那裡，看著它降落到我們的靈魂裡去吧。」安說。然而她心裡想著：你可曾說過一些中聽的話？

「請不要這麼可笑。」

這是世上最侮辱人的話了！加上她輕蔑的語氣更顯侮辱，安從她正欣賞的日落轉頭看向凱薩琳，幾乎想起身就走。但凱薩琳的眼神看來有點怪異，難道她哭過嗎？當然不是，你無法想像凱薩琳·布魯克哭泣的。

安緩慢地說：「你讓我覺得我不太受歡迎。」

「我無法假裝，我沒有你那樣良好的天賦，去做一些女皇般的行為，我對每個人都實話實說。

1倫巴底（Lombardy），位於義大利北部。

你不受歡迎，像這樣的房間怎麼可能去歡迎任何人？」

凱薩琳做了一個輕蔑的姿勢，指向褪色的牆壁、破舊無坐墊的椅子、以及搖晃的化妝臺，外面包裹它的棉布都變得鬆垮了。

「這房間不太好，但如果你不喜歡，爲何還繼續住在這裡？」

「喔，爲什麼？爲什麼？你不了解的，因爲無所謂啊，我不在乎別人怎麼想。今晚什麼風把你吹來了？你不只是來沉浸在夕陽裡的吧？」

「我來邀請你跟我一起去『綠色屋頂之家』過聖誕節。」

安想著：我又要被側面攻擊了！希望她至少能坐下來。她一直站在那裡，好像在等我走似的。但是空氣中有一陣的沉默，然後凱薩琳緩慢地說：「你爲何邀請我？這不是因爲你喜歡我，甚至像你這樣的人，都無法假裝你喜歡我。」

「是因爲我一想到有任何人必須在這種地方過聖誕節，就覺得受不了。」安坦率地說。譏諷開始了。

「喔，我了解了，季節性突發的慈善行爲。雪莉老師，你找錯對象了。」

安站起來，她對這個怪異、疏離的生物已經失去耐心，她從房間一端走到另一端，直接了當地盯著凱薩琳：「凱薩琳·布魯克，你知不知道，你眞該被打一巴掌啊。」

她們互相瞪視對方一會兒。

「你這麼說，會覺得釋懷一點吧。」凱薩琳說，但她的語氣不再輕蔑，嘴角甚至微微顫動。

安說：「是的，我早想找機會對你說了，我並非出於慈悲才邀你去『綠色屋頂之家』，這點你該很清楚，我告訴你眞正的原因吧！『沒有人』應當在這種地方過聖誕節，那是很不得體的。」

「你邀我去『綠色屋頂之家』，只因爲你替我感到難過。」

「我是替你感到難過，因爲你把人生擋在門外，現在輪到人生把你擋在外面了。打開你的門，面對人生吧，人生也會進入你門內的。」

「這就是安．雪莉版本的陳腔濫調：『如果你對鏡子微笑，你就會遇到一個笑臉。』」凱薩琳聳聳肩。

「就像很多陳腔濫調一樣，它的話是很有道理的。現在，你究竟去不去『綠色屋頂之家』？」

「如果我接受你的邀請，你怎麼對你自己說？我不是問你怎麼對我說。」

「我會說，我終於在你身上發現一道符合人性的微弱曙光了。」安反駁道。

凱薩琳笑了……眞令人驚訝。她走到窗戶邊，皺眉看著被她輕蔑的夕陽，如今只剩下火紅的條紋，然後她轉過身來。

「很好……我會去的，現在你可以告訴我你很高興，而且我們將有一段愉快時光了。」

「我很高興，但我不曉得你是否會有一段愉快時光，那全憑你自己了，布魯克小姐。」

「喔，我會舉止得體，你會感到訝異的。我想，我不會是個非常令人開心的客人，但我不會拿刀子叉東西來吃；當人們對我說那眞是個美好日子時，我也不會去侮辱別人。老實告訴你，我想去的唯一理由是，我一想到要獨自留在這裡過節，我也會受不了啊。

「丹尼斯太太聖誕節那週要和女兒在夏洛特鎭過節，想到要自己準備餐食就煩，我不太會做菜。聖誕節時內心理當充滿喜悅，但請答應我，不要祝我聖誕快樂，我就是不喜歡接受聖誕祝福。」

「我答應你，至於那對雙胞胎，我就不敢保證。」

「我不會叫你坐在這裡，那會凍死你，但是在你的夕陽之後，我看到一輪明月。如果你願意，我可以陪你一邊賞月，一邊走路回家。」

「我願意，並且我希望你知道，在艾凡里，我們有更美的月亮。」

「所以她要去了？」當蕾貝卡幫安的熱水瓶倒滿水時，她說：「好吧，雪莉老師，但願你不要引誘我去改信伊斯蘭教，因爲你可能也會成功的。那隻貓在哪裡？啊，在這樣零度的天氣裡跑到外面去，跑到沙馬塞德鎭上四處歡跳。」

「新的溫度計不是零度。另外，『灰塵』正在我的塔樓裡的火爐旁，蜷著身子躺在搖椅上，快樂地打鼾呢。」

「好吧。」當蕾貝卡關上廚房門時，凍得微微發抖，「但願世上所有人都像我們今夜一樣，溫暖且有居所。」

當安搭乘的車子離開「迎風白楊之屋」，她並不知道若有所盼的小伊莉莎白正從她那間有雙斜坡屋頂的閣樓窗戶望著她。伊莉莎白的眼裡充滿淚水，覺得讓她值得活下去的每樣事物好像都在這時候遠離了她的生命，她變成非常像莉茲的莉茲了。但是當這輛出租雪橇在幽靈巷轉角處從她視線裡消失後，伊莉莎白走到床邊跪了下來。

「親愛的上帝。」她喃喃自語：「我知道要求您給我一個快樂的聖誕節是不可能的，因爲奶奶和女傭是不可能快樂的。但請讓我親愛的雪莉老師有個歡欣、快樂的聖誕節，並且在假期結束後，把她安全帶回我身邊。現在，我能做的都做了。」伊莉莎白站起來說。

安已經在品嘗聖誕節的快樂了，火車離站時，她感到充滿活力，醜陋的街道正往後倒退，她要回家了，回到「綠色屋頂之家」。在空曠的鄉間，世界都是亮閃閃的白色及淡紫羅蘭色，黑魔法般的樅樹和葉子掉盡的窈窕白樺樹則四處交織在這片景色裡。火車越開越快，在光禿禿樹林後面才剛昇起的太陽，似乎急著想露臉，它簡直是個偉大的神。凱薩琳默默無語，但並未表現得缺乏教養。

「別指望我會和你聊天。」她簡單地警告安。

「我不會的，但願你不會認為我和某些可怕的人一樣，非得要你和他們講上幾句。我們只要在兩人都高興時聊天就好，我承認自己覺得現在是聊天的好時機，但是你沒有義務去注意我在講什麼。」

德比駕了一輛覆滿毛皮的雪橇，來到光河車站站迎接她們。他像熊一樣撲向安，給她一個大大的擁抱。兩個女孩縮在一起，坐到後座，從車站到「綠色屋頂之家」的那段路程，是安每次週末回家的一大樂趣，她總是想起她第一次和馬修從光河車站駕車回家的情景。當時是春天，現在則是十二月天。但是路上的每樣東西都在問她：「你還記得嗎？」雪片在趕路人的腳下碎開，鈴鐺的歌聲沿著數排積雪的巨大針樅樹一路響起，在「喜悅的白路」上，樹梢掛著星狀的彩飾，在倒數第二個小丘上，他們看到大海灣，在月光下顯得潔白又神秘，儘管尚未結冰。

「在這條路上，僅有一個地方會讓我突然覺得想回家了。」安說：「就是下一個小山丘頂。在那裡我可以看到『綠色屋頂之家』的燈光，我正在想，瑪麗拉已經做好晚餐等著我們了，我相信在那個小丘頂也聞得到。喔，真好，真好，再回到家裡真好！」

「綠色屋頂之家」庭院裡的每棵樹似乎都在歡迎安回來，每扇亮起燈的窗戶都在向她招手。當她們開門時，瑪麗拉廚房裡的味道聞起來多迷人啊，接著是一連串的擁抱、招呼聲及笑聲，甚至連凱薩琳都不像個外人，而是她們的一份子。瑞雪．林德夫人把她珍愛的客廳桌燈放到餐桌上點亮它。它是盞有一顆紅色燈泡的醜陋桌燈，但是在它的照明下，每樣東西都變成美麗的玫瑰色！

產生的影子都是溫暖而友善的。朵拉長得多標緻啊！德比幾乎已經是個男子漢了呢。

還有一些新聞呢，黛安娜生了個可愛的女兒，喬西．帕伊正與一個年輕人往來，據說查理．史隆要訂婚了。這些新聞都彷彿帝王才能知曉的事件一樣，都很令人興奮，林德夫人才剛完成的拼布被子是以價值五千塊的布料縫起來的，一展示出來就贏得眾人的讚賞。

德比說：「安，你一回家，每樣東西似乎都變得生氣勃勃了。」

「喔，生命本該如此。」朵拉的小貓咪跟著呼嚕了一聲。

「我很難抵抗月夜的誘惑。」安在晚餐後說：「布魯克老師，我們穿上雪靴去散步好嗎？我聽說你也喜愛踏雪散步。」

「是的，那是我唯一會的事情，但我已經六年沒嘗試了。」凱薩琳聳聳肩說。

安從閣樓裡把雪靴翻出來，德比則衝到「果樹園」，給凱薩琳借來一雙黛安娜的舊雪靴。她們穿越戀人小徑，那裡充滿可愛的樹影；經過籬笆旁邊植有樅樹的田野，橫越充滿秘密的樹林，樹木們似乎都要向你低語，卻又從來沒有。她們又走過沼澤地，它就像一潭銀色的池子。

她們沒講話，也不想講話，唯恐一開口就會破壞這良辰美景。但是安以往從未覺得和凱薩琳如此親近過，這個冬季的夜晚，用它的魔力把兩人連結在一起……幾乎連結在一起，但還不算很緊密。

當她們走回主要幹道，一輛雪橇伴隨鈴鐺與笑聲飛快奔馳，兩個女孩不禁嘆了口氣。

她們彷彿即將離開某一個世界，而回到另一個截然不同的世界裡。要離開的那個世界沒有時間，因爲充滿了長生不死的年輕人而青春洋溢。在那裡，人們用某種媒介來溝通，而不用像文字一般粗率。

「眞是太美妙了。」凱薩琳顯然在自言自語，所以安並不搭腔。

她們沿著通往「綠色屋頂之家」的漫長小徑往上走，當她們到達庭院柵門時，她們似有一股同樣的衝動而停下腳步，沉默的站著，倚著長滿青苔的舊籬笆，望向這棟在樹木籠罩下顯得幽暗的舊房子，散發出沉思般的慈母的光輝。「綠色屋頂之家」在冬天夜裡是多麼美麗啊！

在房子底下，「耀眼之湖」被冰封住了，樹影環繞在它四周，形成一幅圖案，四下寂靜無聲，橋上一匹疾馳而過的馬打破沉默。安微笑地想起，當她躺在山牆那邊的房間床上時，聽過無數這樣的聲音，她總是假裝那是仙境之馬在暗夜裡奔騰而過。

突然之間，另一道聲音劃破沉寂。

「凱薩琳，你……怎麼了？你該不會是在哭吧？」

實在很難想像凱薩琳會哭，但她的確是，她的眼淚突然讓她更人性化，安不再怕她了。

「凱薩琳，親愛的凱薩琳，怎麼了？我幫得上忙嗎？」

「喔，你不了解的！」凱薩琳喘著氣說：「你的生活總是那麼順利，你……你似乎活在美麗浪漫之中，『眞不曉得今天我會發現什麼愉快事物』，這似乎就是你的生活態度。安，至於我，我已經忘了要怎麼過活了；不對，我是從不知道怎麼過活的，我像……像隻被關在籠子裡的動物，永遠出不來，而且彷彿老是有人從柵欄外拿棍子戳我。而你……你擁有的快樂比你需要的還多，你到處都有朋友，而且有情人！我不要情人，我恨男人，但是如果今晚我死了，將不會有人懷念我……誰喜歡完全沒有朋友呢？」

凱薩琳再次哭泣。

「凱薩琳，你說你喜歡有話直說，我就坦白說吧，如果你是自己所說的那樣毫無朋友，那是你的過錯；我一直想和你做朋友，你卻一直尖酸又帶刺地拒我於千里之外。」

「喔，我知道，我知道，你剛來時，我是多恨你啊！你炫耀你的珍珠戒指……」

「凱薩琳，我沒有『炫耀』！」

「喔，可能沒有吧，但那就是我天生的恨意，戒指本身似乎就在向我炫耀，我並不嫉妒你有人追求，因爲我根本不想結婚，我在我父母身上看得太多了。我憎恨的是你比我年輕，職位卻比我高，當普林果家族找你麻煩時，我幸災樂禍。你似乎擁有我所沒有的一切：迷人、友誼與青春。青春……我從沒有過什麼東西，有的只是困苦的青春，你一點都不知道，你一點都不了解，沒有『任何人』要你的感覺。」

「喔，我怎會不懂呢？」安大叫。

她沉痛地敍說了她來到「綠色屋頂之家」之前的童年生活。

「我要是早知道就好了。」凱薩琳說，「事情就會有所不同。對我而言，你似乎總是受到幸運之神的眷顧，我曾經恨你入骨，你搶了我想要的職位……喔，我了解你比我夠資格，但我仍然嫉妒。你漂亮，至少你可以讓人覺得你漂亮。我最早的記憶就是有人說我：『這孩子多醜啊！』你總是愉快地走進房子來，我還記得你到本校上班的第一個早晨是怎麼走進來的。不過我想我憎恨你的最大理由，是你永遠有些快樂的秘密，每天的生活好像都在探險似的；除了憎恨以外，我有時會想，你可能是從遠方星球上來的。」

「眞的，凱薩琳，你的怨言眞令我吃驚，但你不再恨我了吧？我們從現在起可以做朋友了。」

「我不知道，我從未有過朋友，更別說是年齡相近的朋友了。我從不屬於任何地方，我不知道如何成爲別人的朋友。我不再恨你了，也不知道對你有什麼感覺。我想，你迷人的優點開始在我身上發生作用了。我只是覺得想告訴你我過去的生活是怎樣的，如果你沒有告訴我你在來到『綠色屋頂之家』前的生活，我也不可能對你說這番話。我要你了解我怎麼會變成這個樣子，我不知道爲何想要你了解，不過我希望你了解。」

「告訴我吧，親愛的凱薩琳，我眞想了解你啊。」

「你果眞知道沒人要的滋味是如何，但你不懂連父母都不要你的滋味。我父母就不要我，我一出生，他們就厭惡我，在那之前，他們互相憎恨，他們不斷爭吵、嘮叨、爲小事吵架，我的童年像場惡夢。他們在我七歲時去世，我去住在亨利叔叔家裡，他們也不想要我，他們瞧不起我，因爲我是『靠他們的慈悲過活』，我記得遭受過的一切冷落，每一件都記得淸淸楚楚，但我記不得那些話了。

「我必須穿我堂姊不要的衣服，有頂帽子特別令我印象深刻，它讓我看來像一朵香菇，每當我戴著它時，他們就嘲笑我。有一天，我把它撕壞丟進火爐，那個冬天裡，我就得戴一頂更可怕的舊帽子上教堂。我甚至沒有一隻狗，我非常想養狗。我頭腦不錯，想取得文學士學位，但那可能就像上天摘月一般遙不可及，然而，亨利叔叔答應讓我去皇后學院就讀，條件是當我開始教書後，要把這筆費用還給他。

「他支付我的食宿費用，讓我住在一個三等的供膳宿房子裡，我的房間就在廚房正上方，冬天像冰一樣寒冷，夏天像滾水一樣燒熱，四季都充滿陳腐的做菜味道。但我終於取得教師執照，而且能在沙馬塞德中學當副校長，這是我有生以來僅有的一點運氣。從那時起，我得縮衣節食來償還亨利叔叔，不只是上皇后學院的費用，還有我住在他們家那些年來所有的費用，我決心不欠他一分錢，這就是我爲何要寄宿在丹尼斯太太家，穿著如此寒酸的原因了。

「我剛剛付清了所有費用，在生命裡，第一次覺得自由。不過在這段期間內，我走錯了方向，我知道我沒有社交生活、從沒說對話，我知道我之所以會在社交圈裡被冷落忽視，全是自己的錯。我無法欣賞藝術作品，我愛譏諷別人，我的學生視我爲暴君，我知道他們討厭我，你想，我知道這件事不會覺得難過嗎？他們看起來總是很怕我，我憎恨人們一副怕我的樣子。喔，安，我必定患了憎恨的疾病了，我想和其他人一樣，但又做不到，這就是我爲何那麼尖酸的原因了。」

「喔，你辦得到的！」安把臂膀搭在凱薩琳身上，「你可以把憎恨從心裡除去，治好這毛病的，你的生活才正要開始呢，至少你現在自由又獨立，並且，你絕不會知道在下一條路的轉角處，你會發現什麼呢！」

「我以前聽你那樣說過，我嘲笑過你『路的轉角處』的說法，但麻煩的是，我的道路沒有任何轉角處，我可以看到它無限單調、筆直地延伸到地平線上。安，生命中的空虛冰冷與無趣的人可曾嚇著你？當然沒有，你不需要教書一輩子，你似乎覺得每個人都很有趣，甚至於那個你稱爲蕾貝卡．迪悠的矮胖女人也是。事實上，我厭惡教書，但又不會做其他事情，老師就是時間的奴隸。喔，我知道你喜歡當老師，但我眞不懂你如何能夠喜歡。安，我想要旅行，那是我一直渴望的事。我記得那掛在亨利叔叔家、我閣樓裡的房間的唯一一幅畫，一幅從別的房間裡被輕蔑丟棄的褪色舊海報，上面畫了沙漠泉水附近的棕櫚樹，遠處有一列駱駝闊步走開，它很自然地吸引了我，我一直想去尋找它……我想去看南十字星、泰姬瑪哈陵，以及卡那克神廟，我想多多了解，而不只是相信地球是圓的。但是只靠教師的薪資，我永遠無法達成願望，我只好永遠這樣過下去，瞎扯一些亨利八世的妃子們，以及我國資源有多豐富這種事。」

安笑了，現在她笑出來已經不要緊了，因爲凱薩琳的語調中已經沒有尖酸的味道，聽起來只是懊悔而焦躁的情緒。

「無論如何，我們會成爲朋友，我們會在此度過愉快的十天來展開我們的友誼。凱薩琳，我一直想當你的朋友，你的名字是『K』開頭的呢！我一向覺得，在你尖酸的外表之下，一定有些値得交朋友的事情。」

「你一向是這麼看我的嗎？我總想知道你對我的看法。如果可能，豹也會改變牠們的斑紋呢，或許眞的可能吧。在你的『綠色屋頂之家』裡，我幾乎可以相信任何事物，它是我到過的地方當中，讓我第一次感覺有『家』的氣氛，如果還不太遲，我希望能夠像其他人一樣。當明天晚上你的吉伯回來時，我甚至會練習對他展露一個燦爛的笑容，當然我已經忘了該如何去和年輕男子聊天了，如果我以前算是知道的話。他會覺得我是個尖酸的老小姐吧。我撕掉自己的面具，讓你看到我顫抖的靈魂，我不知道我今晚上床時，會不會因而感到狂怒呢！」

「不會的，你會想，眞高興安・雪莉發現了我也具有人性，我們會抱著溫暖的絨毛毯子睡覺，可能還會有一人兩個熱水瓶。因爲瑪麗拉和林德夫人可能會彼此擔心對方忘記了，而各拿一支給我們。而且，在這樣一個結霜的夜晚，在月亮的沐浴下散步以後，你會睡得很香甜，然後，早晨裡你會覺得你是第一個發現天空是藍色的人，接著，你會喜歡李子布丁，因爲你得幫我準備一個，以便在星期二吃，要有很多李子的大布丁哦。」

當她們進到房子裡，安因爲看到凱薩琳容光煥發的臉而吃了一驚。在嚴寒的空氣裡走了一段長路後，她的外貌閃閃發光，氣色一變好，讓她看起來截然不同以往。

凱薩琳如果穿對了衣帽，一定很美。安想著，她想像起假使凱薩琳戴上一頂她在沙馬塞德鎮商店上看到的暗紅絨帽，配上她的黑髮，再把帽子拉到她琥珀色眼睛的上方……她要想辦法幫她打扮一下。

第6節

「綠色屋頂之家」的星期六和星期一都充滿了快樂，他們做好李子布丁，並把聖誕樹帶回家——由凱薩琳、安、德比和朵拉去樹林裡砍來的。那是一棵美麗的小杉樹，安只好安慰自己，反正春天一到，哈里森先生也會砍掉剩下的樹木以便耕種，所以就不會太自責了。

他們四處閒晃，採集針樅、土柏回去做花圈，在森林幾處深凹的洞穴裡，甚至有些羊齒植物能保持整個冬季的鮮綠。他們從白天就一直待在這個樹梢開滿白花的小山丘上，入夜之後才得意洋洋回到「綠色屋頂之家」。他們看到一個有淡褐色眼睛的高個子年輕人，他開始蓄鬍子了，使他看起來年紀偏大且成熟，讓安遲疑了一下，納悶起他是她認識的吉伯或者陌生人。

凱薩琳微微笑著，要裝出譏諷的模樣但不太成功，她讓他們倆留在客廳，自己則到廚房去和雙胞胎玩遊戲玩了一整個傍晚，她很訝異自己竟很喜歡和他們待在一塊兒；她和德比一起去地窖玩耍，過程也很有趣，世界上竟然還留有那麼多美好的事物。

凱薩琳從未看過鄉村地窖，也不知道在燭光下那是個多有趣又鬼影幢幢的地方。她的生命已經「溫暖」起來，凱薩琳首度覺得，即使是她，生命也能是美好的。

聖誕節一大清早，德比就搖著一個用來掛在牛身上的舊鈴鐺，上上下下樓梯，把「七個長睡的人」[1]吵醒。由於家裡有客人，瑪麗拉被德比的舉動嚇壞了，但是凱薩琳笑著下樓梯；在德比與她之間，已經滋生了一種特別的友誼。她坦白告訴安，她對完美的朵拉沒有特別想法，但是對德比卻感到臭味相投。

她們打開客廳門，在早餐前就分發禮物，因爲雙胞胎——甚至是朵拉——若沒收到禮物是吃不下飯的。凱薩琳並不期待收到禮物，甚至認爲，或許她只會收到安的禮物吧？然而每個人都送了她禮物。林德夫人送她一件好看的阿富汗式編織毛毯，朵拉送她一個鳶尾草根製成的香囊，德比送她裁紙刀，瑪麗拉送她一小籃各式瓶裝果醬與果凍，吉伯送她一個青銅製的貓形紙鎮。

還有，被繫在樹下、正蜷縮在一條溫暖多毛的毯子上面，一隻可愛的棕眼小小狗。牠搖著尾巴，有一雙摸起來如絲綢般卻警醒的耳朵。牠的脖子上繫了一張卡片，上面寫著：

我終究膽敢祝你聖誕快樂。安敬上。

凱薩琳把牠的小身子抱在臂彎裡，顫抖地說：「安，牠眞可愛！但是丹尼斯太太不讓我養，我曾問過她，她拒絕了。」

「我跟丹尼斯太太溝通過了，她不會反對的，而且，你也不會在那裡住太久了，你需要找個得體的地方住，現在你已經付清欠你叔叔的錢啦。看看黛安娜送我的這盒可愛文具吧，看著這些空白的頁面，猜猜上面將會寫上什麼？是不是很令人著迷呢？」

林德夫人眞高興今年是個白色聖誕節，因爲只要聖誕節是白色的，墓園就不會長太多雜草；

但對凱薩琳而言，這也許是個由紫色、鮮紅以及金色構成的聖誕節。下個星期也很美妙，凱薩琳以往經常尖酸地想著快樂到底是什麼滋味，現在她找到了，安則發現自己喜歡他們的陪伴。

她驚訝地想：我竟然擔心過她會毀了我的聖誕節。

凱薩琳則告訴自己：當安邀請我來的時候，我差點拒絕了呢！

她們做了很漫長的散步，經過「戀人小徑」以及「幽靈森林」，在那裡非常靜謐的氣氛似乎也極爲友善。山丘上雪花飛舞，如同跳舞的小精靈般，她們穿越了充滿紫羅蘭色陰影的老果園，經過夕陽閃耀的森林。在那裡，沒有鳥兒啁啾歌唱，沒有淙淙小溪，也沒有吱吱喳喳的松鼠，但是偶爾風吹時唱出的曲調，聽來優雅動人更勝繁複卻嘈雜的各種聲音。

安說：「每個人總是可以發掘一些可愛的東西去欣賞或聆聽。」

她們談到「包心菜與國王」，她們駕著馬車飛奔到星星上面，又餓腸轆轆地回家，幾乎把「綠色屋頂之家」的食品室搜刮一空。有一天颳起暴風雨，她們無法外出，北風拍打屋簷，灰色的海灣在怒吼，但是「綠色屋頂之家」仍有它的迷人之處；坐在火爐旁邊大口嚼著蘋果和糖果，看著火光如夢似幻地在天花板上閃耀，眞是舒適。伴著在外面哭號的暴風雨，晚餐是多麼愉悅！

1此指「以弗所的七聖童」（The Seven Sleepers of Ephesus），相傳曾有七個基督徒少年爲逃避羅馬帝國對基督教徒的迫害，躲到山洞裡睡了兩百年。

有一晚，吉伯帶她們去探望黛安娜與她的新生女兒。

「我以前從沒有抱過嬰兒。」當他們回家時，凱薩琳說：「原因之一是我不想抱他們；另一個原因，我害怕經我一抱他們會破成碎片。你們無法想像我的感覺……我長得巨大又笨拙，手臂裡擁著一個如此細小精緻的東西。我知道萊特太太擔心我可能隨時會不小心讓嬰兒掉下來，我看得出來，她在拚命掩飾她的恐懼。小嬰兒對我有些啟示，但什麼啟示我也還說不上來。」

「嬰兒是最迷人的東西了。」安的語調縹緲：「我在雷蒙時，曾有人說嬰兒是『一連串的潛能』，凱薩琳，想想吧，荷馬[2]必定也曾經是個嬰兒，一個有酒窩、大眼睛而充滿光采的嬰兒，當然，他那時還沒有失明。」

「他母親當時不知道他日後會成名，眞是可惜。」凱薩琳說。

「但眞慶幸猶大[3]的母親不知道他日後會背叛耶穌。」安溫柔地說：「但願她從不知道。」

有一晚，公眾聚會廳有一場音樂會，會後將在阿布那．史隆家舉行另一場宴會，安勸說凱薩琳，希望她兩場聚會都一起去。

「我希望把你上臺朗誦列入節目表，凱薩琳，我聽說你擅長朗誦。」

「我過去也朗誦過，我也相當喜歡朗誦，但是前年夏天，我在一個海岸邊的音樂會上朗誦，有幾個去度假的人就站了起來……然後我聽見他們在嘲笑我。」

「你怎麼知道他們是在笑你？」

「一定是的，因爲沒有其他可笑的事啊。」

安隱藏了微笑，堅持要她去朗誦。

「當聽衆要求安可時，你就朗誦《潔若薇拉》，我聽說你讀的過程非常精采壯麗，史蒂芬・普林果太太更告訴我，她聽到你的朗誦後，當晚都沒打盹呢。」

「我一點都不喜歡《潔若薇拉》，它是朗讀用教材，所以我偶爾會在課堂上教學生如何朗誦，但我對潔若薇拉這個人一點耐性也沒有，當她發現自己被鎖起來時，爲何不尖叫？當人們四處找她時，就必定會聽到她的呼叫。」

凱薩琳終於答應朗誦，但她對宴會仍有疑慮。「當然我會去，但是不會有人找我跳舞的，然後我喜愛譏諷又偏頗的個性就會冒出頭，並且同時感到羞愧，我在宴會上總是很糟糕……我只去過少數幾次。似乎沒有人覺得我會跳舞，你知道我是跳得很好的，安。我是在亨利叔叔家學的，因爲他們家僱用的一個來自貧窮人家的女傭也想學，她和我經常晚上在廚房一起跟隨客廳裡的音樂起舞，如果有適當的舞伴，我喜歡跳舞。」

「凱薩琳，你在這個宴會中不是最糟的，你不會只在外圍看而已。世界上總是有所不同，從

2 荷馬（Homer），古希臘詩人，著有史詩《伊里亞德》和《奧德賽》。

3 猶大（Judas），耶穌十二門徒之一，出賣耶穌。

裡往外看和從外往裡看是不同的。凱薩琳，你的頭髮眞漂亮，你介意我幫你做個新髮型嗎？」

凱薩琳聳聳肩。

「喔，請便吧，我覺得自己的頭髮看來眞可怕，但我沒太多時間打扮，也沒有可以參加宴會的服裝，我那件綠色的絲質衣裳可以嗎？」

「馬馬虎虎啦，但是，我的凱薩琳，綠色是最不適合你的顏色。你必須戴上我替你做的紅色打褶薄紗衣領，你需要有件紅色的衣裳。」

「我一向討厭紅色，當我與亨利叔叔住一起時，歌楚德嬸嬸總是讓我穿鮮紅色的圍裙，而且有好幾件，當我穿其中一件進教室，其他小孩就會大喊著：『失火了！』除此以外，衣著方面我是很隨便的。」

「上蒼啊，請賜給我耐性吧！衣著是很重要的。」安一邊幫凱薩琳綁起辮子，把它們纏起來，一邊嚴厲地說著，然後她看著自己的傑作，覺得很不賴。她把手臂放在凱薩琳肩膀上，轉著凱薩琳的身體去面向鏡子。

「你難道不覺得我們是一對很漂亮的女孩？」她笑道：「一想到別人看著我們也覺得賞心悅目，眞是美妙啊。有很多平凡的人，如果稍微用心打扮一下，外表就會很吸引人的。三星期前在教堂裡，你還記得那天是可憐的老彌爾先生傳道的，他當天患了重感冒，結果沒有人聽得懂他說了什麼嗎？爲了打發時間，我想像著幫周遭的人做造型，好讓他們漂亮一點。」

「就像我爲布蘭特太太整了一個新鼻子，幫瑪莉．愛迪森燙了頭髮，並幫珍．瑪登用檸檬洗頭。我幫艾瑪．第爾穿上藍衣裳以取代棕衣裳，替夏洛特．布雷爾穿上條紋衣裳以取代格子衣，除掉了幾顆痣，又把托馬斯．安德森又粗又長的畢卡第利式[4]絡腮鬍給剃了，它實在像寡婦的黑面紗啊。經過我的打扮，你大概會認不得他們了，而且除了布蘭特太太的鼻子以外，他們都可以自己動手做這些造型。凱薩琳，你的眼睛是琥珀色的，今晚，你就活得人如其名吧，小溪[5]應該是閃耀清澈而快樂的。」

「我一點都不像。」

「你在過去這星期以來，一直就像這樣子，所以你辦得到。」

「這只是『綠色屋頂之家』的魔力，當我一回到沙馬塞德，灰姑娘故事裡十二點的鐘聲就敲響了。」

「你會把這魔力一起帶回去的，看著你自己吧，你一向都該如此打扮才好。」

凱薩琳瞪著鏡子中的自己，好像還在懷疑那是不是她。

「我看來眞的年輕了好幾歲。」她承認，「你說得對，衣著眞的對人有所作用，我知道我一

4 畢卡第利（Piccadilly），倫敦市中心附近的一條大街。
5 凱薩琳的姓氏布魯克（Brook）原意即爲小溪。

向看起來比實際年齡老，我不在乎，爲什麼要在乎呢？也沒有其他人在乎啊。安，我與你不同，很顯然，你生下來就知道如何過活，我則是一點概念也沒有，甚至連ABC都沒概念呢。我現在才開始學，不曉得會不會太遲。我長久以來這麼愛譏諷人，我不知道是否能改變，就我而言，譏諷似乎是我能讓別人對我有印象的唯一方法。另外，我若和別人在一起時，就感到害怕，怕講蠢話，怕被嘲笑。」

「凱薩琳，看看鏡中的自己；把鏡中你的影像印在腦海裡吧，漂亮的頭髮環著你的臉，而不是往後梳，閃亮的眼睛猶如黑暗中的星星，還有臉頰上興奮的紅暈，這樣，你就不會害怕了。現在走吧，我們快遲到了，幸好，朵拉說他們保留了一些座位給參加表演的人。」

吉伯駕馬車載她們去公眾聚會廳，那多像往日時光啊，只是這回是凱薩琳陪她，而非黛安娜，安嘆了口氣；黛安娜現在有更多繁忙的事，而沒時間參加音樂會或宴會了。

這是個多美妙的傍晚啊！下過小雪後，路面像銀緞一般，西邊的天空是淡綠色的，奧利安[6]威儀地遊行，橫越天際，周圍的山丘、田野與森林寂靜無聲。

凱薩琳一開口朗誦就吸引了許多觀眾，而且在宴會裡，想要跟她跳舞的人多得讓她應接不暇。她突然發現自己笑得一點都不尖酸，然後她們回到「綠色屋頂之家」，坐在由壁爐臺上兩根蠟燭照耀的起居室火爐旁，給腳趾頭取暖。

夜深時，林德夫人躡手躡腳地走進她們房間，問她們是否要再加一條毯子，並向凱薩琳保證，她的小狗正在廚房火爐後面的籃子裡，溫暖而舒適地睡著。

我對生命有了嶄新的看法。凱薩琳進入夢鄉前想著：我不知道世界上有像這樣的人們。

「下次再來玩喔。」她要離開時，瑪麗拉對她說。

瑪麗拉這句話是真心話，她不是對每個人都這麼說的。

「她當然會回來。」安說：「週末或暑假裡可以來住好幾個星期，我們將升起營火，也會在花園裡種花，去摘蘋果、看乳牛、在池塘裡划小船，並在森林裡迷路。凱薩琳，我要帶你去看看海絲特．葛雷的花園，還有『回聲莊』，以及當紫丁花盛開時的『紫丁花谷』！」

6奧利安（Orion），希臘神話中的健美獵人，亦即獵戶星座。

第7節

迎風白楊之屋

一月五日

「鬼魂（應當）走的街道」

我尊敬的友人：

這不是崔蒂阿姨的奶奶寫過的文字，但是如果她想得到，她可能會這樣寫。

新年時，我決定今年要寫一些感性的情書給你，你認爲我能成功嗎？

我離開了「綠色屋頂之家」，返回「迎風白楊之屋」，蕾貝卡·迪悠爲我的塔樓房間升了火，並在我床上放了熱水瓶。

眞高興我喜歡『迎風白楊之屋』，若住在我不喜歡的地方，那才是眞的可怕，就好像會對我不友善一樣，它不會說：「眞高興你回來了。」但迎風白楊之屋就會這樣說。它帶有舊式的呆板，但它喜歡我。

我也很高興再見到凱特阿姨、崔蒂阿姨和蕾貝卡·迪悠。雖然我會看到她們可笑的一面，但即使如此，我還是喜歡她們。

蕾貝卡．迪悠昨天對我說了這番好話：「雪莉老師，自從你來了後，幽靈巷就有所不同了。」吉伯，眞高興你喜歡凱薩琳，她對你異常地好。當她肯嘗試時，她竟可變得這麼好，眞令人驚訝，我想她自己也跟其他人一樣感到驚訝吧。她從不知道事情有這麼容易。

我有了一位能一起合作的副校長後，學校事務將會有很大的不同。她要換個住處，我也說服她去買那頂絨帽，我還要繼續勸說她去加入聖歌隊。

漢彌頓先生家的狗昨天跑來這裡追趕「灰塵」。「這是壓垮駱駝的最後一根稻草，我再也無法忍受了！」蕾貝卡．迪悠這麼說道。她的紅色臉頰更紅了，圓胖的背因憤怒而顫動，匆忙之間把帽子戴歪了也沒發覺，她搖搖晃晃地趕路去向漢彌頓先生大大理論一番。當他聽她講話時，我只看到他敦厚老實的臉。

「我不喜歡那隻貓。」她對我說：「但牠是我們的，漢彌頓先生的狗不應當來我們家後院撒野。『牠只是和你的貓鬧著玩。』傑貝茲．漢彌頓說。『漢彌頓對鬧著玩的看法，和馬克伯、馬克連太太的看法，甚至是迪悠小姐的看法，是截然不同的。』我這麼回答他。『嘖嘖，迪悠小姐，你晚餐必定是吃了包心菜啦。』他說。

「我說：『沒有，但我若想吃，也有得吃。馬克伯船長太太去年秋天並沒有把她的包心菜全部賣光，而讓家裡沒得吃。不像有些人，價格一好就全部賣了，口袋裡的銅板響叮噹，就聽不到其他聲音了。』我還在生氣。你對姓漢彌頓的能有什麼期待？不過像個渣滓罷了。」

在白色的「風暴之王」上空，低垂著一顆鮮紅星星，眞希望你能在此地與我共賞。如果你眞在此地，我眞覺得我們的互動，會有些超出尊重與友誼的界限呢。

一月十二日

小伊莉莎白兩天前來我這裡，問我「教皇牛」[1]到底是什麼可怕動物，並流淚告訴我，她的老師要她在學校音樂會裡獻唱，但坎貝爾太太堅決反對。伊莉莎白試著請求她，坎貝爾太太卻說：「伊莉莎白，請不要頂嘴。」

小伊莉莎白當晚在塔樓房間裡哭了一會兒，並說這件事會讓她變得永遠都像莉茲了，她不可能再有像其他名字時那樣的性格了。

「上星期我愛上帝，這星期不愛了。」她反抗地說。

她們全班都要去參加音樂會，所以她覺得自己像個「麻瘋病患」一般受蔑視，那對她而言很可怕，她不該覺得自己像麻瘋病患。

所以，我隔天傍晚就去拜訪長春藤之家，那女傭簡直就是在諾亞大洪水[2]之前就活在世上一樣，她看來很蒼老，用毫無表情的大灰眼睛冷漠盯著我，嚴肅地帶我到會客室，並去通報坎貝爾太太。

我想，這會客室從建好以後就不見陽光。室內有一架鋼琴，但我確信沒有人彈過。椅子靠著牆，是蓋上綢緞的硬椅子。所有家具都靠牆，只有中央那一張大理石桌是例外，每樣家具似乎都各不相識。

坎貝爾太太進來了，我以前從未見過她，她有一張如雕像般的美好臉蛋，男人也可能長這樣子，在霜白的頭髮下，有一雙黑眼睛及濃密的黑眉毛。她似乎不太懂得屏除身上一些不必要的裝飾品，因爲她戴了副皮質的條紋大耳環。

她很勉強地對我表示禮貌，我也待她有禮，但毫不勉強，我們客套地坐著聊了會兒天氣，就如塔西佗[3]幾千年前所講的「都裝出了副符合場面的表情」。我誠懇地告訴她，我想來向她借詹姆士·瓦歷斯·坎貝爾的回憶錄，不會借太久，我知道這本回憶錄內記載早期的王子縣歷史，我想把資料用在教學上。

坎貝爾太太的態度明顯緩和許多，她召喚伊莉莎白上樓去她房間裡拿來那本回憶錄，伊莉莎白眼上有淚水的痕跡，坎貝爾太太親切地解釋因爲伊莉莎白的老師又寫了一張便條來，請求能准

1教皇牛（Papal Bull），正確的說法是「教皇飭令」，西元一四八四年，羅馬教皇英諾森八世頒佈飭令譴責巫術。
2出自舊約聖經「創世紀」，因爲人們墮落，神因而降了一場大洪水。
3塔西佗（Tacitus），中世紀羅馬歷史學家，著有《羅馬帝國編年史》。

許伊莉莎白在音樂會上演唱。然而她竟寫了一張非常刺人的回條，要讓小伊莉莎白隔天拿去學校回覆老師。

坎貝爾太太說：「我不准許像伊莉莎白這樣年紀的孩子在公眾面前唱歌，這會讓他們大膽而過分！」

「坎貝爾太太，我覺得或許您比較有智慧。」我盡量以贊同的口吻說：「像梅貝兒．菲利普在任何場合之下都要演唱，有人告訴我，她的聲音太甜美了，別人根本沒得比。毫無疑問，伊莉莎白最好不要跟她同臺競爭。」

坎貝爾太太的面貌值得研究，她的外貌可能是坎貝爾，但是內心卻是普林果。她雖不說話，但我知道沉默片刻所代表的心理意義，我謝了她的回憶錄並告辭。

次日傍晚，小伊莉莎白來柵門邊取牛奶時，她蒼白如花的臉像星星般閃耀。她告訴我坎貝爾太太答應讓她去演唱了，但叫她不要因此而太驕傲。

你瞧吧！蕾貝卡．迪悠會告訴我，菲利普家族和坎貝爾家族在競爭哪一家擁有較美妙的聲音時，總是死對頭！

我給伊莉莎白一幅聖誕節的圖畫，好讓她掛在床頭，那幅畫上有淡淡斑點的森林、小路，通往小山丘上一幢被樹木環繞的古怪房子。小伊莉莎白說她現在睡在漆黑當中也不太怕了，因爲她一上床，就假裝要從畫中小路走到那屋子裡，屋內一片光亮，而且她父親就在那裡。

親愛的小可憐蟲！我不禁厭惡起她的父親！

一月十九日

昨晚在凱瑞．普林果家有一場舞會，凱薩琳穿了件有荷葉邊的暗紅絲質衣裳，頭髮是髮型師梳理的。你相信嗎？當她走進來時，那些打從她來沙馬塞德中學教書就認識她的人們，都在互相詢問這個人究竟是誰。但是我認爲，衣著髮型的影響沒那麼大，眞正讓她不同的是她內在一些無以名之的改變。

當她以前外出與人相處，她的態度似乎總是：這些人對我感到厭煩，我預計我也會對他們感到厭煩。但是昨夜，她彷彿在她的生命之屋裡點亮了燭火。

我遭遇許多挫折才贏得凱薩琳的友誼，不過有價值的事物總是較不易得手，而我認爲她的友誼是有價值的。

崔蒂阿姨因發燒感冒已經臥病兩天了，她擔心得到肺炎，明天要找醫師來，所以蕾貝卡．迪悠用毛巾包住頭，整天拚命打掃房屋，希望房屋一切完美就緒，因爲醫生可能會來。現在她正在廚房裡用軛鐵來把崔蒂阿姨的白色棉質睡衣燙平，以便她可以換下那件法蘭絨睡衣。那白睡衣以前非常乾淨無污點，但蕾貝卡卻認爲它被放在衣櫃抽屜裡太久，以致顏色不好看了。

一月二十八日

一月份裡，一直到今天，都是寒冷的灰暗日子，偶爾有暴風雨席捲海灣，幽靈巷就因而寒風處處颳。但昨夜雪融了，今天陽光普照，我的楓林華麗得無法想像，甚至普通之處也變得可愛了，每個鐵絲籬笆都像水晶蕾絲一樣美。

蕾貝卡．迪悠今晚仔細地閱讀了我的一本雜誌，那雜誌有篇文章名為〈各式美女〉，還有相片。「雪莉老師，如果有人能一揮魔杖，讓每個人都變美了，那真的太棒。」她渴望地說：「讓我在幻想中滿足一下吧，雪莉老師，假若我突然發現自己很漂亮該多好！」然後，她嘆了口氣：「如果每個人都漂亮，這些工作要誰來做呢？」

「我好累啊。」亞妮斯汀．巴果表姊說著，就一屁股坐在「迎風白楊之屋」的餐桌椅上：「我害怕可以供人坐下的東西，因爲我擔心自己一坐下，就再也起不來了。」

亞妮斯汀表姊和已故的馬克伯船長是相差三等的表親，但如凱特阿姨所言，彼此仍然往來得未免太過親近。表姊當天下午從羅威爾鎮走來，拜訪「迎風白楊之屋」。兩位寡婦並沒有很誠摯地歡迎她，只是基於血緣關係而招待她。亞妮斯汀表姊不是開心的人，她是個不幸的人，不只不斷擔心自己，也擔心別人，並且不得讓自己或他人喘一口氣。蕾貝卡宣稱，她的容貌會讓人覺得生命是一整個溪谷的眼淚。

當然亞妮斯汀表姊並不美麗，如果說她曾經美麗過，也很值得懷疑。她有乾癟憔悴的小臉、枯萎蒼白的藍眼、幾顆長在很怪異之處的痣，以及哀鳴的聲音。她穿了件褪色的黑衣裳，以及陳舊的假海豹皮領巾，她甚至在餐桌上都不肯拿下領巾，因爲她很怕風吹。

如果蕾貝卡願意，她也可以和她們一起坐在餐桌前用餐，因爲兩位阿姨並不把亞妮斯汀表姊視爲特別的同伴。然而蕾貝卡總是宣稱，與這個老而煞風景的人同桌吃飯，會讓她無法「鑑賞食物」，她寧可在廚房「獨自細細品嚐」。但是她在照料大家用餐時，仍免不了要說幾句。

「可能是春風吹進你的骨頭了吧？」她毫不同情地說。

「喔，迪悠小姐，但願如此，但我唯恐像可憐的奧立佛．洛治太太一樣，她去年夏天吃香菇時，可能有毒菇混在當中，因爲自此以後，她就感覺不對勁。」

「但是這麼早的時節，你根本沒有香菇可吃。」崔蒂阿姨說。

「沒有，但我唯恐是吃了別的，夏洛特，不用試著鼓舞我，你是好意，但沒有用的，我經歷太多了。凱特，你確定奶油瓶裡沒有蜘蛛嗎？你替我加奶油時，我似乎看到一隻。」

「我們的奶油瓶從沒有蜘蛛。」蕾貝卡忿忿地說著，用力把廚房門甩上。

「可能只是影子。」亞妮斯汀表姊溫和地說：「我的視力大不如前了，我唯恐就快失明了，我想起一件事，我今天下午順道去拜訪瑪莎．麥凱，她發燒，全身出紅疹，『你似乎長麻疹了。』我告訴她：『這可能會導致幾乎失明的後遺症，你全家人視力都不好呢。』我是要讓她有心理準備。她媽媽也不太健康，醫生說是消化不良，但我唯恐那是腫瘤，我告訴她：『如果你開刀必須上麻醉藥，我唯恐你就此醒不過來了，記住，你是希里斯家族的人，而希里斯家族的心臟都不好，你知道，令尊是死於心臟衰竭。』」

「他八十七歲才死的！」蕾貝卡說道，急忙收走一個盤子。

「你知道聖經說，人的大限是七十歲。」崔蒂阿姨開朗地說。

「夏洛特，大衛王是這麼說的沒錯，但我覺得他在某方面並不太好。」

安與崔蒂阿姨的目光交會，而且禁不住笑出聲來。

亞妮斯汀表姊不以爲然地看向安。

「聽說你很愛大笑，但願你能經常大笑，但我唯恐你不能，我怕你很快就會發現人生的憂愁，我也曾年輕過的。」

「眞的嗎？」當蕾貝卡把馬芬蛋糕拿進來時，嘲諷地說：「依我看來，你必定是經常擔心會太年輕呢，巴果小姐，我可以告訴你，年輕是需要勇氣的。」

「蕾貝卡做事總是這麼怪異。」亞妮斯汀表姊抱怨：「當然我不在意。雪莉老師，當你能大笑時，就儘量大笑吧，但我唯恐你是以這種快樂的方式來引誘神的眷顧，你就好像是我們前任牧師太太的阿姨，她老愛大笑，結果她死於中風。人在第三次中風時就會死了。我唯恐我們羅威爾鎭的新牧師太輕浮，我第一次見到他時，就對路易斯說：『我唯恐男人長了一雙這樣子的腿，會沉迷於跳舞。』我想他在擔任牧師之後，就不再跳舞了，但我唯恐他家人會有這種愛跳舞的傾向。他娶了個年輕的老婆，據說，她深愛著他，眞是太不體面了，我難以想像有人是因爲愛情才嫁給牧師的，我唯恐對神大不敬。他說得很好，但我唯恐在他上星期天講的以利亞和提德彼的故事中，他對聖經的看法太自由派了一點。」

「我在報上看到彼得．愛利斯和芬妮．巴果上星期結婚了。」崔蒂阿姨說。

「是啊，我唯恐那是樁快快結婚，然後慢慢後悔的婚姻，他們才相識三年。我唯恐彼得會發現，擁有美麗羽毛的鳥兒不一定是最好的鳥兒。我唯恐芬妮非常不中用，她熨桌巾只熨右邊，一點都不像她那死去的母親。喔，若說世上有人徹底扮好女人的角色，那就是她母親了。服喪期間她總是穿著黑色睡袍，據說在夜裡也如白天一樣悲傷。安迪．巴果結婚時，我去幫他們做菜，婚禮當天早晨，當我下樓梯時，看見芬妮吃著煎蛋當早餐，她當天就要結婚了，若非親眼看見，眞是難以置信。我那過世的可憐姊姊，結婚前三天都沒有吃東西，她丈夫死後，我們擔心她又不吃東西了。我覺得搞不懂巴果家族的人已有一段時日。」

「聽說珍．楊要再婚了，是眞的嗎？」凱特阿姨問。

「我唯恐是眞的。當然弗烈德．楊已經死了，但我非常害怕他會活過來。你絕不可信任那個男人，她將改嫁伊拉．羅勃特，我唯恐他娶她只是要帶給她快樂，他的菲力普伯伯曾經想娶我，但我對他說：『我身爲巴果家的人，死爲巴果家的魂，婚姻會使我跳進黑暗中，我不想再陷進去了。』今年冬天，羅威爾鎮結婚的人可眞多，我唯恐整個夏天會不斷有人辦喪事來平衡一下。安．愛德華和克里斯．杭特上個月結婚了，我唯恐他們幾年內就不會像現在一樣相愛了，我唯恐她只是一時被他的大膽作風所迷惑。他的希朗叔叔瘋了，他已有好幾年相信自己是隻狗了。」

「如果他只是自己汪汪叫，他自己高興，也不會有人怨恨他的。」蕾貝卡端來醃梨子和多層蛋糕的同時說道。

亞妮斯汀表姊說：「我從沒聽過他汪汪叫，他只是趁人沒看見時，啃著骨頭，並把它埋起來，這是他太太感覺到的。」

崔蒂阿姨問：「莉莉·杭特太太這個冬天上哪兒去了？」

「她與兒子住在舊金山，我非常擔心在她還沒離開那裡時，當地就再度發生大地震。如果她逃得過一劫，她很可能會走私東西進來，而在海關惹上麻煩。當你旅行時，不是這個就是那個出了狀況，但還是有很多人熱愛旅行。我堂弟吉姆·巴果這個冬天在佛羅里達度過，我唯恐他變得有錢而庸俗，他出發的前一晚我告訴他，我記得那是柯洛門的狗死掉的前一晚，喔，是嗎？……是的，我說：『驕傲會導致毀滅，高傲的心會導致沉淪。』

「他女兒在巴果路學校教書，無法決定選擇哪一個追求者，我說：『瑪莉·安尼塔，我可以向你擔保一件事，那就是你永遠得不到你最愛的人，所以你最好選擇愛你的人，如果你確信他愛你的話。』但願她能做一個較好的抉擇，而不像潔西·齊普曼，我唯恐她只因爲奧斯卡·格林常常來找她，就打算嫁給他了。『你眞打算嫁給他嗎？』我問，男方的哥哥死於急性肺炎，我又說：『不要在五月結婚，在五月結婚是非常不吉利的。』」

「你總是如此鼓舞人心啊！」蕾貝卡說道，端來一盤蛋白杏仁餅。

亞妮斯汀表姊不理會蕾貝卡，拿了第二次梨子時說：「你能不能告訴我，蒲包草是花還是疾病？」

「是花。」崔蒂阿姨說。

亞妮斯汀表姊看來有點失望。

「好吧，無論它是什麼，山帝．巴果的遺孀拿到了這東西，上星期天在教堂裡，我聽見她對她姊姊說，至少她有了蒲包草。夏洛特，你的天竺葵太細瘦了，我唯恐你是沒有恰當的施肥。可憐的山帝才死了四年，他老婆就不再服喪了，現代人很容易被遺忘死者，我姊姊就爲她丈夫戴了二十五年的黑喪章。」

「你知道你的裙釦沒扣好嗎？」蕾貝卡說著，放了一塊椰子派在凱特阿姨的面前。

亞妮斯汀表姊酸澀地說：「我一直沒時間照鏡子，沒扣好又怎樣？我穿了三條襯裙，據說現代的女孩子只穿一條，我唯恐現代的女孩變得太草率輕浮，眞不知道她們有沒有想過最後的審判日。」

「你覺得在審判日裡，他們會問我們穿了幾條襯裙嗎？」蕾貝卡一說完，就趁她們還沒來得及露出驚惶神情前逃進廚房裡，畢竟連崔蒂阿姨都覺得蕾貝卡說得有些過分了。

亞妮斯汀表姊嘆了一口氣：「我想你已從報紙上看到了艾烈克．克勞帝的死訊，他太太兩年前死了，可憐的人，她痛苦地死了。據說，他太太死後，他非常想念她，但我唯恐這件事好得不像是眞的，我也唯恐縱使他下葬了，他們也會有忙不完的後事。我聽說他不肯立遺囑，所以遺產的事還有得吵呢。據說安娜貝兒．克勞帝要嫁一個凡事都能做，但都不精通的人，她母親的第一任丈夫也是如此，這恐怕是遺傳吧。安娜貝兒以往日子過得不好，但我唯恐她這是脫離困境而陷入更大的困境呢，縱使他不是個有婦之夫，也一樣糟糕。」

凱特阿姨問：「珍・郭德溫這個冬天在幹什麼？她有好久時間不在鎮上了。」

「喔，可憐的珍，她神秘地失蹤了，別人都不知道她怎麼了，但我唯恐那是她的犯案不在場證明。蕾貝卡爲什麼在廚房裡笑得像隻土狼一樣？我唯恐她很快就會成爲你們的包袱，迪悠家出了許多心智低下的人。」

崔蒂阿姨說：「我看到瑟拉・古柏生了個小孩。」

「喔，是的，一個小可憐蟲，感謝老天，只有一個，我還擔心會生雙胞胎呢，古柏家族出了很多雙胞胎。」

「瑟拉和尼德是一對完美的年輕夫妻。」凱特阿姨說，她的神情猶如要拯救宇宙一般悲壯。

「喔，她終於能夠得到他，可眞要謝天謝地，有一陣子她擔心他不會從西部回來，我警告她：『你要明白他將會令你失望，他總是令人失望，每個人都認爲他不到一歲就會死，但你看他現在還活得好好的。』如果發生什麼事，他們也不能責怪我。喬瑟夫・哈利的背部有毛病，他說那是腰痛，但我唯恐這是脊髓炎的先兆。」

「老喬瑟夫・哈利叔叔是世上最好的人之一。」蕾貝卡回答，端來一壺再加滿水的茶壺。

亞妮斯汀表姊悲痛地說：「他很好，太好了！但我唯恐他的兒子們都會變壞，這種事情太普遍了，好像平衡作用一樣。凱特，謝了，我不再喝茶了，好吧！再給我一個杏仁餅吧，這些食物不會造成胃太大負擔，但我恐怕吃太多了。我該不告而別，因爲我怕在回到家以前就天黑了，我不想讓腳濕掉，我很怕得肺炎，整個冬天我從手到腳都有毛病，每夜我都痛得醒來，沒人知道我遭受的痛苦，但我不是愛抱怨的人；我決心要來探望你們，因爲我明年春天可能就不在了，但你們兩人的狀況也很差，所以可能比我先走。當還有人可以幫你料理後事時，先走一步也是好的。老天，起風了，如果變成強風，我唯恐穀倉的屋頂會被吹走！這個春天太常颳風，我唯恐氣候是在轉變了呢。雪莉老師，謝謝你。」她在安幫她穿上大衣時說：「自己小心點，你看來很累，我唯恐紅頭髮的人身體都不強壯呢。」

「我身體還不錯。我今晚喉嚨痛，就只是這樣，巴果小姐。」安微笑說道，並把亞妮斯汀表姊的帽子交給她，那是一頂背後有支鴕鳥毛的特殊帽子。

「喔！」亞妮斯汀表姊又做了一個不祥的預測：「喉嚨痛也要小心，白喉和扁桃腺炎從一開始直到第三天，症狀完全一樣，但也有一個值得安慰之處，如果年紀輕輕的就死掉，倒也省掉了很多麻煩。」

第9節

塔樓的房間　迎風白楊之屋

四月二十日

可憐又親愛的吉伯：

「我說笑聲是什麼東西，它是憤怒的，我說歡笑又是什麼東西呢？」

「我唯恐年紀輕輕就長白髮；我唯恐我老年時要在救濟院度過；我唯恐我的學生中，沒有人考得過期末考；漢彌頓先生家的狗在週六晚上對我狂吠過，我唯恐會得了狂犬病；我唯恐今晚和凱薩琳聚會時，雨傘會開花；我唯恐凱薩琳現在太喜歡我，因而日後大概不會如此喜歡我了；我唯恐我的頭髮不是紅褐色；我唯恐五十歲時，鼻頭上會長顆痣；我唯恐學校會失火；我唯恐今晚床上會有老鼠；我唯恐你只是因爲我常常陪伴你，才和我訂婚的；我怕自己很快就會挑剔起我們的床單。」

親愛的，我不是瘋了，這只是亞妮斯汀．巴果表姊的傳染病罷了。

我終於知道爲什麼蕾貝卡．迪悠老愛叫她「太多唯恐的小姐」，這個可憐蟲借來太多煩惱，她必定欠了命運之神一大筆債。

世上像亞妮斯汀表姊那樣杞人憂天的人實在太多了，雖然不是每人都像她那麼極端，但也有很多愛煞風景的人，因為擔憂明天，而不敢去享受今天。

親愛的吉伯，我們不要擔心這些事物吧！擔憂是一種可怕的束縛；讓我們大膽、冒險並期盼吧，讓我們起舞迎接生命帶給我們的一切吧！縱使是無盡的麻煩、傷寒症或雙胞胎也好！

今天好像是四月份裡的六月天，天空不再下雪，草地積雪融化了，金色小丘唱著春之歌，我聽到牧羊神在楓樹叢的綠色小洞穴中吹笛子，「風暴之王」舉著紫色霧靄的旗幟。最近下了不少雨，我喜歡在靜止與潮濕的春天黃昏裡坐在塔樓內。但今晚颳暴風，甚至在天空中追逐的雲朵都很匆促，而且從雲間迸出的月光也匆促得要淹沒世界。

吉伯，想像著今晚我倆手牽手，漫步在艾凡里的長長道路上！

吉伯，我唯恐自己愛你愛得太深，不大體面呢。你不會覺得這冒瀆了神吧？然而，你也不是個牧師呀。

「我是如此與衆不同。」海若嘆了口氣。

如此與衆不同是件可怕的事，但也可以是件很美妙的事，如同迷路的外星人一樣，海若縱然因與衆不同而感痛苦，她卻也不願意變得平凡。

「每個人都不同啊！」安開心地說。

「你在笑呢。」海若交叉起一對非常白皙的雙手，景仰地看著安，她字字淸晰地說：「你有極爲迷人的笑容，會蠱惑人心呢。我第一眼見到你時，就知道你對一切事情瞭如指掌；我們是同一個星球的人，有時候我覺得自己是個靈媒啊，雪莉老師。當我第一眼見到一個人，我就本能地知道我會不會喜歡他們，我立刻感覺到你有同理心，你會了解的。能被了解眞好。雪莉老師，沒人了解我，可是我一見到你，身體裡便有股聲音對我耳語：『她會了解的，跟她在一起，你可以成爲眞正的自我。』喔，雪莉老師，讓我們成爲眞正的自我吧，你能愛著我嗎？就算只有那麼一點點也好？」

「我覺得你很可愛。」安笑著說，用她纖細的手指去撥弄海若的金色捲髮。海若實在很容易討人喜歡。

她在塔樓房裡向安傾訴，在房裡，她們看得見港口上空的新月，以及五月黃昏的微光，照耀在窗下鬱金香鮮紅的花朵上。

「我們暫時不要點燈好嗎？」海若懇求道。安回答她：「好啊，當黑暗成爲你的朋友時，這裡就變得很可愛吧？當你點亮燈，光亮就把黑暗變成你的敵人，並且怨恨地怒視你。」

「我可以用同樣的思路來想事情，但無法表達得這麼美。」海若欣喜地拉長了語調：「雪莉老師，你正在以紫羅蘭的語言講話呢！」

海若也無法解釋自己話裡的含意，但是沒關係，這話聽來也很有詩意。

塔樓的房間是這棟屋子裡唯一平靜的地方，當天早上，蕾貝卡以一種見鬼的容貌說：「婦女互助會在此開會以前，我們必須把客廳及那間沒人住的房間準備好。」她立刻把兩個房間裡的家具搬出來，好方便工人來貼壁紙，但工人後來又說隔天才能到。「迎風白楊之屋」一片混亂，只有塔樓房間才是唯一綠洲。

大家都知道海若．馬爾老愛纏著安，馬爾家在這個冬天從夏洛特鎮搬來沙馬塞德不久。海若曾獲選爲「十月份金髮美女」，她擁有一頭金髮及一雙棕色眼睛，她也喜愛如此描述自己。蕾貝卡說，自從發現海若是如此美麗以後，世界上就再也沒有更漂亮的存在了。海若很受歡迎，尤其受男孩子們歡迎，他們覺得她的眼睛及捲髮的魅力無法擋。

安也喜歡她，稍早的黃昏時，她又累又悲觀，身上仍帶著學校午後的疲憊。但她現在覺得休息夠了，究竟是因爲窗邊吹著帶有蘋果花香的五月微風，或是因爲和海若閒聊而讓她有了精神，她也說不上來。或許兩者皆有吧，無論如何，海若總讓安回想起自己的青春，對萬物充滿了欣喜、理想與浪漫。

海若虔誠地抓住安的手吻了一下。

「雪莉老師，我憎恨那些先於我而被你愛過的人，我也憎恨你現在愛的所有人，我希望能獨占你。」

「寶貝，這是不是不太合理呢？除了我之外，你也愛其他人，例如泰利。」

「喔，雪莉老師！我正要跟你說這件事，我再也無法沉默了，我必須找個能夠了解我的人。我前天晚上出門，一直繞著池塘走了整個晚上，喔！幾乎是整晚，直到十二點鐘，我受夠了。」

海若白裡透紅的圓臉頰、長睫毛以及有光環的捲髮看來都很悲傷。

「親愛的海若，爲什麼呢？我以爲你和泰利會因爲一切都穩定而覺得快樂。」

安這麼想是有道理的，在先前的三週裡，海若對她大大稱讚泰利．葛蘭。海若的態度是，如果你不向別人談論你的情人，那麼要這個情人有什麼用處？

海若極爲痛苦地說：「每個人都這樣想，喔，雪莉老師，人生充滿了令人困窘的問題啊！有時候我覺得好像要找個地方躺下來，任何地方都可以，把手疊起來，不再想它了。」

「我親愛的女孩啊，出了什麼問題呢？」

「沒事，也可說全部有事，雪莉老師，我可以跟你說全部的事嗎？我可以對你掏心剖肺嗎？」

「當然可以，親愛的。」

海若悽慘地說：「我除了寫日記以外，找不到人可以傾訴，我哪天把日記帶來給你看好嗎？寫日記是自我啓示，但我還沒辦法把在內心裡燃燒的東西寫出來，眞令我感到窒息！」

海若戲劇化地抓住自己的喉嚨。

「如果你要我看，我當然想看，但是你和泰利到底發生了什麼事？」

「你相信對我而言，泰利就像個陌生人嗎？我從未見過的陌生人。」海若又補上後面那句話，以確定沒有表達錯誤。

「但是，海若，我以爲你愛他，你說過的。」

「我知道，我也以爲我愛他，但我現在知道這是個可怕的錯誤，雪莉老師，你無法想像我的生活是多麼可怕。」

安記起了羅爾・加德納，同情地說：「我也許能了解。」

「喔，雪莉老師，我確信我對他的愛還不到要嫁給他的程度！我現在才發現，但太遲了。我只是受了月光的感動，以爲我愛他，如果那天沒有月光，我確信自己一定會要求時間來考慮，但我是被沖昏頭了，我現在明白了。喔，我要逃，我會做傻事！」

「親愛的海若，如果你覺得錯了，爲何不直接告訴他……」

「我不能，那會殺了他！他很愛我，這件事是躲不掉了，泰利開始在談結婚的事了。我才十八歲，還像個小孩，我向一些朋友提到我訂婚的事，但這件事還是保密的，他們都恭喜我。這就像齣鬧劇，他們覺得泰利是金龜婿，因爲他才二十五歲就有一萬元財產，那是他奶奶留給他的，好像我很在意金錢這種事！喔，雪莉老師，爲什麼這是個金錢主義的世界？爲什麼？」

「海若，或許就某些方面而言，是金錢主義，但也不全都是，有時候也很難了解自己的內心……」

「喔，我就知道你了解，我眞的在乎他。當我第一次見到他，我整個傍晚只是坐在那裡盯著他看，在我們四目交接時，我心中泛起一陣陣波動。他好帥，雖然當時我也覺得他的頭髮太捲、睫毛太白，這些應足以警告我。但我太投入也太熱情了，每當他靠近我，我就高興得發抖。但我現在一點感覺都沒有了，喔，我這幾個星期老了許多，自從訂婚後，我幾乎食不下嚥，我媽媽可以證明這點，我確信我沒有愛到想嫁他的程度，當我對其他事有所懷疑時，心裡總是很清楚。」

「那麼就不該嫁他。」

「甚至在那個夜晚，他向我求婚時，我心裡想的是我該穿什麼衣服去參加瓊·普林果的化妝舞會。我想，如果穿著淡綠衣服，繫上深綠腰帶，頭上別一朵淡粉紅玫瑰，手上拿支裝飾著小玫瑰和綠色彩帶的五月權杖，打扮成五月花皇后，一定很可愛，也很迷人吧？後來，瓊的伯伯死了，宴會就開不成了，一切都成妄想，問題是，我如此心不在焉，怎麼談得上愛他呢？」

「我不曉得，但有時候我們的思緒會對我們惡作劇。」

「雪莉老師，我一點都不想結婚，你手頭上有橙木鉤針嗎？謝謝，我的半月型手工藝品快要變成破布了，我最好邊說邊做，交換秘密的感覺很不錯吧？很少人有這種機會的，這世界是自己在擾亂自己啊……我剛才說到哪兒了？喔，泰利，我該怎麼辦啊？雪莉老師，我需要你的忠告，我覺得自己像被關在籠子裡的動物啊！」

「但是海若，這很簡單……」

「喔，一點都不簡單，太複雜了，媽媽欣喜異常，但是琴阿姨則不然，她不喜歡泰利，每個人都說她判斷正確。我不想和任何人結婚，我有野心，我要有職業生涯，有時候我想當個修女，當個上帝的新娘不是很好嗎？天主教教堂就像圖畫般美麗，不過我當然不是天主教徒，無論如何，我想你不會把當修女稱作職業生涯吧。我總是想當護士，那眞是個浪漫的職業，是不是呢？照料發燒的病人，遇到一個英俊的百萬富翁病人，他來追求你，並且帶你去里維耶拉[1]的別墅度蜜月，迎著朝陽以及蔚藍地中海。我已經看到自己置身其中了，這可能是愚蠢的夢，但是，喔，太甜美了。我無法放棄夢想，而委身於平淡的現實——嫁給泰利且定居沙馬塞德！」

海若因爲這個想法而發抖，並以批判的眼光來審視手上的半月型手工藝品。

「我想……」安開口。

「雪莉老師，你知道我和他沒有相似之處，他對詩與羅曼史不感興趣，而這些都是我生命的一部分，有時候我覺得自己是埃及豔后轉世，也可能是特洛伊城的海倫呢！反正就是這些從容又擅長引誘人心的人物就是了。我有很多很獨特的想法與感覺，如果不是投胎轉世的原因，眞不知道這些想法是從哪裡來的呢。泰利是很務實的人，他不可能是任何人物轉世的。當我告訴他有關薇拉．弗萊的羽毛筆時，你看看他是什麼反應！」

安耐心地說：「我也從未聽過薇拉．弗萊羽毛筆的故事。」

「我以爲告訴過你了！薇拉的未婚夫撿到一根從烏鴉翅膀掉下的羽毛，就做成一支羽毛筆給她，他對她說：『當你使用它時，就像擁有這隻鳥兒，讓你的思緒隨著它在天堂裡翱翔。』」

「它的涵義是什麼呢？」

「喔，就是……就是……翱翔，你知道，遠離塵土，你注意到薇拉的戒指嗎？是藍寶石，用藍寶石來做訂婚戒指不太適合，我寧可選擇像你那樣可愛浪漫的珍珠小戒指。泰利打算立刻給我戒指，但我說時候未到，因爲它會像個束縛，無可挽回。如果我眞的愛他，應該不會有這種感覺，是嗎？」

「恐怕是的……」

「能向人訴說眞正的感覺眞好，喔，雪莉老師，我眞希望能夠再度自由，去找尋生命的眞諦！

1里維耶拉（French Riviera），又稱蔚藍海岸，法國東南部沿地中海的旅遊勝地。

如果告訴泰利這些話，他一定不懂，而且，他的脾氣不太好，葛蘭家都是這樣，喔，雪莉老師，但願你能把我的這些感覺告訴他，他覺得你很優秀，肯聽從你的指導。」

「海若，我親愛的小女孩，我怎可以這樣做？」

「有何不可呢？」海若完成手上的最後一個新月造型，悲傷地放下橙木鉤針。

「如果你不行，那我也找不到任何幫助了，但我絕不、絕不、絕不嫁給泰利。」

「如果你不愛泰利，去找他說清楚，無論會不會造成不好的感受，總有一天你會遇上你愛的人，到時你就不會有所懷疑了。」

海若像石頭一般冷靜地說：「我再也不會愛任何人了，愛情只是帶來悲傷，像我這麼年輕就了解這點，雪莉老師，這是你寫故事的好題材吧？我該走了，沒想到這麼晚了，向你傾吐秘密讓我覺得很舒心，就如莎士比亞所說：『在陰暗之土，碰上你的靈魂。』」

安溫和地說：「我想那是寶琳．強森[2]說的。」

「好吧，我知道那是某個人，某個古人說的。我該睡覺了，自從我發現自己和泰利訂婚後，就很難睡得著，我也不知道事情怎麼發生的。」

海若撥出頭髮，戴上帽子，那帽子有玫瑰色襯裡，邊緣裝飾著玫瑰花。戴上帽子後，她美得令人心神盪漾，安禁不住衝動地吻了她臉頰，欣羨地說：「甜心，你是最漂亮的人兒啊！」

海若僵直地佇立原地。

然後她抬起眼，視線穿透塔樓房間的天花板，經由它上方的閣樓去尋找星星。

她狂喜地低呼：「雪莉老師，我永不忘記這美妙的時刻，我覺得自己的美貌——如果我還算美麗的話。喔，雪莉老師，你不知道因美貌而出名是多麼可怕呢，經常害怕別人見了你，覺得你不像傳聞的那麼漂亮，這眞是折磨人啊。有時我想抑鬱而死，因爲我幻想自己可以看到他們失望的表情，或許那只是我的想像，我太愛幻想了，這恐怕對我不好。你看，我就曾經幻想過自己與泰利墜入愛河。喔，雪莉老師，你聞到蘋果花香了嗎？」

安深深吸了一口氣。

「很神聖吧？我眞希望天堂能種滿花，一個人若能身陷百合花裡，大概會成爲好人吧。」

安含蓄地說：「那麼天堂恐怕會變得太狹窄呢。」

「喔，雪莉老師，請不要譏諷你的仰慕者，譏諷會讓我像樹葉一樣地枯萎。」

安護送海若到幽靈巷尾，回家時就聽見蕾貝卡問她：「她是不是和你一直聊天啊？眞不知道你怎能受得了她？」

「蕾貝卡，我喜歡她，我小時候也是個話匣子呢，不知道過去那些聽我說話的人，是否覺得我淨說一些傻話呢。」

2艾蜜莉·寶琳·強森（Emily Pauline Johnson, 1861-1913），加拿大詩人，約與本書作者爲同時代人物。

蕾貝卡說：「那時我不認識你，但我確信你不說傻話，因爲你無論如何表達，你總是說眞心話，但海若就不然，她不過是假裝成奶油的脫脂牛奶罷了。」

「當然她像很多女孩一樣，把自己戲劇化了，但我想她有些話是眞心話。」安說著，想到了泰利，或許她對傳聞中的泰利印象不佳，以致她相信海若說到泰利時是很眞誠的。

安心想，不論泰利是否「卽將」有一萬元收入，海若都算是捨棄自我迎合泰利了。安想像中的泰利是個英俊軟弱的年輕人，愛上第一個跟他拋媚眼的美女，如果第一號情人拒絕或冷落他，他就會愛上另一個美女。

那年春天，安和泰利經常見面，因爲海若經常要安當電燈泡。她註定要更常見到泰利，因爲當海若去金斯泊拜訪朋友時，泰利常常黏著安，帶她乘馬車兜風，到各處去玩，並「送她回家」。他們年紀差不多，所以互稱「安」和「泰利」，雖然安對他產生更多的是母親照看孩子的情感。泰利因爲「聰慧的雪莉老師」看來挺喜歡他的陪伴而虛榮心起。有一晚在玫．柯內爾的宴會上，他變得多愁善感，在月光下的花園裡，洋槐樹的影子狂亂舞動，安高興地提醒他海若的存在。

「喔，海若！那個孩子！」泰利說。

「你和『那個孩子』訂婚了，不是嗎？」安嚴厲地說。

「那不是眞正的訂婚，只是男孩女孩間的胡扯罷了，我只是被月光沖昏了頭。」

安迅速思索一下，如果泰利這麼不在乎海若，這小女孩最好與他分手。或許這是個天賜良機，可讓他們擺脫彼此愚蠢的糾纏，他們太年輕而不懂得事情嚴重性，也不知如何擺脫。

泰利誤解她的沉默，繼續說：「我有點處於困境，海若把我看得太重要了，我就是不知道有什麼好方法讓她正視自己的錯誤。」

安基於一股衝動，顯露了她的母性。

「泰利，你們兩個都是小孩，你們在玩成長的遊戲，海若事實上對你的關心也不會比你對她的關心多。顯然，你們都被月光沖昏了頭。她希望自由，但怕傷害你而不敢對你說，她是狂野浪漫的女孩，你是愛上愛情的男孩，總有一天，你們倆會笑你們自己的。」

安自滿地想：「我已經很委婉地把話說完了。」

泰利長長地吸了口氣。

「安，你的話讓我如釋重負，當然海若是個甜蜜的小傢伙，我不願傷害她，但我知道自己的過錯已有幾個星期了，當一個人遇見一個女人……這個女人……安，你不是想進入房子裡吧？眞浪費掉這麼美麗的月色呢！安，你在月光下看起來像朵白玫瑰……」

但是安迅速地走掉了。

第11節

一個六月中旬傍晚，安在塔樓房間批改考卷，偶爾停下來擤鼻子，她當晚已經擤太多次鼻子，以致她的鼻頭呈現玫瑰般的顏色，而且滿痛的。安染上了非常嚴重、毫不浪漫的鼻炎，讓她無法享受長春藤之家那棵松樹後面的淡綠天空，以及懸掛在「風暴之王」上端的銀色月亮，還有她窗戶下面醉人的丁香花味，以及她桌上花瓶裡白色的鳶尾花。

「六月裡患鼻炎眞不合時宜。」她告訴在窗台上沉思的「灰塵」：「但再過兩週，我就要回到可愛的『綠色屋頂之家』，而不用刻苦在這裡批改滿江紅的考卷，猛擦自己有毛病的鼻子，灰塵啊，想想這一切吧！」

雖然「灰塵」是在想著這件事情，牠可能想到有位年輕女士正沿著幽靈巷疾走，並朝她們房前種植長青樹的小路走來，她看起來生氣、煩擾而且「不像六月」。她是海若．馬爾，前一天剛從金斯泊回來，而幾分鐘後顯得更受煩擾的她，在尖銳的敲門後，不等應門就大發雷霆了。

「什麼事，親愛的海若……哈啾！你從金斯泊回來啦？我想你下星期才會回來。」

海若譏諷地說：「沒料到我這麼早回來吧，雪莉老師，我回來了，並且發現什麼事呢？你盡力誘拐泰利離開我，你差點成功了。」

「海若？哈啾！」

「我全都知道！你對泰利說我不愛他，說我想毀婚，我們神聖的婚約！」

「海若，孩子……哈啾！」

「喔，你輕蔑我和每件事，但不要否認是你所做的，你是故意的！」

「當然是我做的，你要我這麼做的。」

「我……叫……你……做？」

「就在這房裡，你說你不愛他，不想和他結婚。」

「喔！那只是一時的情緒，你卻當眞！我以爲你了解藝術家的性情！你比我年長，但應當不至於忘記女孩子之間談話的感覺，你是假裝要做我的朋友！」

「這眞是個噩夢，海若，坐下吧。」可憐的安邊擤鼻子邊說。

「坐下！」海若暴跳如雷，「我怎能坐下？當一個人的生活已被毀棄，怎能坐下來啊？喔，如果因年紀增長就嫉妒年輕人的快樂，並決心要毀棄它，我祈禱我不要變老。」

安突然升起想給海若刮一記耳光的衝動，這念頭從她心裡一閃而過，她卻不敢置信自己有這種想法。她用了較輕微的懲罰方式。「如果你不坐下來，並且理性地談話，就請離去吧……哈啾！我還有工作要做……哈……哈……哈啾！」

「我要說完對你的想法後才要走！喔，只有我會受譴責，我早該知道！我第一眼見到你時，就感覺你很危險，你有紅髮綠眼啊！但我作夢也沒想到，你竟製造我和泰利的麻煩，我想，至少你是個基督徒吧？我從未聽說有人做過這樣的事，你讓我心碎了，這下你該滿意了吧！」

「你這小呆頭鵝……」

「我以後再也不跟你講話了！在你毀了一切之前，泰利和我是非常快樂的！我很快樂，我是我們那群女孩中第一個訂婚的，我甚至把婚禮都計畫好了，四個伴娘穿著淡藍織綢衣裳，荷葉邊上有黑絨緞帶，眞時髦哪！喔，我不知道我是最恨你，或是最可憐你！我過去是那麼愛你、信賴你、相信你，你怎能如此待我？」

海若的聲音變了，眼裡充滿淚水，她頹然倒在搖椅上。

安心想：我可能沒太多感嘆句可表達情緒，現在卻有無窮盡的斜體字該用上。

海若啜泣道：「這眞要殺了我可憐的媽媽呢，她是那麼喜悅，每個人都很喜悅，都認爲是天作之合，喔！一切都還能回復原狀嗎？」

安溫和地說：「等到下個有月光的夜晚，再試一次。」

「喔，雪莉老師，嘲笑我的痛苦吧！我一點都不懷疑你會覺得整件事很好玩，非常好玩。你不懂什麼是痛苦，太可怕、太可怕了！」

安邊看時鐘，邊打噴嚏。

「那麼，不要覺得痛苦就得了。」她毫不憐憫地說。

「我會痛苦的，我用情至深啊！當然，如果是行屍走肉，就不會痛苦了。眞慶幸，無論我是什麼，都不會是行屍走肉。雪莉老師，你知道戀愛有什麼意義嗎？我說的是深刻而美妙的戀愛，然而，我信任別人卻被欺騙了，我高高興興地去金斯泊……就像愛著全世界那樣高興！我告訴泰利，我不在時也要好好待你，讓你不寂寞，我昨夜回來時也是如此高興，他卻說不再愛我了，過去是場錯誤！你竟告訴他我再也不在乎他了，告訴他我希望自由？」

「我的出發點是善意的。」安笑起來，她鬼靈精的幽默感拯救了她，她是在笑自己和海若。

「喔，我該怎樣活過今晚？」海若狂野地說：「我只是不停踱步！你無法想像我今天是怎麼熬過來的，我不得不坐在那裡，聽人家談論泰利迷戀你的事情，人們都在看你！他們知道你做了什麼。爲什麼？爲什麼？我不懂，你已經有了情人，爲什麼不放過我的泰利？爲什麼要跟我作對？我究竟對你做了什麼？」

安完全被激怒了，「你和泰利都該被賞一巴掌。如果你們不要那麼生氣，以致聽不下別人解釋……」

海若噙著眼淚說：「喔，我不是生氣，只是受傷，我覺得我的一切都遭到背叛，友誼與愛情。據說，心碎之後就不再感到痛苦了，但願如此，可是我又怕這不是眞的。」

「海若，你的野心呢？百萬富豪病人以及蔚藍海岸的蜜月別墅呢？」

「雪莉老師，我眞不知道你在說什麼，我一點野心也沒有，我不是可怕的新女性，我有過最大的野心是當個快樂的妻子，幫我丈夫營造一個快樂家庭，你沒注意到我用的是過去式嗎？我不再信任你了，我學到了一點點教訓！」

海若擦拭眼淚，安擦拭鼻子，「灰塵」則以一副厭惡人類的表情看看天空。

「海若，你最好走了，我很忙，而且我看，談再久也沒有結果。」

海若以一種蘇格蘭瑪莉皇后走上舞台的氣勢走向門邊，突然又戲劇性地轉身。

「雪莉老師，保重吧，一切全憑你的良心了。」

她走後，安摸著良心，放下筆，連打出三個噴嚏，坦誠地對自己說話。

「安．雪莉，你或許是個文學士，但你該學的事情還有很多，甚至蕾貝卡．迪悠告訴你的事情都值得學習。但你要對自己誠實，並且像個英勇的女士一般吃藥；承認你被諂媚的話沖昏了頭，承認你喜歡海若仰慕你，承認受人崇拜是很快樂的，承認你有點喜歡像救世主一樣，想把人們從愚蠢的行爲中拯救出來，但人們卻不希望你這麼做。承認全部這些行爲以後，覺得更有智慧、更傷心，也更老了。拾起你的筆，繼續改考卷吧，在蜜拉．普林果的考卷裡做個註解吧，她誤把『六翼天使』解釋爲『盛產於非洲的動物』了。」

第12節

一星期後，安收到一封用鑲銀邊的淡藍色信紙寫的信——

親愛的雪莉老師：

我寫這封信來告訴你，泰利和我之間的誤會皆已冰釋，我倆沉浸在深刻熱情與美妙的快樂之中，所以我們決定原諒你。泰利說他只是在月光下沖昏頭，才會對你示愛，但是他的內心從未轉移對我的忠誠。他說他就像所有男人一樣，喜歡甜美單純的女孩，而不喜歡愛耍陰謀詭計的人。我們不懂你為什麼那麼待我們，將來也不會懂，或許你只是要有寫故事的題材，而你發現，去干涉一個甜美膽小女孩的初戀，可以得到這些題材。感謝你讓我們找到自我，泰利說他以前從未真正了解生命的深意，所以這件事促成了好的結果。我們有同理心，可以感覺對方的想法，除了我以外，無人了解他，所以我要永遠地鼓舞他。我不像你那麼聰明，但我覺得我做得到，他和我是靈魂的夥伴，我們發誓無論有多少愛嫉妒的人或假朋友試著在我們之中搗亂，我們都要以永恆的真實與一致來互相對待。

只要我一準備好嫁妝，我們就結婚，我要去波士頓採購嫁妝，沙馬塞德鎮什麼都沒有，我的禮服會是有波紋花飾的絲綢，我的旅行裝會是灰白色，並且有帽子、手套以及飛燕草藍的襯衫。我是很年輕，但我要趁年輕而生命的繁花盛開之時結婚。

泰利是我夢寐以求的情人，我的心只在他一人身上。我們會樂瘋了，我再度相信，我所有的朋友都替我感到高興，但自此以後，我總算懂了一些世俗的智慧。

真誠的海若·馬爾

附註一：你對我說泰利脾氣不好，為什麼？他姊姊說他像隻溫馴的綿羊。

附註二：聽說檸檬汁可讓雀斑漂白，你不妨塗一些在鼻子上。

安讀完了信，對「灰塵」說：「套句蕾貝卡·迪悠的話，附註二是壓扁駱駝的最後一根稻草，讓人難以忍受。」

第13節

安懷著複雜的心情返家，度過她來到沙馬塞德鎮之後的第二個長假。吉伯那個夏天不在艾凡里，他到西部去參加鐵路建築工程，但是「綠色屋頂之家」仍然是「綠色屋頂之家」，艾凡里仍然是艾凡里。「耀眼之湖」依舊閃耀發光如昔，羊齒植物還是在「妖精之泉」上長得茂盛，獨木橋雖然變得脆弱，多了許多苔蘚，仍舊能通往陰影幢幢，卻有風兒歌唱的「幽靈森林」。

安說服了坎貝爾太太，讓小伊莉莎白跟她一起回家做客兩星期，但她不可以留更久了。伊莉莎白期盼著整整兩星期與安的相處，生命似乎也別無所求了。

當她們駕馬車離開「迎風白楊之屋」時，她興奮地嘆口氣，對安說：「我覺得今天的我是伊莉莎白小姐！當你把我介紹給你在『綠色屋頂之家』的朋友們時，可否稱呼我爲『伊莉莎白小姐』呢？我會覺得自己長大了呢。」

「我會的。」安答應她，並想起一個嬌小的紅髮少女曾經央求過別人稱呼她爲蔻蒂莉亞。

從「濃霧之河」到「綠色屋頂之家」，要經過一條愛德華王子島只在六月間才通行的路。伊莉莎白一路上狂喜非常，就像多年以前安値得回憶的傍晚一樣。世界如此美好，到處有被風兒吹平的草地，每個角落都充滿驚奇，她正與心愛的雪莉老師在一起，在兩週之內，都可以不用見到

「女傭」，她有一件新的條紋棉木洋裝與一雙可愛的棕色新靴子，好像「明天」已來到似的。接下來可有十四個「明天」呢，當她們轉入通往長滿粉紅野玫瑰的「綠色屋頂之家」的小徑時，伊莉莎白的眼睛因美夢成真而閃閃發光。

當她抵達「綠色屋頂之家」後，事情似乎有了神奇的變化，她會有浪漫的兩星期，一踏出門，處處都有浪漫事情；在艾凡里鎮，什麼事都註定會發生，不是今天，就是明天發生。伊莉莎白知道她還沒踏足過「明天」，但是已經接近了。

「綠色屋頂之家」的裡外一切似乎都認識她，甚至瑪麗拉的玫瑰花茶具組都像她的老朋友；房間們看顧她，彷彿她早已認識和喜歡它們；四處的草地翠綠，住在「綠色屋頂之家」的人們，是住在「明天」裡那類型的人。她愛他們，也受他們寵愛，德比和朵拉珍寵溺愛她，瑪麗拉和林德夫人讚賞她，她整潔得像個淑女，又對長者有禮貌，他們知道安不喜歡坎貝爾太太的教導，但顯而易見地，她把孫女訓練得很得體。

「喔，雪莉老師，我不想睡覺。」伊莉莎白度過一個興高采烈的傍晚，躺在玄關樓上的山牆小房間裡，輕輕說道：「我不願把這美好的兩星期花費在睡覺上，我希望在這裡時，可以都不睡覺。」

她醒了好一會兒，躺在床上聆聽壯麗低沈的轟隆聲，彷彿置身仙境。安說那是海的聲音，伊莉莎白喜歡海的低吼，也喜歡風吹在屋簷的聲音。她一向「害怕夜晚」，誰知道有什麼奇怪之物會從夜裡跑出來撲向你呢？但她如今再也不怕了，她生平首次覺得夜晚是她的朋友。

安答應她，她們明天會去海邊，並且，她們上次駕馬車返家經過最後一個山丘時，在那兒看到銀色波浪在艾凡里的綠色士丘頂端濺出浪花，明天她們也要去一探究竟。伊莉莎白似乎看到一波一波的海浪湧來，其中一波是巨大黑暗之浪，正好把她捲起，她甜美地嘆著氣，投降了。

「在……這裡……要愛上上帝……很容易……」這是她有意識時的最後一句話。

但她住在「綠色屋頂之家」時的每個晚上，都會清醒地躺在床上好一會兒，安已睡了好久，她卻還沒睡。她時常想，爲什麼在長春藤之家的生活，不能過得像「綠色屋頂之家」一樣呢？

伊莉莎白從沒住過可以讓她任意發出聲響的地方，住在長春藤之家的每個人，都必須輕輕走動、輕輕說話，甚至她覺得，必須「輕輕」想事情。有時候她眞想違規地大聲喊叫。

安說：「如果你願意，你可以任意製造噪音。」但這太奇怪了，沒人阻止她，可是她再也不想叫喊了，她喜歡安靜、溫和地走在她可愛的事物旁。但是伊莉莎白住在「綠色屋頂之家」期間，她學會笑出聲了，她帶著快樂的回憶回到沙馬塞德，並也把快樂的回憶留給別人，住在「綠色屋頂之家」的人們覺得這屋子裡似乎有好幾個月都充滿了小伊莉莎白的回憶，縱然安很愼重地介紹她爲「伊莉莎白小姐」，但對他們而言，她仍是「小伊莉莎白」。她是這麼嬌小、珍貴，像個小精靈，除了認爲她是伊莉莎白以外，他們無法再把她想像成其他存在了。

小伊莉莎白在月光花園的百合花叢間起舞，自由自在蜷縮在蘋果樹上閱讀故事書；她半個身子淹沒在金鳳花海中，一顆頭看來像朵大金鳳花；她追逐著銀綠色的蛾，嘗試去數「戀人小徑」中有幾隻蝴蝶，聽著蜜蜂在風鈴草中嗡嗡作響；在食品室裡讓朵拉餵她吃草莓和奶油，並和她一起吃紅葡萄乾，「紅葡萄乾眞美，朵拉，好像在吃珠寶呢。」黃昏時，小伊莉莎白在鬼影幢幢的針樅林裡自顧自地唱歌，並摘了些又大又肥的粉紅色百葉玫瑰，瞪著高掛在溪谷上的月亮看。「林德夫人，我覺得月亮有雙焦慮的眼睛，您覺得呢？」她因爲讀到德比的雜誌上一篇連載故事裡，一個英雄陷入困境而痛苦地大哭。「喔，雪莉老師，我確信他熬不過這一關了！」

小伊莉莎白蜷縮在廚房的沙發上午睡，朵拉的貓咪也縮在她身旁，她紅潤甜美得像朵野玫瑰；看到狂風把穩重的老母雞的尾巴吹到背上去時，尖叫大笑起來，小伊莉莎白曾有可能笑成這樣嗎？她幫忙安在杯子蛋糕上加糖霜，又幫忙林德夫人剪布片，以便縫製「南北愛爾蘭系列」的被單，也幫朵拉擦拭老舊的黃銅燭台，直到它們亮得像鏡子。

另外，在瑪麗拉教導下，她學會用小圓環來切小脆餅。總之，「綠色屋頂之家」的人看到屋子裡的一景一物，都無法不想起小伊莉莎白。

眞不曉得我以後是否還有這麼快樂的兩星期了。當伊莉莎白坐著馬車離開「綠色屋頂之家」時，她想著。通往車站的道路，一如兩星期前一樣美麗，但有一半的時間，她因流淚而看不見。

林德夫人說：「眞難相信我竟如此想念一個小孩。」

小伊莉莎白回去後，凱薩琳和她的狗來這裡度過夏天剩下的假期。凱薩琳已經在學年結束時辭去教職，打算在秋季去雷蒙大學進修秘書課程，那是安給她的建議。

「我知道你會喜歡這行業，你從不喜歡教書的。」有一天黃昏，安這麼對她說。她們坐在苜蓿田裡生長蕨類植物的角落，趁此欣賞日落的光輝。

「生命欠我的比給我的還要多，現在我要向它索償了。」凱薩琳下定決心：「我覺得我現在比去年此時更年輕呢。」她笑著補充。

「我確信你這麼做對你最好，但我很不喜歡沙馬塞德鎮以及中學裡少了你。明年，我塔樓房間裡就沒有你來跟我閒談爭論，把每個人、每件事都拿來開玩笑了，那時我的房間不知道會變成怎麼樣呢？」

第三年記事
The Third Year

第1節

幽靈巷　迎風白楊之屋

九月八日

我最摯愛的人：

我只能在五月那個週末見到你，再返回「迎風白楊之屋」，這是我第三年，也是最後一年在沙馬塞德中學執教了。凱薩琳和我在「綠色屋頂之家」過得很愉快，我今年將會非常思念她。一年級新來的老師是個愉悅的小人兒，臉色豐滿紅潤又友善，像隻小小狗似的，但是，除此以外別無其他。她有雙藏不住思緒、閃亮的藍眼睛，我一直很喜歡她，不多也不少。她身上毫無可以探索之處，但是一旦你卸下凱薩琳的心防，她身上就處處充滿驚奇。

「迎風白楊之屋」一點都沒改變，喔！有點變化。老紅牛長眠了，當我星期一下樓吃晚餐時，蕾貝卡·迪悠充滿悲傷告訴我，兩位阿姨決定不再養牛，以後向切利先生買牛奶和奶油就好。這意味著小伊莉莎白日後也不會到柵門邊來拿牛奶了，但坎貝爾太太似乎同意，只要伊莉莎白願意，就可以來我這裡，所以也沒多大差異。

還有另一個變化，凱特阿姨比我還要悲傷，那就是，一旦她們幫「灰塵」找到一個適合的家，就得把牠送走。我反對這件事，但她說爲了家裡的和諧，不得不這麼做，蕾貝卡．迪悠整個夏天都在抱怨牠，除了把牠送走，別無他法。可憐的「灰塵」，牠是那麼好、那麼勇敢又喜歡喵喵叫的小可愛！

明天是星期六，瑞蒙太太要去夏洛特鎮參加一個親戚的喪禮，所以我要去照顧她的雙胞胎。瑞蒙太太去年冬天才搬來我們鎮上，眞的，沙馬塞德鎮眞是個適合寡婦居住的地方，蕾貝卡．迪悠和迎風白楊之屋的兩位阿姨都認爲她「有點太高尚」，不太適合本地，但她對戲劇社的支持給了凱薩琳和我極大幫助，所以我總希望能回報她。

傑若德和傑若婷今年八歲，有天使般的面孔，但是當我告訴蕾貝卡．迪悠，我要去照顧他們時，她以慣有的表情撇撇嘴。

「但是蕾貝卡，我愛小孩。」

「是的，不過他們是恐怖份子，無論他們做了什麼，瑞蒙太太都不會懲罰他們，她說要給他們一個『順其自然』的生活。他們聖潔的外貌欺騙了別人啊，我聽過鄰居對他們的批評，牧師太太有天下午去拜訪他們，瑞蒙太太很歡迎她，熱情得像個甜派餅，但是當牧師太太要告辭時，竟然被一陣從樓梯上飛下來的西班牙洋蔥襲擊！帽子都被打落了，瑞蒙太太卻只說：『孩子們都是這樣，你特別要他們乖時，他們就特別壞。』好像他們不受約束讓她很驕傲一樣。你知道，他們是從美國來的，好像這個理由就可以解釋一切。」蕾貝卡就像林德夫人一樣，對「美國美國佬」的印象極度差勁。

第2節

星期六一早，安來到瑞蒙太太和她出名的雙胞胎的家。它位於一條通往鄉間道路的街道上，是一幢舊式的漂亮別墅，瑞蒙太太已準備好要出門。她穿那樣參加喪禮是歡樂了點，特別是那頂有花的帽子，戴在她燙過的滑順棕色頭髮上，不恰當但很漂亮。那對八歲雙胞胎也承襲了母親的美貌，他們坐在臺階上，漂亮的臉蛋露出天眞的表情，他們有粉紅透白的臉孔、靛藍的大眼睛，與光亮如絨毛般的淡黃頭髮。

當母親把他們介紹給安時，他們笑得很甜，母親告訴他們：「當媽媽去參加艾拉阿姨的喪禮時，親愛的雪莉老師會和藹地照顧你們，當然你們要乖一點，不要給她惹任何麻煩，好不好呢？親愛的。」

兩個小可愛認眞地點頭，想要表現出天使的樣子，但他們原本就足夠像天使了。

瑞蒙太太帶著安一起走到屋外柵門邊。

「他們是我的一切了。」她可憐地說：「可能是我把他們寵壞了，我知道有人說我……你有沒有注意到，別人比你還知道如何扶養孩子，但我總認爲關愛比懲罰來得重要，我相信你和他們相處不會有問題，孩子們總是知道誰可以玩鬧，誰卻不行。我曾請住在本街上，可憐的老波勞蒂小姐照顧他們一天，但他們無法忍受她，當然就開始戲弄她，你知道孩子都是這樣啊。波勞蒂小姐爲了報復，竟到鎮上四處講他們的壞話。但他們喜歡你，我知道他們會表現得像天使一樣，當然他們情緒高昂，但孩子們本當如此，若孩子們畏縮，那眞是可憐。我希望他們順從天性，你該同意吧？太乖巧的小孩看起來很不自在，對吧？不過，請不要讓他們在浴缸裡玩帆船，或涉水到池塘裡，我很怕他們感冒……他們的父親死於肺炎。」

瑞蒙太太大而藍的眼睛裡充滿淚水，但她勇敢地把眼淚擦乾。

「如果他們有點吵架也不要擔心，孩子們總會吵架，但如果外人攻擊他們，老天！他們眞的會互相照應，我本該帶他們其中一人去參加喪禮的，但他們不聽，他們從沒分開一天過，而我在喪禮上也無法同時照顧兩個。」

安仁慈地說：「別煩惱，我確信傑若德、傑若婷和我會度過美好的一天，我愛小孩。」

「我知道，我一見到你就確信你很愛小孩，這是看得出來的，愛孩子的人有某些特質。可憐的老波勞蒂小姐討厭他們，她試圖從孩子身上發掘最大的缺點，當然她就找到了。我一想起我的寶貝要讓一位樂意關愛和了解小孩的人來照顧，你不曉得我內心有多安慰，我確信我今天會很快樂的。」

傑若德突然從樓上某個窗戶探出頭來，尖叫著說：「你可以帶我們去參加喪禮！我們從未有過那種樂趣！」

瑞蒙太太悲慘地叫道：「喔，他們在浴室裡！親愛的雪莉老師，麻煩你去把他們帶離開浴室。親愛的傑若德！你知道媽媽無法同時帶你倆參加喪禮。喔，雪莉老師，他又拿了客廳地板上那件土狼毛皮，把毛皮的爪子圍到他脖子上了，他會毀了毛皮，請立刻去讓他拿下毛皮。我得趕快，才不會搭不上火車。」

瑞蒙太太優雅地離開了，安跑上樓，看到傑若婷抓住她哥哥的腿，要把他推出窗外。

「雪莉老師，請制止傑若德對我吐舌頭。」

「這會傷害到你嗎？」安笑著問。

「他不該對我吐舌頭。」傑若婷頂嘴，狠狠地瞪了傑若德一眼，他興致高昂地回了她一眼。

「舌頭是我的，我高興你也無法阻止我這麼作，是吧？雪莉老師。」

安不回答。

「親愛的雙胞胎，再過一小時就要吃午餐了，我們到花園裡坐下來玩遊戲說故事好嗎？傑若德，你要不要把土狼皮放回地板上？」

「但我想扮野狼。」

「他想扮野狼。」傑若婷忽然大叫，加入她哥哥的陣線。

「我們都想扮野狼。」他們一起大叫。

門鈴突然響起，解決了安的兩難困境。

「快去看看是誰。」傑若婷大叫，他們飛奔到樓梯前，並從扶手上溜下去，所以比安早到達前門，土狼皮也沒脫掉，但在跑的過程中順手就被丟開了。

傑若德對站在大門臺階的女人說：「我們從不跟推銷員買東西！」

來訪者說：「我可以見見你媽媽嗎？」

「媽媽參加艾拉阿姨的喪禮了，由雪莉老師照顧我們，她會從樓梯走下來，然後叫你滾蛋！」

當安看到來訪者是潘蜜拉．卓克時，的確眞想叫她滾蛋。這個女人在沙馬塞德並不受歡迎，她總是推銷一些東西，如果沒買就很難打發她走，無論別人冷落或暗示她，她都不在意，好像世上的時間全由她掌控。

這次她來推銷訂購「百科全書」，但是沒有一個老師負擔得起。安傲然地拒絕了，說她用不到這套書，並且學校裡已經購置一套挺不錯的了。

「學校的書可是十年前的。」潘蜜拉小姐肯定地說：「雪莉老師，我們就坐在這把生鏽的長椅上，我給你看看說明書吧。」

「卓克小姐，我恐怕沒時間，我還要照顧小孩。」

「不用花你幾分鐘，我正想去拜訪你呢，很幸運能在這裡遇見你。孩子們，到別處去玩吧，雪莉老師和我要來看一看這份美妙的說明書。」

「我媽媽僱了雪莉老師來照顧我們。」傑若婷撥撥頭髮說著。但傑若德把她往後一拉，用力把門甩上。

「雪莉老師，你看，百科全書的意義有多重大呢？看看這漂亮的用紙，感受這些壯麗的插圖啊，市面上其他百科全書的插圖頁數都不到全書一半。但這套印刷如此精美，盲人都可閱讀呢！總價八十元，先付八元的頭期款，以後每月付八元，直到付清爲止。不會再有更好的機會了，我們目前降價來推薦這套書，明年就賣一百二十元啦。」

「但我不需要這套書。」安拚命地說。

「你當然會需要百科全書，每個人都需要。這是國家百科全書呢，在我認識國家百科全書以前，眞不知是怎麼過活的。生活！我以往過的不是生活，只是生存而已，看看澳洲食火雞的圖片吧，雪莉老師，你以前眞正看過食火雞嗎？」

「但卓克小姐，我……」

「如果你覺得負擔太重，我可以對你特別安排，因爲你是老師，月付只要六元，這種安排眞令你無法抗拒啊，雪莉老師。」

安幾乎覺得無法抗拒了，這女人決定沒拿到訂單就不走，値得每月付六元打發這個女人嗎？此外，雙胞胎現在在做什麼呢？他們出奇地安靜，或許就在浴缸裡玩帆船，或從後門溜到池塘裡玩水了。

她再次想要逃脫痛苦。

「我考慮過後再通知你……」

「再也沒有比目前更恰當的時機了。」卓克小姐精神奕奕地拿出鋼筆，「你就要有套國家百科全書了，但你最好現在就簽名，若只是拖延，你什麼也得不到，價格隨時會上漲，到時你就要付一百二十元了。雪莉老師，在這裡簽名吧。」

安被硬塞了一枝鋼筆，卓克小姐突然發出令人血液凝固的尖叫，安嚇得把筆扔進了椅側的菊花叢，驚訝地瞪著卓克小姐。

卓克小姐的模樣眞難以形容，她丟失了帽子、眼鏡，甚至幾乎沒有頭髮。假髮、帽子、眼鏡等騙人的外表都離開她的頭，懸在空中往浴室窗戶前進，而那窗邊露出兩顆金色的頭顱。傑若德正拿著綁了兩條釣魚繩的釣竿，只有他知道是用什麼妙招立刻釣起三個東西，也可能只是運氣好。

安飛奔上樓，但在她到達浴室時，雙胞胎已經跑掉了。傑若德早就把釣竿扔掉，從窗口一瞥，可看到憤怒的卓克小姐在撿回她的物品，包括那支鋼筆，然後大步走到柵門邊。這是潘蜜拉・卓克小姐生平首次要不到訂單。

安發現雙胞胎躲在後門廊吃蘋果，她也不知道怎麼辦才好。這樣的行爲不處罰實在說不過去，但是無疑問，傑若德讓她擺脫困境，而討厭的卓克小姐也需要教訓。

傑若德尖叫：「你吃下了一大條蟲！我看見牠滑進你的喉嚨裡！」

傑若婷丟下蘋果，忽然變得極度不舒服，安手忙腳亂了一陣子，直到小女孩好了一點，已經來到午餐時間。安忽然決定不處罰傑若德了，畢竟，卓克小姐也沒受傷，而且爲了面子，對此事一定也會三緘其口。

她溫和地問：「傑若德，你覺得剛才的行爲像紳士嗎？」

傑若德回答：「並不像，可是很好玩，我像個漁夫。」

午餐很美味，瑞蒙太太在出門前就準備好了，或許她教子無方，但絕對是個好廚師。傑若德和傑若婷狼吞虎嚥，並沒有吵架，餐桌上的禮儀也還行，就是一般孩子的水準。餐後，安洗盤子，並請傑若婷幫她擦乾，請傑若德把盤子放入碗櫥。他們做得不錯，安滿意地想，他們只是需要訓練，管教他們時也需要堅守原則。

兩點鐘，詹姆士·葛蘭先生打電話來，他是中學董事會的評議主席，有要事相談，希望在星期一前往金斯泊的教育會議前能詳細討論此事。安請他傍晚去「迎風白楊之屋」討論，但他不方便。

葛蘭先生是一位有自我格調的好人，但是安很久以前就知道要有技巧地處理他的事。此外，關於學校的一項器材採購案，安也希望獲得他的支持。而現在，她正要去跟雙胞胎講話。

「親愛的，當我跟葛蘭先生談話時，你們可以乖乖地在後院玩嗎？不會談太久，然後我們就可以到池塘堤岸邊去吃下午茶野餐，然後我教你們吹泡泡，是染了紅顏料的泡泡，很漂亮的喔。」

傑若德要求：「如果我們很乖，你給我們每人兩毛五分錢好嗎？」

安堅定地說：「不，親愛的傑若德，我不賄賂你，我知道你會乖，只因爲我請你要乖，紳士都是這樣。」

傑若德嚴肅地承諾：「我們會乖。」

傑若婷同樣嚴肅地附和：「非常乖。」

當安和葛蘭先生在客廳會談時，如果艾菲·春特不要來，雙胞胎是有可能信守承諾的，但艾菲・春特卻來了，而這對雙胞胎痛恨她。純潔的艾菲・春特也沒做錯什麼事，而且看來總像從音樂盒裡走出來的小人兒一樣美好。

在這樣一個午後，毫無疑問，艾菲是來炫耀她漂亮嶄新的棕色靴子、肩膀蝴蝶結，以及頭上的鮮紅緞帶蝴蝶結。瑞蒙太太某些方面是有缺點的，例如，她給孩子們的穿著很隨便，多嘴的鄰居說她捨得花錢給自己，卻沒錢花在孩子身上。傑若婷從來沒有像艾菲一樣可以穿上街展示的衣服，艾菲每天下午都換一套衣服，春特太太總把女兒打扮得「純潔無瑕」，至少，艾菲出門時總是乾乾淨淨的，如果她回家時變髒了，一定是鄰居「嫉妒的小孩」把她弄髒的。

傑若婷很嫉妒，她渴望有鮮紅的飾帶與肩膀蝴蝶結，以及白色刺繡洋裝。那麼，假若她得不到一雙有鈕扣的棕色靴子呢？

艾菲來到瑞蒙家，驕傲地問：「你喜歡我的新飾帶以及肩膀的蝴蝶結嗎？」

「你喜歡我的新飾帶以及肩膀的蝴蝶結嗎？」傑若婷模仿她的語氣道。

「但你沒有肩膀蝴蝶結。」艾菲尊貴地說。

「但你沒有肩膀蝴蝶結。」傑若婷尖銳地說。

艾菲被搞胡塗了。

「我有，你看不見嗎？」

「我有，你看不見嗎？」傑若婷不斷模仿，她很高興有如此聰明的點子，以輕蔑的語氣來模仿艾菲的每句話。

「那些東西還沒付錢呢。」傑若婷說。

艾菲發怒了，怒容寫在臉上，羞紅得像她肩膀上的蝴蝶結。

「有的，我媽媽一向都有付清帳單的。」

「有的，我媽媽一向都有付清帳單的。」傑若婷的嗓音像在唱歌。

艾菲感到不舒服，她不知如何應付，於是打起本街最英俊的男孩傑若德．瑞蒙的主意。

「我是來告訴你，我要你當我的情人。」她棕色的眼睛動人地望著他，即使才七歲大，大家都知道艾菲對她認識的多數小男孩有一股致命吸引力。

傑若德臉紅了。

「我不當你的情人。」他說。

「你一定要。」艾菲沉著地說。

「你一定要。」傑若婷對他搖擺著頭。

傑若德狂怒地說：「我不當。艾菲．春特，別再費唇舌了！」

「你一定要。」艾菲固執地說。

「你一定要。」傑若婷說。

艾菲瞪著她。

德說。

「傑若婷．瑞蒙，閉嘴！」

「但我猜，我可以在我家的院子裡說話。」傑若婷說。

「她當然可以。艾菲．春特，如果你不閉嘴，我要去你家把你的娃娃的眼睛挖出來。」傑若德說。

「你如果這麼做，我媽媽會賞你一巴掌！」艾菲大叫。

「喔，她會嗎？如果她這麼做，你知道我媽媽會怎麼做嗎？她會朝你媽媽的鼻子上揍一拳！」

「無論如何，你得當我的情人。」艾菲冷靜地說回正題。

憤怒的傑若德大喊：「我要……我要把你的頭浸到裝雨水的大桶子，還要把你的臉放到螞蟻穴裡，我要……我要把你的蝴蝶結和飾帶扯下來……」他對於最後一個想法感到很得意。

「就這麼辦吧！」傑若婷尖叫。

他們發狂地攻擊起不幸的艾菲，艾菲不斷踢腿、尖叫，想咬住他們，但畢竟敵不過兩個人。雙胞胎拖著她，穿過院子來到放木柴的棚子裡，這樣別人就聽不見她的叫喊了。

傑若婷喘著氣說：「快點，在雪莉老師出來前動手吧。」

他們沒浪費時間，傑若德抓住艾菲的腿，傑若婷一手抓住她的兩個手腕，另一手扯下她頭上和肩上的蝴蝶結與飾帶。

「我們在她腿上塗油漆吧！」傑若德大嚷，他看到了幾星期前工人留下來的幾桶油漆。「我抓她，你塗她。」

艾菲絕望地尖叫，她的長襪被拉下來，不一會兒，腿上多了紅綠油漆的粗條紋裝飾，油漆也在同時濺上她的刺繡洋裝及新靴子，他們落下最後一筆，在她的捲髮上畫了一個光圈。

當兩人放了艾菲時，這個女孩看起來非常可憐，雙胞胎看著她快樂地大叫，好幾個星期以來，他們眼見艾菲裝腔作勢又獻慇勤，現在總算報復了。

傑若德說：「回家吧，這就是你要求別人當你情人的教訓。」

艾菲哭著說：「我要告訴媽媽你做的事，你這可怕、可恨、醜惡的男孩！」

傑若婷大喊：「不准說我哥哥醜惡！你這個自大的東西，是你和你的蝴蝶結幹的好事！它們在這裡，把它們帶走吧，我不要它們弄亂我的棚子！」

艾菲哭著出了院子，走向馬路，傑若婷把蝴蝶結丟到她後頭。

「快點，在雪莉老師發現以前，我們從後面樓梯溜去浴室裡清洗一下。」她喘著氣說。

葛蘭先生談完事情便鞠躬告辭了。安在門階上站了好一會兒，困惑著她今天被交付的職責跑哪去了。這時，一個盛怒的女人從大街上走來瑞蒙家的柵門口，手上還牽著一個哭泣的小孩。

春特太太問：「雪莉老師，瑞蒙太太在哪裡？」

「瑞蒙太太在……」

「我一定要見瑞蒙太太！她該看看，她的孩子對我家可憐又天眞的艾菲幹了什麼好事！雪莉老師，你看看她！」

「喔，春特太太，眞抱歉！都是我的錯，瑞蒙太太不在時，我答應幫她照顧小孩，但是葛蘭先生的來訪……」

「這不是你的錯，我不怪你，沒人能應付那對魔鬼般的小孩，整條街的人都認得他們。如果瑞蒙太太不在，我就告辭了，我該帶我可憐的小孩回家了，但瑞蒙太太該知道這件事。那是什麼聲音？他們要互相扯斷手腳嗎？」

一陣尖叫、哭號、嘶喊從樓上傳到樓下來。安跑上樓，看見在地板上，兩個小孩子糾纏扭打、互咬、互撕、互抓，亂成一團，安好不容易才分開他們，兩手分別緊緊抓住兩人扭動的肩膀，詢問原因爲何。

傑若德咆哮：「她說我必須當艾菲的情人！」

傑若婷尖叫：「他得這麼做！」

「我不要！」

「你一定要！」

「孩子們！」安說。她以聲音壓住兩人，他們以前從未見過她這副模樣，在他們年輕的生命裡，生平首次感受到權威。

安冷靜地說：「你，傑若婷，上床睡兩小時。你，傑若德，到大廳櫥櫃裡禁閉同樣時間。不准抗辯！你們表現得太差了，必須接受處罰，你們媽媽把你們交給我，你們就得服從我。」

「那請一起處罰我們。」傑若婷說著，開始哭了。

「是的，你沒權利把我們分開，我們從沒有分開過。」傑若德喃喃低語。

「你們現在就得分開。」安依然很冷靜。馴服的傑若婷脫了衣服，睡到她的床上去了；馴服的傑若德走進大廳櫥櫃，那是個有窗子和椅子的通風櫥櫃，所以把孩子關在裡面也不致受到不當的批評。安鎖了櫃子門，坐到旁邊椅子上看書，至少在兩小時內她可稍微清靜一下。

幾分鐘後，安瞧見傑若婷熟睡了，她是那麼可愛，以致安差點後悔對她的處罰太過嚴厲，但睡午覺對她是有益的。

一小時之後，傑若婷還在睡，傑若德則很安靜，所以安決定要原諒他。畢竟，艾菲像隻自大的小猴子，而她剛剛可能把雙胞胎給惹火了。

安開了鎖，打開櫥門——傑若德不在櫥櫃裡。

窗子開著，側屋玄關的屋頂剛好位於窗戶下方。安抿緊雙唇，下樓到院子察看，沒找到傑若德；她來到放木柴的棚子裡找，左右張望著馬路，仍然找不到他。

她跑過花園，出了柵門，沿一條小徑往前穿越矮樹林後，就來到了羅勃特．克里莫先生田裡的小池塘邊了。傑若德正高興地划著克里莫先生留下的木筏，當安從樹叢裡走出來，剛好看見傑若德把那根深插在泥濘裡的撐竿用力拉三次，接著突然重心不穩地往後跌入水裡。

安不由得驚慌尖叫，但她其實毋需緊張，池塘最深處只到傑若德的肩膀，水深也僅到腰部而已，他總算自己站起來了，看起來一副蠢樣，金髮正在滴水。當安的尖叫聲從後傳出時，傑若婷穿著睡衣從樹叢裡走出來，走到一向停著木筏的木頭平臺邊。

她絕望地大叫一聲「傑若德！」以後飛跳到他身邊，濺起不小的水花，差點又讓傑若德濕透了。

她大叫：「傑若德，你溺水了嗎？親愛的！」

「沒有，沒有，親愛的。」傑若德向她保證，牙齒卻一直顫抖。

他們熱情擁吻起來。

「孩子們，到這裡來。」安說。

他們涉水走到岸邊，九月天的早晨充滿溫暖，到了下午卻冷而多風。他們抖得厲害，臉都變藍了。安一句責備的話也沒說，快快帶他們回家，脫掉他們的濕衣服，讓他們睡在瑞蒙太太的床上，並在腳邊放了熱水壺。他們還在顫抖，他們著涼了嗎？這是肺炎的前兆嗎？

「雪莉老師，你應該把我們照顧得更好。」傑若德說著，還在發抖。

「你當然應該。」傑若婷也說。

安感到困擾，飛奔下樓去打電話給醫生，醫生來時雙胞胎已經暖和了，他說他們沒危險，只要在床上待到明天就沒事了。

醫生在回家路上遇見瑞蒙太太從車站走來，她的臉色蒼白，幾乎歇斯底里衝回家去。

「喔，雪莉老師，你怎麼可以讓我的小寶貝們陷入險境！」

「媽，我們也這麼對她說。」雙胞胎跟著一搭一唱。

「我信任你……我告訴過你……」

「瑞蒙太太，我不認爲自己該受到譴責。」安的眼神冰冷如同灰霧，「當你冷靜下來，你就會了解這點。孩子們沒事，我請醫生來只是預防萬一，如果傑若德和傑若婷聽從我，就不會發生這種事了。」

瑞蒙太太悔恨地說：「我想老師對孩子們應該較有權威。」

安在心裡想道：「沒錯，但對付小魔鬼就沒轍了。」但她只說：「既然你回來了，我也該走了，留在這裡似乎也幫不上忙，而且我傍晚還要處理學校的事。」

聽到這些話，雙胞胎很快衝下床，一同用手臂抱住她。

傑若德大叫：「但願每星期都有喪禮！因爲我喜歡你——雪莉老師，希望每次媽媽不在時，你都能來照顧我們。」

傑若婷說：「我也是。」

「我喜歡你，遠勝過喜歡波勞蒂小姐。」

「喔，勝過太多了。」傑若婷說。

「把我們寫進你的故事裡好嗎？」傑若德要求。

「喔，拜託。」傑若婷說。

「我相信你心存善良。」瑞蒙太太畏懼地說。

「謝謝。」安一邊說，一邊試圖鬆開雙胞胎的圍繞。

「喔，我們不要爲此吵架吧，我受不了跟任何人吵架。」瑞蒙太太的大眼睛充滿淚水地乞求。

「放心。」安露出最威嚴的表情，當她要威嚴時，是可以很威嚴的。「沒有吵架的必要，我相信傑若德和傑若婷今天過得很快樂，但可憐的小艾菲就不然了。」

回家時，安覺得自己一時蒼老了好幾歲。

她想：我以前還覺得德比頑皮呢。

她看見蕾貝卡在黃昏的花園裡摘三色堇。

「蕾貝卡，我以前覺得『大人說話，小孩別插嘴』這句話太嚴苛了，但現在總算了解它的含意了。」

「我親愛的可憐蟲，我準備一份好吃的晚餐給你吧。」蕾貝卡說道，其實心想：「我早就告訴你了吧！」

第5節

這是安給吉伯的信件摘要——

瑞蒙太太昨天晚上含淚請求我原諒她「匆促的行爲」，她說：「如果你了解一個母親的心情，你會認爲要原諒我其實並不困難。」

要原諒瑞蒙太太眞的並不困難，我很喜歡她的某些特點，而她對戲劇社又這般出錢出力。只是我沒對她說：「哪個星期天你要外出時，我可以照顧你的小孩。」縱然像我這麼樂觀，又樂於信賴他人，還是要從經驗中不斷學習。

我發現沙馬塞德鎮上的一些人目前很擔憂賈維．莫若和多菲．威斯卡的感情，據蕾貝卡所言，他們已經訂婚一年多了，但仍未有進一步發展。凱特阿姨是多菲的遠親，更精確地說，她是多菲母親家族的二表姨，她也很關心此事，因爲她覺得賈維和多菲是絕配。另外，我猜，她憎惡富蘭克林．威斯卡，因此也樂於看到他被打敗，凱特阿姨是不會承認她「憎惡」任何人的，但是富蘭克林．威斯卡太太是她女孩時代的密友，而凱特阿姨也斷言，是他謀殺了他太太。

我對此事也很感興趣，一方面是因爲我非常喜歡賈維，也滿喜歡多菲的；另外，我是個愛管閒事的人，積習難改，這件事我當然也想插上一手。

情形大致是這樣：富蘭克林．威斯卡是個陰沉內斂不愛交際的高個子商人，他住在鎮外海灣路頭的一棟名叫「榆樹小園」的舊式大房子裡，我見過他一、兩次，但對他的認識極爲有限。我只知道他有個習慣，他在說了一段話以後，就會不出聲地微笑許久。他從未上過教堂，而且家裡所有的窗戶都必須打開，即使冬天暴風雨裡也一樣，我私下倒能認同他這個作法，只是我可能是沙馬塞德鎮中唯一認同他的人。他是鎮上的意見領袖，鎮上事物未經他的同意，就無法推動。

他的妻子死了，常有人說她是奴隸，無法自行作主，據說富蘭克林．威斯卡告訴她：他把她帶回家，他就是主人。

多菲是富蘭克林唯一的孩子，她今年十九歲，漂亮、豐滿又可愛，總是紅唇微張、露出雪白牙齒，棕髮亮閃閃的，還有雙迷人的藍眼睛。她的眼睫毛烏黑纖長，總讓人差點以爲是假的，珍．普林果說，是她的眼睛讓賈維墜入愛河，珍和我談過此事，賈維是她最要好的表哥。

（順帶一提，你大概很難相信珍現在有多喜歡我，我也有多喜歡她啊，她是最可愛的人了。）

富蘭克林．威斯卡從不准多菲交任何男友，在賈維．莫若開始引起多菲的注意後，他就禁止賈維到家裡來，並不准多菲「與那傢伙在一起」，但事情已然發生，多菲和賈維早已深墜愛河。

鎮上每個人都很同情這對戀人，富蘭克林．威斯卡眞是不可理喻。賈維是個成功的年輕律師，出身良好，前途光明，待人大方又得體。

蕾貝卡．迪悠說：「再也沒有比賈維更適合多菲的人了。賈維．莫若追求鎮上他喜歡的女孩，富蘭克林．威斯卡卻存心要讓多菲成爲老姑婆。他留下女兒，以便瑪姬姑媽死後，家事還有人做。」

我問：「有誰可以影響他嗎？」

「無人能和富蘭克林．威斯卡爭辯，他太愛譏諷了，如果你占上風，他就發脾氣。我從未見過他發脾氣，但我聽波勞蒂小姐說她有次在他家做裁縫，目睹了他如何大發脾氣。他爲了某件事生氣，但沒人知道是什麼事，他只是抓起每一樣他看到的東西，把它們丟出窗外，米爾頓的詩集就這麼飛過籬笆，掉進喬治．克拉克的荷花池裡。他經常怨恨生命，波勞蒂小姐說——這是她媽媽講的——說他出生時的哭聲是她聽過最宏亮的，我猜上帝可能爲了某種理由才創造這樣的人，或許你不同意吧。賈維和多菲除了私奔外，別無他法了。這方法似乎不誠實，關於私奔有可怕又浪漫的傳言，但在這個事件裡，沒有人會責備他們。」

我不知道怎麼辦，但我必須做些事，我只是無法坐視他人把自己的生活搞得一團亂，我也不管富蘭克林．威斯卡會發多少脾氣，賈維．莫若不會永遠等著。謠言說他已經失去耐心，他曾把多菲的名字刻在一棵樹上，人們看到他把那棵樹上的刻痕野蠻地刮掉了，同時也有個迷人的女孩向他投懷送抱。據賈維的姊姊說：「我媽說，她的兒子毋需守著一個女孩好幾年。」

吉伯，這件事令我很不高興。

我的摯愛，今晚有月光，就灑在庭院的白楊樹上、港灣一艘出港的船隻上、舊墓園裡，和我私人的山谷裡，它也灑在「風暴之王」上。今晚在「戀人小徑」、「耀眼之湖」、「幽靈森林」

及「紫丁花谷」也都有月光，小山丘上應該有仙子跳舞，但是，親愛的吉伯，若沒有人和我一起欣賞，那月光則只是……「空談一場」。

眞希望能帶小伊莉莎白去散步，她喜歡在月光下散步，上次她去「綠色屋頂之家」，我們有過幾次愉快的散步，但伊莉莎白在家裡時，只能從窗戶看到月光。

我開始有點擔心她，她快十歲了，但那兩位老女士對她精神上與情緒上的需要是一點概念也沒有。除了給她吃好的、穿好的以外，她們想像不出她需要什麼了，情況一年比一年糟，這可憐的小孩過的是怎樣的童年啊。

賈維．莫若參加中學畢業典禮後，與安一起走路回家，並向她訴說心裡的悲傷。

「賈維，你必須和她一起離開，每個人都這麼說，原則上我不同意私奔（說得像我是有四十年經驗的老師一樣。安帶著看不出的笑容想著），不過有原則就有例外。」

「安，我們沒辦法達成共識，我無法單獨私奔。多菲很怕她父親，我無法說服她私奔，而且我的計畫也算不上私奔，她只需在某個傍晚，爲了某種理由去找我姊姊茱莉亞——也就是史蒂芬太太家裡就好。我會找位牧師來證婚，所以我們能莊嚴地結婚，這樣也可以取悅任何人，然後我們會去金斯泊的伯莎姑媽家度蜜月，就是這麼簡單。但我無法讓多菲採取行動，這個小可憐蟲屈服於她父親的權威之下太久了，她沒自主能力了。」

「賈維，你要說服她。」

「你以爲沒試過嗎？我求她求得臉都黑了，和我在一起時，她幾乎什麼都答應，但她一回到家，又託人告訴我她不能這麼做。事情似乎很奇怪，但她很喜歡她父親，一想到她父親可能不原諒她，她就無法忍受。」

「你要告訴她，她必須在父親和你之間做選擇。」

「如果她選擇父親呢？」

「我不覺得那有什麼危險。」

賈維陰沉地說：「你無法預料，但總有事情要立卽做決定。我不能永遠再這樣，爲多菲而痴狂，沙馬塞德鎭的每個人都知道，她像一朵無法碰觸的小紅玫瑰。」

「詩是很好的東西，但在這件事裡，它無法幫上忙。」

安鎭靜地說：「這聽起來像蕾貝卡的說法，但也確實有道理，這件事裡你要做的事是去計劃，而不光靠常識。告訴多菲，你已經厭惡猶豫不決，她要不嫁給你，要不離開你。如果她不夠在乎你，不肯爲你而離開父親，你就最好明白這一點吧。」

賈維．莫若呻吟起來。

「安，你一輩子都沒受過富蘭克林．威斯卡的操控，你不知道他像什麼，好吧，我會盡最後的努力，就如你所說的。如果多菲在乎我，她會跟我走，如果她不在乎，我最好知道最壞情況，我開始覺得我把自己搞得很可笑了。」

安想：如果你已經開始有這種想法，多菲最好小心一點。

幾天後的一個傍晚，多菲來到「迎風白楊之屋」向安請教。

「我該怎麼辦呢？賈維要我私奔，下星期的某天晚上，父親要去夏洛特鎭參加共濟會，那將是個好機會，瑪姬姑媽不會懷疑的，賈維要我去史蒂芬太太那裡和他結婚。」

「多菲，你為什麼不去呢？」

「喔，安，你覺得我該去嗎？」

多菲抬起甜美誘人的臉說：「請幫我下定決心，我現在很困擾啊。」

她的聲音泫然欲泣：「你不了解我父親，他恨賈維，我想不出原因，你想得出嗎？怎可能有人會恨賈維呢？第一次他來拜訪我，父親禁止他進到屋內，又說如果他敢再來，就要放我們家的鬥牛犬來對付他。你知道這種狗一旦抓到獵物，絕不放過，而且如果我與賈維跑了，他絕不原諒我。」

「多菲，你必須在他們之間做選擇。」

多菲哭了起來：「賈維也這麼說，他說得很嚴厲，我從未見過他那樣子，我不能、不能……我……我不能沒有他啊。」

「那麼就跟他過活吧，不用稱之為私奔，只是來到沙馬塞德鎮，在他朋友們面前結婚，那不算私奔。」

「爸爸會這麼稱呼它。」多菲吞下啜泣說：「但我要聽你的忠告，我相信你的忠告不會讓我走錯路。我要叫賈維去著手進行，並取得結婚證書，而爸爸去夏洛特鎮那晚，我會去賈維的姊姊家。」

賈維勝利地告訴安，多菲終於讓步了。

「下星期二晚上，我會在巷子尾等她，就不用去她家，然後擔心瑪姬姑媽可能會看見了。我們會去茱莉亞家，立刻結婚，我所有朋友都會去，所以這會讓我的小可愛很自在。富蘭克林・威斯卡說我一定得不到他女兒，就讓事實來證明他的錯誤吧。」

第7節

十一月末的陰鬱星期二，小山丘上下起冰冷的陣雨，從灰濛濛的雨中看出去，世界似乎變成一個可怕而長命的地方。

安在心裡嘆道，多菲眞是可憐，她結婚的日子還不是個好天氣，或許……或許……她顫抖地想著：或許這件事會有不好的結果，這都是我的錯，如果不是我的勸告，多菲絕不會同意這樣做，可能富蘭克林·威斯卡永遠也不原諒她。安·雪莉，去阻止這件事吧！天氣就在跟你訴說這回事。

到了晚上，雨已經停了，但空氣仍然陰冷，天幕低垂，安在房裡批改作業，「灰塵」則蜷在火爐下面，這時前門響起如雷的敲門聲。

安跑下樓，蕾貝卡從臥房裡探頭出來，安用姿勢示意她回去。

蕾貝卡說：「有人在前門！」

「親愛的蕾貝卡，沒關係，至少，我擔心這件事是全盤錯誤的。無論如何，賈維·莫若也來了，我從塔樓房裡的窗戶看到他，我知道他要來找我。」

蕾貝卡於是回房，在關上房門時說：「賈維·莫若！這是壓扁駱駝的最後一根稻草了。」

「賈維，有什麼事嗎？」

賈維狂亂地說：「多菲並沒有來！我們已等好幾個小時，牧師、我的朋友們都來了，茱莉亞也準備好了晚餐，但是多菲沒有來，我在巷尾等得快要發狂了。我不敢去她家，因爲我不知道發生什麼事，老野獸富蘭克林·威斯卡可能回來了，瑪姬姑媽可能把她鎖起來了，但我必須知道是怎麼回事！安，你必須走一趟『榆樹小園』，看看她爲什麼沒有來！」

「我？」安疑惑地問。

「對！麻煩你去，我沒人可信賴了，其他人不知道這件事。喔！安，現在不要拒絕我吧，你必須支持我們，多菲說你是她唯一眞正的朋友，九點還不算太晚，去吧。」

「去被那隻鬥牛犬咬嗎？」安譏諷地問。

賈維輕蔑地說：「那隻老狗！牠不會聽到腳步聲就吠叫，你不會以爲我怕狗吧？牠晚上總是被關起來的，我只是擔心，如果被他們發現了，會給多菲惹麻煩而已。安，拜託！」

安絕望地聳肩：「我想我必須插手了。」

賈維載她到「榆樹小園」的巷子口，但他不肯靠得太近。

「就如你所說，如果多菲的父親回家，事情就更複雜了。」

安匆匆走進兩旁種樹的長巷，月亮偶爾會從雲端中露臉，大部分路段都很陰暗，她一點都不懷疑會有狗出現。

「榆樹小園」似乎只有一盞燈，是從廚房窗戶露出的光線。瑪姬姑媽打開側門讓安進門。她是富蘭克林．威斯卡的姊姊，年紀大他很多，駝背又有很多皺紋，神智有些不清楚，但家事做得不錯。

「瑪姬姑媽，多菲在嗎？」

「多菲在床上。」瑪姬姑媽遲鈍地說。

「在床上？她病了嗎？」

「據我所知並沒有，她似乎整天都在發抖，吃完晚餐後，她說累了，就上樓躺在床上了。」

「瑪姬姑媽，我必須見她一會兒，我只是想知道一個小小的重要消息。」

「那你最好去她房間，她的房間位於上樓後的右手邊。」

瑪姬姑媽指出樓梯位置後，搖搖擺擺地進廚房了。

當安走進去時，多菲坐了起來。安匆匆責備她幾句，等到眼睛適應微弱的燭光，她看見多菲正在流淚，但她的眼淚只是激怒安而已。

「多菲．威斯卡，你忘記你答應今晚要跟賈維．莫若結婚這回事了嗎？」

「沒有，我沒有！」多菲啜泣，「喔，安，我真不快樂，今天過得真可怕，你無法想像我是怎麼熬過的。」

「我知道可憐的賈維是怎麼熬過的，他在陰冷下雨的天氣裡，在巷子裡等了你兩小時。」安毫不仁慈地說。

「他……他很餓嗎？」
「只是看得出來罷了。」安諷刺地回答。
「喔！安，我只是害怕，我昨晚一夜沒睡，我不能這麼做，私奔是很不名譽的，我也得不到任何好禮物，或者該說得不到很多禮物吧。我一直希望在教堂裡結婚，教堂布置得很漂亮，有白面紗、禮服，還有漂亮的鞋子！」
「多菲．威斯卡，馬上從床上起來，穿好衣服，跟我來。」
「安，太遲了。」
「還不太遲，現在去，否則就永遠不用去了。你必須知道，如果你要弄賈維．莫若，他是絕不會再跟你說話了。」
「喔，安，他會原諒我的，如果他知道……」
「他不會的。我了解賈維．莫若，他不能讓你一直在他的生命中游移不定。多菲，你要我把你拖下床嗎？」
多菲發著抖並嘆氣。
「我沒有合適的衣服可以穿……」
「你有半打漂亮衣服，穿上你粉紅色絲質那件吧。」
「我沒有嫁妝，莫若家常提起這件事。」

「你以後再準備一份吧！多菲，難道你先前都沒有想過這些事嗎？」

「沒有，麻煩就在這裡，我昨晚才開始想到這個問題一直還有我父親，你還不了解他……」

「多菲，我給你十分鐘時間穿好衣服！」

多菲在時限內穿好了。

當安幫多菲把衣服打理好時，她哭著說：「這衣服太緊了，如果我再變胖，賈維大概不會愛我吧，但願我又高又瘦又白，就像你一樣。喔，安，如果瑪姬姑媽聽見我們講話怎麼辦？」

「她聽不到的，她關在廚房裡，你也知道她有點聾。你的帽子和外套在這裡，我塞了一些東西在你的袋子裡。」

「喔，我心跳得很厲害，我看起來很可怕嗎？安？」

安誠懇地說：「你看來很可愛。」多菲的皮膚如緞子一樣光滑粉嫩，淚水也沒讓她的眼睛變醜，但賈維在黑夜裡看不到她的眼睛，有點生她的氣，所以在駕車往城裡的路上很冷漠。

「多菲，看在老天的份上，不要裝得你嫁給我是多可怕的事。」當她從史蒂芬家的階梯走下來時，他不耐煩地說著：「不要哭，否則眼睛會腫。快十點鐘了，我們要趕搭十一點的火車。」

當多菲想到已無法挽回要嫁給賈維這件事時，反而感到心安，安事後寫信給吉伯，形容多菲當時臉上已有一股「度蜜月的神情」。

「親愛的安，這一切多虧你的幫忙，我們絕不忘記，對吧？賈維。還有可否麻煩你一件事？

請通知我父親這件事吧，他明天傍晚很早就會回家了，總是要有人告訴他，你是最能安撫他的人，請盡力說服他來原諒我吧。」

安確實覺得她自己需要被安撫，但她又不安地覺得自己必須爲後果負責，所以她答應了。

「當然他會大發雷霆，但他不會殺了你。喔！安，你不知道，我跟賈維在一起多有安全感。」多菲安適地說。

當安回到家，蕾貝卡已經因爲太過好奇卻毫無消息而發怒。她的頭上圍了塊絨布方巾，穿著睡衣，跟隨安到塔樓上的房間，聽完整個故事。

她說：「我想這就是所謂的『生命』吧，我很高興終於發生富蘭克林．威斯卡不贊成的事，馬克伯船長太太一定會感到很高興。但要你去通知他……這個任務眞是個燙手山芋，他會大發雷霆，說些沒用的話，雪莉老師，如果我是你，我今晚大概就睡不著了。」

安可憐地說：「這大概不是件快樂的差事吧。」

安在隔天傍晚去了一趟「榆樹小園」，雖然走在夢幻的十一月霧裡，身體卻有股直往下沉的感覺。這眞不是個愉快的任務，但如多菲所言，富蘭克林．威斯卡不會殺死她，安並不害怕肢體暴力，縱使關於他的傳言都是眞的，他可能會朝她丟東西，但他會憤怒得嘰哩呱啦一直說話嗎？安從未見過男人生氣得嘰哩呱拉，但她可以想像那令人不愉快的景象，他可能會運用他的天賦——刺耳的嘲諷，無論是男人或女人的嘲諷，都是安最害怕的，那會讓她心靈受傷好幾個月。

詹姆西娜阿姨曾說過一句話：「如果可能的話，不要當個傳遞壞消息的人。」安想著：她眞的很聰明，喔，我到了。

「榆樹小園」是棟每個角落都有塔樓的舊式房子，屋頂是圓球狀的，在它最上面的那個臺階上，坐著一隻狗。

安記起多菲的話：「這種狗一旦抓到獵物，絕不放過。」她該繞到側門去嗎？然後她想，或許富蘭克林．威斯卡正從窗戶看著她，安不肯讓自己怕狗這件事成為對方的笑柄。她把頭抬得高高的，昂首闊步走上階梯，經過了狗，按下門鈴。狗沒有騷動，牠睡著了。

富蘭克林．威斯卡並不在家，但他隨時會回來，因為夏洛特鎮的火車已經抵達。瑪姬姑媽帶領安來到所謂的「圖書室」，留她在那裡。狗醒過來了，並且隨她們入內，牠躺在安的腳下。

安喜歡這個「圖書室」，它是個老舊而悅人的房間，壁爐的火閃耀著舒適的光芒，破舊的紅地毯上有張熊皮。很顯然，富蘭克林．威斯卡將他的書籍和煙斗都收藏得很好。

她聽見他進來了，把帽子和外套掛在走廊後，他站在圖書室的門廊旁邊，皺起眉頭。安想起對他的第一印象，覺得他是個像紳士的海盜，這次她也有同樣感覺。

他粗魯地說：「是你啊？想幹嘛？」

他甚至沒伸手去和她握手，安覺得那一隻狗都比他有禮貌。

「威斯卡先生，請耐心地聽我講完……」

「我非常有耐心，你說吧！」

安決定跟富蘭克林．威斯卡講話時，不需要兜圈子。

她沉穩地說：「我是來告訴你，多菲已經和賈維結婚了。」

然後，她等待地震來臨。

什麼動靜都沒有。富蘭克林．威斯卡清瘦的棕色臉龐沒有一絲變化，他走進來，坐在安對面一把腿部外彎的皮椅上。

他問：「什麼時候？」

安回答：「昨天晚上，在他姊姊家裡。」

富蘭克林．威斯卡以他那雙在灰白眉毛下的深邃棕眼看了她好一會兒。安想了好一陣子，納悶他嬰兒時期究竟長得如何，然後，他把頭往後靠，無聲地笑了起來。

「威斯卡先生，你不該責備多菲。」安誠摯地開口。既已把事實講出，最可怕的部分已過，她又恢復她演說的能力了：「那不是她的錯……」

「我敢打賭，不是她的錯。」富蘭克林．威斯卡說。

他又要譏諷人了嗎？

「都是我的錯。」安簡短又勇敢地說：「我勸她私……我勸她結婚的，所以請原諒她，威斯卡先生。」

富蘭克林．威斯卡冷漠地拿起一支煙斗來裝填煙草。

「雪莉老師，如果是你安排多菲與賈維．莫若私奔，你完成了一件超乎我想像的大事。我開始擔心她沒膽量做這種事了，如此一來，我就必須屈服了。老天，我們威斯卡家的人憎惡去屈服啊！你保住了我的顏面，我驕傲地感激你。」

當富蘭克林．威斯卡裝好菸草，並有趣地眨眼看向安的臉時，長久的沉默降臨在兩人之間。安搞不清楚他的意思，所以不知道說什麼好。

他說：「我猜你是忐忑不安地來到這裡，顫抖著要把這可怕消息傳給我吧？」

「是的。」安簡短回答。

富蘭克林・威斯卡不出聲地大笑了。

「你不需要這樣，你是給我帶來最好的消息啊！爲什麼呢？當賈維・莫若和多菲還是小孩子時，我就替她選擇他，所以有其他男孩注意到多菲時，我就把他們轟走。那是賈維對她的第一印象，他必須要表現給她老爸看！但他很受女孩子歡迎，所以當她幸運地獲得他的傾慕時，我簡直難以置信，然後我就開始想出策略。

「我太了解莫若家族，你不了解的，他們是好家族，但他們家的男人對於太容易到手的東西不感興趣；對於不能要的東西，他們卻又下決心要得到，他們總是唱反調。賈維的父親傷了很多女孩子的心，因爲那些女孩子的家裡恨不得女兒能嫁給他。

「就賈維而言，我很淸楚會發生什麼事，多菲會全心全意與他談戀愛，但他過不了多久就厭倦了。我知道如果她太容易到手，他是不會等她的，所以我禁止他靠近我家，禁止她和他說話，我完美扮演著一個嚴苛的父親，他們偸偸摸摸的樣子眞刺激啊！但其實這也不算什麼，一切照計劃進行，但是多菲的優柔寡斷讓我踢到鐵板，她是個好孩子，但她缺乏勇氣，我覺得她沒勇氣不顧我的反對而嫁給他。如果你已恢復呼吸，請告訴我這件事的來龍去脈吧。」

安的幽默感回來了，她忍不住大聲嘲笑起自己，突然覺得自己對富蘭克林・威斯卡非常熟悉。

他聽著故事，安靜而享受地抽菸斗，安講完後，他滿意地點頭。

「你幫的忙比我想像的還多，如果不是你，她絕沒有勇氣這麼做。而且根據我對賈維家族的了解，他也不會被愚弄兩次，老天，好險啊！我這輩子要聽你差遣了。你敢來這裡，眞是一條好漢，你一定相信那些閒言閒語吧？你一定聽得不少吧？」

安點點頭。而鬥牛犬已經把頭靠在她的膝上，幸福地打鼾了。

「每個人都認爲你易怒、愛阻撓人又執拗。」她坦白地說。

「他們一定告訴你我是個暴君，讓我可憐的老婆過得很悲慘，並以鐵鞭來規範家人的生活？」

「是的，威斯卡先生，但我並不相信。我認爲你如果像傳言那樣可怕，多菲應該也不會如此喜歡你。」

「你是聰明的女孩！我妻子是個快樂的女人，如果馬克伯船長太太告訴你是我把妻子凌虐至死，請替我責罵她吧，請原諒我這種率直的作法。莫莉很漂亮，比多菲還漂亮，她有粉白的皮膚、金棕色的頭髮、露珠般的眼睛！她應當是沙馬塞德鎮裡最漂亮的女人。

「如果上教堂時，看到別的男人的妻子比我的還要美，我是無法忍受的。我像其他男人一樣管理家庭，但絕不是殘暴的方式，當然，我偶爾會發脾氣，但莫莉習慣以後就不在意了，男人有權利偶爾和妻子吵吵架，不是嗎？女人會對一成不變的丈夫感到厭倦。此外，我冷靜下來以後，總會送她戒指、項鍊或一些飾品，沙馬塞德鎮沒有別的女人擁有比她更多珠寶了，我要把它們都找出來送給我尊貴的她。」

安淘氣了起來。

「米爾頓的詩集是怎麼回事？」

「米爾頓的詩集？喔，那本啊！那是丁尼生的詩集，不是米爾頓的，我尊崇米爾頓但不能忍受丁尼生，他的詩甜美得太病態了，有一晚，我被他的〈以諾．亞登〉最後兩行惹火了，我真想把那本書從窗戶丟出去，它不是掉到喬治．克拉克的荷花池裡，那是老波勞蒂編出來的。你還沒要走吧？留下來跟寂寞的老傢伙吃頓晚餐吧，他只有狗兒做伴。」

「威斯卡先生，很抱歉，我今晚要參加校務會議。」

「好吧，當多菲回來後，我會請你來。無疑地，我要替他們辦一場結婚宴會。謝天謝地，我眞是如釋重負啊，你不知道我多厭惡低聲下氣地說：『娶她吧！』現在，我需要做的就是假裝心碎、退讓，而且看在她母親的份上悲傷地原諒她。我會做得很漂亮，賈維絕不會起疑心，你不要錯過這場好戲啊。」

安承諾：「我不會錯過的。」

富蘭克林．威斯卡禮貌地送她至門口，鬥牛犬坐在地上，從她的背後吠叫。

富蘭克林．威斯卡站在門邊，把菸斗從嘴上取出來，並伸手拍拍她肩膀。

他嚴肅地說：「剝貓皮的方法不只一種，足以做到把牠的皮全剝了，牠自己卻渾然未覺。請幫我問候蕾貝卡．迪悠，她是個可愛的老姑娘，但要順著她的毛撫摸她。謝謝你。」

安動身回家，傍晚柔和而安靜，霧已散，風也停了，淡綠的天空看來有點冷。

她想著：別人對我說，我不了解富蘭克林．威斯卡，他們說對了，我還真不了解他，但他們也不了解他。

「他有什麼反應？」蕾貝卡急切地想知道，安不在家的這段時間，她一直坐立不安。

安神秘地說：「不至於太糟糕，我想他會及時原諒多菲。」

蕾貝卡崇拜地說：「雪莉老師，如果要你去說服別人，我從沒看過你被難倒的，你一定有你獨特的方法。」

當晚，安疲憊踏著三階踏墊爬上床時，她引用了一句諺語，對自己說道：「『有些事要嘗試去做，有些事要經過一夜沉思再做。』我等著下次有人來問我對他或她私奔的建議吧！」

第9節

這是安給吉伯的信件摘要——

我明晚將受邀去沙馬塞德鎮一位女士家裡吃晚餐，吉伯，如果我告訴你，她的姓是湯家倫時，你大概不會相信吧？她就是明那瓦．湯家倫小姐啊！你可能會說，我是長久讀狄更斯[1]的小說，而且知道的年代太晚，才會想出這樣的名字吧。

我的摯愛，你是不是很慶幸你姓布萊斯呢？如果你姓湯家倫，我一定不會想嫁給你。想像一下，我如果嫁給你，而名爲安．湯家倫！不行，這是不可以亂想的。

受邀至湯家倫家作客，是沙馬塞德鎮居民所擁有的最高榮譽啊！這棟房子沒有命名，沒取一些無聊的名字，諸如楡樹、栗子或小園等。

我知道，他們昔日是「皇族」，普林果家族和他們比起來，只能算小香菇了。現在只有明那瓦小姐碩果僅存，她是湯家倫家族六代以來唯一尚在人世的人，她獨居於女皇街一棟大房子裡，那房子有巨大的綠煙囪、大片綠百葉窗，而且是鎮上私人住宅裡唯一有彩繪玻璃的，它大得足夠四戶人家入住，但是目前只有明那瓦小姐、一位廚師和一位女傭住那裡。它保存得不錯，但是每當我經過這房子時，總覺得它是個生命被遺忘的地方。

明那瓦小姐除了上安哥利肯教堂外，很少外出，數個星期前我才見到她，她爲了正式要把她父親珍貴的藏書捐給學校，所以出席學校教職員與評議員會議。她看起來如同你期盼看到的明那瓦小姐，個子高瘦，臉蛋狹長白皙、鼻子瘦長，嘴巴也生得薄而長，聽來似乎不是很迷人，但是明那瓦小姐威嚴有貴族氣息，並且，她總是穿得很體面，雖然似乎太過舊式，但確實非常優雅。

蕾貝卡·迪悠告訴我，明那瓦小姐年輕時相當漂亮，大而黑的眼珠好像充滿火花與深色光芒。她的毛病是太愛講話，我想，她是我見過的人當中最喜歡演說的。

明那瓦小姐待我特別好，昨天我正式收到邀請與她共進晚餐的請帖，當我告訴蕾貝卡·迪悠時，她把眼睛睜得大大的，彷彿我是受邀去白金漢宮一樣。

她以敬畏的語氣說：「能夠受邀至湯家倫家，眞是莫大的榮譽。我從未聽過明那瓦小姐以前有邀請過任何一位校長到她家作客。不過我先聲明一下，這些校長都是男人，所以邀請他們確實可能不恰當。

「雪莉老師，我希望她不會和你談太多話，那會累死你的。湯家倫家族的人都太愛講話了，講得好像可以把貓的後腿扯下來呢！他們做事也愛居於前頭，有人認爲明那瓦小姐之所以如此深居簡出，是因爲她年紀大了，無法像過去居於領導地位，她又不願意當別人副手的緣故。雪莉老

1 狄更斯（Charles Dickens, 1812-1870），英國小說家。

師，你打算穿什麼呢？我喜歡看你穿那件有黑色絨布蝴蝶結的乳白色絲質薄紗，那件衣服看起來很正式。」

我說：「我怕寧靜的傍晚穿這樣外出，太正式了。」

「我猜明那瓦小姐會喜歡，湯家倫族人都喜歡他們的同伴耀眼奪目。他們說，明那瓦小姐的爺爺曾經讓一位受他們邀請而去參加舞會的女士吃閉門羹，只因爲她沒有穿她最好的衣服去，她爺爺還說，縱使她穿她最好的衣服來，對湯家倫家族而言都還嫌不夠好。」

「然而，我打算穿我的綠色薄紗洋裝，湯家倫家族的鬼魂們看了，應該也能勉強欣賞吧。」

吉伯，有件事我要對你坦白，我猜你會認爲我又在干涉別人事情了，但我必須這麼做。我明年就不在沙馬塞德了，一想到小伊莉莎白要由那兩位狹隘、刺人，而且毫無愛心的老婦人來照顧時，我就無法忍受。和她們一起住在那棟陰暗的老房子裡，她的童年是如何淒慘啊！

不久前，她渴盼地對我說：「我很好奇，如果你不害怕你的奶奶，那會是什麼情況呢？」

我是這麼做的：我寫信給她父親，他住在巴黎，我不知道他的地址，不過蕾貝卡・迪悠聽過也記得他的公司名字，他在巴黎經營分公司，所以我要寫一封信，並且請他們轉交。

我儘量寫得像外交辭令般，但依舊坦白地說，他應當來帶走伊莉莎白。我告訴他，她是多渴望與夢想此事，並且坎貝爾太太待她太過嚴苛。或許，寫封信也不會有什麼結果，但如果我不寫，我永遠難以安心，因爲我認爲自己該這麼做。

我之所以這麼做，是因爲有一天伊莉莎白嚴肅地對我說，她「寫了封信給上帝」，要求上帝把父親帶回她身邊，而且讓他會愛她。她說她站在放學回家的路上，停在一個空地中央，讀了那封信後仰望著天空。我知道她做了些古怪的事，因爲波勞蒂小姐看見了，她隔天來爲兩位阿姨做裁縫時告訴了我這件事，她認爲伊莉莎白「對著天空說話」，眞是越變越「可疑」了。

我去問伊莉莎白，她也把事情對我說了。

她說：「我想，比起祈禱者來，上帝會比較注意信件。我已經祈禱太久了，祂必定是有太多祈禱者了。」

當晚我就寫信給她父親。

停筆前，我還要告訴你有關「灰塵」的事情。

凱特阿姨曾經告訴我，她覺得她們必須幫牠找個新家，因爲蕾貝卡一直在抱怨牠，所以她無法忍受了。上星期的某個傍晚，我從學校回來，家裡已經沒有「灰塵」了，崔蒂阿姨說她們把牠送給住在鎭上另一端的艾德蒙太太，我很難過，因爲「灰塵」和我是很好的朋友，但是，至少蕾貝卡．迪悠日後會快樂些。

她當天不在家，到鄉下去幫一位親戚做鉤針毯子了。她黃昏回來時沒說什麼，但是到了睡覺時間，她又到後門廊去呼喊「灰塵」。凱特阿姨靜靜地說：「蕾貝卡，你不用再叫灰塵回來了，牠不在這裡了，我們已經另外幫牠找了個家，你再也不用受牠煩擾了。」

如果蕾貝卡的臉色可以變蒼白的話，她一定會這麼做。

「不在這裡？替牠找了個新家？好悲傷啊！這裡難道不是牠的家嗎？」

「我們把牠送給艾德蒙太太了，自從女兒出嫁後，艾德蒙太太就非常寂寞，所以想要有隻貓來作伴。」

蕾貝卡進了屋子，並把門關上，她看起來幾近發狂。

「這是壓垮駱駝的最後一根稻草了，我再也無法忍受了。」她說。

看來也真是如此。我從未見過她的眼裡散發如此憤怒的火花。

蕾貝卡接著說：「馬克伯太太，我本月底就辭職，如果你們可以適應的話，我更早一點辭可能會更好。」

凱特阿姨迷惑地說：「但是，蕾貝卡，我真不明白，你一直都不喜歡『灰塵』啊，才一個星期前，你說……」

「沒錯！」蕾貝卡痛苦地說：「把事情都推到我身上來！沒有顧慮我的感覺！那隻又可憐又親愛的貓咪啊！我侍候、溺愛牠，夜裡起床開門讓牠進來，現在趁我不在時偷偷把牠送走了。可是珍．艾德蒙，即使牠想吃牛肝，她也不會買給牠吃啊！牠是我廚房裡唯一的陪伴啊！」

「但蕾貝卡，你總是……」

「喔，繼續說吧！馬克伯太太，不要讓我出口傷人吧！

「我把那隻貓從小帶到大，我照顧牠的健康與品行，我圖的是什麼？那個珍．艾德蒙應該找隻受過良好訓練的貓來作伴！希望她能像我一樣，站在結霜的戶外，呼喚那隻貓數個小時，而不是任牠留在外頭受凍，但我非常懷疑她會不會這麼做。好吧，馬克伯太太，我只希望下次氣溫在零下十度時，你的良心不會讓你感到不安。每當此時，我都睡不著覺，但當然，我就像一雙破鞋，別人是不在乎我的。」

「蕾貝卡，如果你……」

「馬克伯太太，我不是一條蟲，也不是門口的地毯，我學到一個寶貴的教訓！我再也不會對任何動物用感情了，而且你如果公開做事，那還好，你卻在我背後做，如此地占我便宜！我從未聽過這麼齷齪的事！但我又是什麼人呢？怎可能期盼別人來尊重我的感情呢？」

凱特阿姨拚命說：「蕾貝卡，如果你要『灰塵』回來，我可以帶牠回來。」

「你怎不早說？」蕾貝卡咄咄逼人地說，「我懷疑這行得通嗎？珍．艾德蒙已經掌控牠了，她會放棄牠嗎？」

「我想她會的。」凱特阿姨說，她又回復成猶豫不決的模樣。

「如果牠回來了，你就不會離開我們了吧？蕾貝卡。」

「我會考慮。」蕾貝卡用讓步的語氣說道。

翌日，崔蒂阿姨以一個有蓋子的籃子把「灰塵」帶回來了，在蕾貝卡把「灰塵」帶進廚房，關上門以後，我瞥見崔蒂阿姨向凱特阿姨使了個眼色。我真好奇啊！難道這是兩位阿姨精心設計之謀略，並且得到珍．艾德蒙的幫助與鼓勵嗎？

自此以後，蕾貝卡再也沒抱怨過「灰塵」，而且當她在就寢時間呼喚牠時，聲音裡總是帶著勝利的語調，聽起來就像她想要全沙馬塞德的人們都知道「灰塵」回到屬於牠的地方了，看來她再度戰勝了兩位阿姨呢！

第10節

那是一個陰暗多風的三月黃昏，甚至連天空掠過的雲朵都急匆匆，安走了三段寬而淺、兩邊有石甕及石獅裝飾的階梯，來到了湯家倫之屋寬闊的大門前。通常，當安在夜裡走過這裡時，總覺得它昏暗而恐怖，一扇或兩扇窗子裡閃爍著微光，但它現在燈火通明，甚至連兩側屋內的燈也亮著，似乎是明那瓦小姐想要娛樂全鎮似的。爲了歡迎安而燈火全開，眞令她窩心，她幾乎恨不得自己穿的是那件乳白色絲質洋裝。

然而，她穿上綠色薄紗洋裝也十分迷人，或許，在門廊上歡迎她的明那瓦小姐也是這麼想，因爲她的聲音非常熱忱。明那瓦小姐穿著黑絨布衣裳，看起來很有王者之風，鐵灰色的頭髮上別著一支鑲鑽梳子，還有幾縷頭髮散在巨大的象牙浮雕胸針周圍。她的裝扮似乎有點過時，但是由她穿起來便極爲莊重，讓人覺得她的皇族裝扮是永遠不朽的。

「親愛的，歡迎光臨湯家倫之屋。」她邊說邊伸出一隻佩戴了幾只鑽戒的手，「眞高興你來此地做客。」

「我……」

「昔日湯家倫之屋是美麗和年輕的象徵，經常舉辦許多宴會與慶祝。」明那瓦小姐邊說邊引領安走過褪色的紅天鵝絨地毯，來到一處巨大的樓梯前，「但現在一切都變了，我已少有娛樂，我是湯家倫家族的最後一人，我們家族受到詛咒。」

明那瓦小姐的語調裡帶著神秘、可怕的氣息，讓安不禁打了個冷顫。湯家倫家族的詛咒！真是寫故事的好題材啊！

「我的曾祖父就在慶祝新屋落成的當晚從這個樓梯跌下來，折斷了他的脖子，這屋子是要用人類的鮮血來祭祀的，他就是從那裡跌下來……」明那瓦小姐用她細長的手指戲劇化地指著長廊上一塊虎皮毯子，安彷彿也能看到湯家倫曾經的家主死在上面。她眞不知道該說什麼好，所以只愚蠢地說了聲：「喔！」

明那瓦小姐帶領她沿著長廊走，長廊兩側掛滿家族成員的畫像與照片，盡頭是彩繪玻璃窗，然後她們來到一間有著挑高天花板、空間極大、氣派非常的客房。架高的核桃木床有一片巨大的床頭板，並覆蓋漂亮的絲質被褥，令安覺得假若她把她的外套與帽子放在上面，就彷彿褻瀆了它。

明那瓦小姐欣羨地說：「親愛的，你的頭髮眞漂亮。我一向喜歡紅頭髮，我姑姑莉迪亞就有一頭紅髮，她是我們家族中唯一有紅頭髮的。有個夜晚，她在北側的房間裡梳頭，蠟燭引燃了火災，她全身著火，尖叫著從長廊跑出來。親愛的，這是詛咒的一部分，這全是詛咒的一部分啊。」

「她有沒有……」

「沒有，她沒被燒死，但美貌全毀了。她本來美麗又自負，後來，直到她死前，她從未踏出家門一步，她還吩咐，她死後棺材蓋要立卽蓋上，免得別人看到她嚇人的面容。親愛的，你要先坐下來脫掉套鞋嗎？這椅子很舒服，我姊姊就因中風而死在這把椅子上呢，她丈夫過世後，她就回娘家住，她的小女兒在廚房裡被滾水燙到了。一個小孩就這樣死掉，是不是太悲慘了？」

「喔，怎麼會……」

「但至少我們知道他們是怎麼死的，我爸爸的同父異母妹妹伊莉莎……如果她還活著的話，我是該叫她姑姑的，她在六歲時就失蹤了，沒人知道她的下落。」

「但他們一定……」

「他們找了很久卻毫無所獲，據說是她母親，也就是我的繼祖母，曾經殘忍對待一個我祖父的外甥女。這外甥女是個孤兒，因而住在我們家裡，在一個炎熱的夏天裡，繼祖母要處罰外甥女，把她關在樓梯口的櫥子裡，當她再度打開櫥子門，卻發現她……死了。當她的孩子不見時，有些人認爲那是老天爺對她的審判，不過我覺得這也是我們家的詛咒。」

「是誰下的詛咒呢？」

「親愛的，你的腳背多美啊！以前我的腳背也很美呢，據說這樣的腳背可讓一股水流從它下方流過，他們也以此來考驗一個人是不是貴族呢。」

明那瓦小姐從她天鵝絨裙子下舉起穿著女用拖鞋的腳，毫無疑問，她的腳很優雅。

「的確是……」

「親愛的，你想在晚餐前四處看看這房子嗎？它曾經是沙馬塞德鎮的榮耀，就現在而言，它的每樣東西都過時了，但可能多少還有些有趣的東西。掛在樓梯口處的那把劍是我高曾祖父的，他是英國軍隊的軍官，因而獲得頒贈愛德華王子島的土地，他從未在這棟房子裡住過，但我的高曾祖母就住過幾個星期，她的兒子悲慘地死後不久，她也死了。」

明那瓦小姐冷酷地領著安走過整棟大屋子，屋內大都是正方形的房間，舞廳、溫室、撞球室、三間休息室、早餐室、無數寢室，以及一間很大的閣樓，這些房間都很氣派但陰暗。

「他們是我的叔叔，隆那德和魯賓。」明那瓦小姐指著火爐兩邊的兩幅畫像說，畫裡的人似乎正朝著對方皺眉頭。

「他們是雙胞胎，出生後就互相厭憎對方，屋裡充滿他們吵架的聲音，也讓他們母親的生命裡充滿灰暗。他們在這個房間裡最後一次吵架時，外面下著雷雨，魯賓被閃電擊中死了，隆那德則未曾從這事件中回復過來，自此之後彷彿被鬼魂纏身般。他的妻子吞下了她的結婚戒指。」她回想著補充了這段過往。

「這真是……」

「隆那德覺得她真是太不小心了，但他不採取任何行動，如果馬上催吐或許可以，可是隆那德絕口不提。這毀了他妻子的生活，沒有了結婚戒指，她總是覺得像一個沒有婚約的女人。」

「啊，這位多漂亮……」

「喔！是的，那是我的愛蜜莉亞嬸嬸，她是亞歷山大叔叔的妻子，以超凡的外貌而出名，但她用蘑菇湯來毒死她丈夫，說得更精確些是毒菇。我們都假裝那是樁意外，因爲家裡若發生謀殺案，是很混亂的事，但是我們都知道實情。當然，她是不願意嫁給他的，她婚前是個快樂的年輕女子，我的叔叔對她而言則太老了，如同十二月和五月的對比一般，但是她也不該用毒菇毒死他啊，她事後不久也死了，他們合葬在夏洛特鎮，所有湯家倫族人都葬在夏洛特鎮。這是我姑姑露易絲，她喝了鴉片，醫生把她服下的鴉片弄出來而救了她，但我們就此不敢相信她，怕她再尋短，當她有尊嚴地死於肺炎時，我們都鬆了一口氣。當然，我們部分人不大苛責她，畢竟是她丈夫打她耳光啊。」

「打她耳光……」

「是的，有些事情不是一位紳士所該做的，其中之一便是打他妻子的耳光。他或許可以一拳把她擊倒，但絕不可以打她耳光！」明那瓦小姐非常威嚴地說：「我倒要看看，有哪個男人膽敢打我耳光。」

安也想看看這個男人，她了解，想像力畢竟有限度，但她實在想像不出哪個男人若是明那瓦小姐的丈夫，會膽敢去打她耳光。

「這是舞廳，當然現在沒人使用它了，往昔卻是經常有舞會呢。湯家倫的舞會很有名，有很多人從島內各處前來參加，那盞美術燈花了我爸爸五百元。我的姑婆派秀斯有一晚在此地跳舞時，突然倒地死了，就在那個角落裡。有個男人讓她失望，她因而非常煩燥，我無法想像一個女孩因爲一個男人而心碎。」明那瓦小姐邊說邊看著她父親的相片，那是一位臉頰兩側長了硬鬍鬚，還有個鷹勾鼻的人。「男人對我而言，是微不足道的東西。」

第11節

餐廳與屋裡其他地方一樣氣派，有一盞華麗的美術燈、一面鍍金鏡子，以及裝飾著銀製品、水晶與達比瓷器[1]的漂亮桌子，晚餐是由一個十分嚴肅古板的女傭來服侍，她們吃得非常豐盛，安年輕而健康的胃口不禁食慾全開，明那瓦小姐安靜了好一陣子，安也不敢開口，因爲她怕一說話，又會聽到雪崩一樣滾滾而來的悲慘故事。一隻毛皮光滑的黑色大貓走進來，坐在明那瓦小姐旁邊，刺耳地喵了一聲，明那瓦小姐倒了一碟子鮮奶油，放到牠面前。之後，她的舉止就像個一般人，以致安少聽了許多湯家倫的故事。

「再吃些梨吧，親愛的，你什麼也沒吃呢。」

「喔，湯家倫小姐，我吃得很盡興……」

明那瓦小姐自傲地說：「湯家倫家總是吃得很豐盛，我姑姑蘇菲亞做的海綿蛋糕是我吃過最好的海綿蛋糕。我想，我父親唯一不歡迎的人是他的妹妹瑪莉，因爲她的胃口極差，總是淺嚐即止，他覺得那是在侮辱他。我父親是個意志堅定的人，他因爲不同意我哥哥理查的婚事而從不原

1 達比瓷器（Crown Derby），瓷器上面有代表英國王室認可的王冠標記。

諒他，把哥哥逐出家門，並永不允許他再回來。父親在家庭晨禱時，總是重複『上帝的禱告者』這段話。

「自從理查忤逆他以後，他經常脫口而出：『上帝啊，請原諒我們對您的侵犯，就如同我們原諒別人對我們的侵犯一樣吧。』我似乎還看得到他跪在那裡禱告呢。」明那瓦小姐語氣縹緲地說。

晚餐後，她們來到最小的一間休息室，它其實也挺寬廣了。她們在一個舒適的大火爐邊度過黃昏，安用鉤針編織一條設計複雜的桌巾，明那瓦小姐則編織起毛毯，並繼續她的獨白，敍述那有關湯家倫家族多采多姿卻恐怖的歷史。

「親愛的，這房子充滿了悲慘的回憶啊。」

「明那瓦小姐，難道這房子沒發生過一些快樂的事嗎？」趁著明那瓦小姐停下來擤鼻涕，安才能僥倖說出一個完整的句子。

「喔，有的。」明那瓦小姐說話的語氣像是不願承認有這回事似的：「當然有，在我還是個女孩時，我們在這裡度過快樂時光。有人告訴我，你在寫沙馬塞德鎮每個人的故事。」

「沒有……這說法不對……」

「喔！」明那瓦小姐顯然有些失望。「如果你在寫故事，你可以自由地運用我家族的故事，而名字則改用假名。你說的擲骰子遊戲該怎麼玩呢？」

「我該告辭了……」

「喔，親愛的，你今晚可能無法回家，外頭正下著傾盆大雨啊，你聽聽風聲。我現在沒有馬車了，因爲我很少用得上，你無法在豪雨中走上半哩路吧？今晚就留下來吧。」

安不確定自己是否喜歡在湯家倫的屋子裡住一整晚，但她也不想在三月的暴風雨中走路回「迎風白楊之屋」，所以她們玩起擲骰子遊戲。明那瓦小姐很喜歡這個遊戲，以致忘了講那些恐怖故事。然後，她們享用了消夜，吃了肉桂吐司，配上可可，那杯子是極爲薄而精緻的古老湯家倫家的杯子。

最後，明那瓦小姐帶她來到一間客房，安起初還感到高興，因爲它不是明那瓦小姐的姊姊中風死掉的那個房間。

「這是安娜貝拉姑姑的房間。」明那瓦小姐一邊說，一邊走向綠色梳妝臺，點燃插在銀燭臺上的蠟燭，並關上瓦斯燈。「馬修．湯家倫有一晚吹熄了瓦斯燈……而他也從人生舞台上退場。安娜貝拉姑姑是家族中最美麗的，鏡子上那幅畫像就是她，你注意到她有個值得驕傲的嘴巴嗎？床上那些拼布被子也是她作的，希望你蓋起來會很舒服，瑪莉已經把床吹暖，並且放兩塊熱磚在裡面了，她也爲你吹乾了這件睡衣。」她指著掛在椅子上有強烈樟腦味的一件寬大法蘭絨衣服。「但願你穿起來合身，自從可憐的媽媽身穿這件睡衣去世後，再也沒人穿過它了。喔，我差點忘了告訴你……」明那瓦小姐轉身朝向房門，「就在這房間裡，奧斯卡．湯家倫死了兩天，卻又活了過來，可悲的是，沒有人希望他活過來。親愛的，祝你睡得香甜。」

安不知道自己能否入睡，這個房間突然變得詭異且陌生，還有點敵意，但是經歷過幾個世代的房間，不都有些怪事嗎？這房間裡曾經有死亡的陰影、有像玫瑰般紅潤的愛情、有人在此出生，以及所有的熱情與希望。它是充滿了能量啊！

但它也眞是一幢恐怖的老房子啊，它充滿怨恨與心碎者的鬼魂，還有不見天日的齷齪行爲，仍在角落及它的藏身處繼續腐化。必定曾有很多女人在這房間裡哭泣過，風也在窗戶旁的樅樹裡啜泣。有一會兒安眞想衝出屋外，不管外頭是否颳著暴風雨。

然而，安堅毅地克制了自己，讓思緒恢復正常，如果多年前這裡發生過悲傷和恐怖，那麼必定也發生過有趣可愛的事吧。漂亮愉快的女孩必定在此處跳過舞，談論她們迷人的秘密。這裡也必定有過帶著酒窩的嬰兒出生，有過婚禮、舞會、音樂與歡笑，那位海綿蛋糕女士必然是位令人愉悅的女子，還有不被諒解的理查，必定是位俊俏的情人。

「我要想著這些事情入睡，睡在拼布被褥裡可有多舒服啊！我不知道自己在明早會不會因爲這條被子而發瘋，而且這是多出來的房間，睡在這種房間裡總是令我感到害怕。」

安鬆開頭髮來梳頭，而頭上的安娜貝拉畫像驕傲自負地正盯著她看，甚至因太過美麗而顯得盛氣凌人。當安看著鏡中的自己時，她感到毛骨悚然，誰知道有沒有哪張臉從鏡子裡看著她？或許，所有悲慘下場，且遭鬼魂附身的女士都曾照過這面鏡子。她大膽地打開衣櫥門，把自己的衣服掛好，並且期望會掉出一具骷髏頭。

她冷靜坐在一把硬椅子上脫掉鞋子，那把椅子看來就像誰坐上去等於侵犯到它似的。然後她穿上法蘭絨睡衣，吹熄蠟燭，上了床。瑪莉放在被褥裡的熱磚很溫暖，雨水打在窗櫺的聲音以及風在老屋簷上的呼叫讓她好一陣子睡不著，然後她忘記一切有關湯家倫的悲劇，沈沉睡去，直到她發現自己看見了映著紅太陽的深色樅樹。

安用過早餐後準備告辭，明那瓦小姐說：「親愛的，有你來做客眞好啊，雖然我是獨居太久，幾乎忘記要如何談話，但我們都過得很快樂吧？更不用說遇到你這樣一位迷人、守分而又風華正盛的女孩，對我是多愉快的一件事啊。我沒有告訴你昨天是我生日，家裡有位年輕人眞好，已經沒有人記得我的生日了，過去有太多人記得啊……」她說著，輕輕嘆了口氣。

當晚，崔蒂阿姨對安說：「我想，你聽了很多恐怖的陳年往事吧？」

「明那瓦小姐告訴我的事情，眞的發生過嗎？」

崔蒂阿姨對說：「令人不寒而慄的是，它們都是眞的。雪莉老師啊，那是個詛咒啊，湯家倫家發生過很多可怕的事。」

凱特阿姨說：「任何大家族在六個世代當中，必定會發生不少事情。」

「喔！似乎眞有詛咒存在，他們有那麼多人暴斃或橫死，當然大家都知道，他們家族是有些瘋狂愚蠢。光有詛咒就夠受了，但我還聽過一個老故事，細節我也記不得了。那故事是說，蓋那幢房子的木匠對房子下詛咒，是有關契約的事……老保羅．湯家倫支使木匠簽了契約，但這契約使木匠破產了，因爲蓋房子的費用遠超出他的預估。」

安說：「明那瓦小姐似乎以此詛咒爲傲。」

蕾貝卡說：「可憐的老東西，那是她擁有的全部了。」

安微笑地想，威儀的明那瓦小姐竟被稱作「可憐的老東西」，她回到塔樓房間寫信給吉伯。

我認為湯家倫的房子是幢沉睡的老房子，從沒發生任何事。或許現在沒發生事情，但以前卻發生過吧？小伊莉莎白一直講著『明天』，但湯家倫的房子是『昨日』，幸好我不住在『昨日』，但我仍舊喜歡和『明天』打交道。

當然，我覺得明那瓦小姐像所有湯家倫的族人，喜歡受人矚目，而且從那些悲劇當中獲取無盡滿足；這些悲劇對她的意義，就像丈夫和孩子們對女人的意義一樣重要。

但是吉伯，無論我們變得多老，都不要把生命視為悲劇來一再回味吧。我厭惡那種有一百二十年歷史的老房子，但願我們的夢想之家是新穎、無鬼魂、無傳統包袱的，如果辦不到，至少也要是快樂的人們住過的房子。我絕對忘不了在湯家倫家的那一夜，而且那是我生命中第一次有人無視我的存在，講得滔滔不絕的。

小伊莉莎白．葛雷森自出生以來，就一直期盼著某些事會發生。然而，在奶奶的嚴密監視以及女傭的潑冷水之下，那些事情很少發生在她身上，但是有些時候，事情註定要發生的，不是今天，就是明天。

當雪莉老師搬來「迎風白楊之屋」時，伊莉莎白覺得「明天」必定近在咫尺了，然後她去「綠色屋頂之家」做客，那就像是預先體驗「明天」似的。可是現在是雪莉老師在沙馬塞德中學的第三年，也就是最後一年的六月了，小伊莉莎白的心已經陷入奶奶給她的那雙漂亮鈕釦靴子裡，學校裡很多孩子嫉妒她有漂亮的鈕釦童靴，但伊莉莎白根本不在乎這雙靴子，因爲即使穿著它們，她也沒有自由。而且，她最喜愛的雪莉老師要永遠離開她了。

六月末，她就要離開沙馬塞德鎮，回到美麗的「綠色屋頂之家」，小伊莉莎白一想到這裡，就覺得受不了。雪莉老師答應在夏天結婚之前，要接她到「綠色屋頂之家」去，但那也沒有用。小伊莉莎白就是知道，奶奶不會答應再讓她去「綠色屋頂之家」，她知道奶奶不贊成她和雪莉老師那麼親密。

她哭泣著說：「雪莉老師，一切都要結束了。」

「寶貝，讓我們期望那是一個新的開始吧。」安快活地說道，但她自己也感到沮喪，她沒收到小伊莉莎白父親的隻字片語，可能他沒收到信，又或許他是不關心。如果他不關心，伊莉莎白將會變得如何？她的童年已經夠糟了，未來又會怎樣呢？

「那兩個老女人會操控她的。」蕾貝卡曾經這麼說過，安覺得她說得不優雅，但卻字字真實。伊莉莎白知道她被人「操控」，並且特別憎恨女傭的操控，當然她也不喜歡奶奶的操控，但她會不情願地退一步想，或許奶奶本來就該有一些操控她的權力吧！但女傭對她有什麼權力呢？她一直想要求女傭不要來操控她，她有一天終會提出要求的，當「明天」來臨時，喔！看到女傭那種表情，她會有多快樂！

奶奶不讓小伊莉莎白單獨外出散步，擔心她會被吉普賽人綁架，四十年前就有個小孩出事過。現在吉普賽人很少來這個島上了，所以小伊莉莎白覺得那只是藉口，但是奶奶何必在乎她是否被綁架呢？

伊莉莎白知道奶奶和女傭一點都不愛她，因爲如果可以的話，她們總是叫她「那個小孩」，而從不以名字來稱呼。伊莉莎白厭惡這種稱呼，因爲如果她們有養狗或貓，那就好像在說「這隻狗」或「這隻貓」一樣。但是每當伊莉莎白大膽抗議，奶奶的臉就變得陰沉憤怒，並會處罰伊莉莎白的無禮，而女傭只會高興地旁觀。

小伊莉莎白常想知道爲何女傭會厭惡她，當她還這麼小的時候，爲什麼每個人都會厭惡她？

她值得被憎恨嗎？小伊莉莎白並不曉得，因她而死的母親是奶奶的寶貝，縱然她知道了，她也不了解是奶奶扭曲的心靈阻礙了她對愛的付出。

小伊莉莎白憎恨陰沉宏偉的「長春藤之家」，雖然她一向住在這裡，一切卻十分陌生，不過自從雪莉老師來到「迎風白楊之屋」以後，每件事都有神奇的改變。雪莉老師來了以後，小伊莉莎白就活在浪漫之中，放眼周遭都是美好的事物。幸而奶奶和女傭不能阻止她看東西，但是伊莉莎白相信，如果她們阻止得了，她們也會阻止她到處看的。

就算偶爾被允許和雪莉老師一起沿紅色幻境般的港灣之路短暫散步，那也是她陰鬱生活中少有的光輝。她喜歡見到的一切景物，像是遠處漆上奇怪紅白相間圓圈的燈塔、遙遠陰暗的藍色海灘、小小的銀藍色波濤、在紫羅藍色黃昏下閃耀的點點燈火，都讓她高興得心疼，還有港灣周遭籠罩氤氳的小島，以及閃耀的日落！

伊莉莎白經常到閣樓的一扇窗戶前，目光穿越樹梢望向這些美景，還有在月昇時刻出航的船隻、回航的船隻，以及永不回航的船隻，伊莉莎白期望能搭上任一艘船，航向「快樂之島」。那些永不回航的船隻就停泊在那裡，而那裡也就是「明天」了。

神秘的紅色道路往前延伸，她渴望沿著它走，它通往哪裡呢？有時候伊莉莎白會想，如果她不能得到答案，她會爆炸的，當「明天」眞正來臨時，她會沿著路勇往直前。或許她會發現一個屬於自己的小島，她和雪莉老師可以住在那裡，奶奶和女傭則不能來，她們都討厭水，也不願搭船。小伊莉莎白喜歡幻想她站在自己的小島上，奶奶和女傭無奈地站在對岸乾瞪眼，並且受到伊莉莎白的嘲弄！

她會嘲弄她們：「這是『明天』，你們再也抓不到我了，你們只存在於『今天』。」

那會多有趣啊！她多樂於看到女傭那副表情啊！

然後，六月末的一個黃昏，一件令人驚奇的事情發生了，雪莉老師告訴坎貝爾太太，說她隔日在飛雲島有個差事，她要去會見婦女互助會的召集人湯普森太太，她可以帶伊莉莎白一起去，奶奶用她慣有的陰鬱答應此事了。伊莉莎白從不明白奶奶爲什麼會答應，她不知道奶奶是因爲雪莉老師知道普林果家族的醜聞而有所顧忌，她只知道奶奶就是答應了。

安在她耳邊低語：「我在飛雲島辦完事後，我們就去港口吧。」

伊莉莎白興奮得睡不著覺，至少，她要揭開長久以來一直引誘她的道路之謎了。雖然雀躍，她仍舊記得上床前的例行工作，她摺衣服、刷牙、梳她的金髮，她覺得自己的頭髮很漂亮，當然不如雪莉老師可愛的金紅色捲髮以及她鬢角的小髮捲美麗，但小伊莉莎白願意用一切來交換雪莉老師一樣的頭髮。

小伊莉莎白上床前，打開那個高而發亮的黑色舊櫃子抽屜，小心翼翼從一堆手帕下拿出一張珍藏的相片，那是她從《每週快遞報》上剪下來的，週報上刊登了中學教職員的相片。

「晚安，親愛的雪莉老師。」她吻了相片後，把它放回隱密處，然後爬上床，蜷縮在毯子下。

六月裡海風吹拂，夜涼如水，眞的，當晚不只是風吹而已，風呼呼地颳著，砰砰作響，伊莉莎白知道月光下的港口波濤洶湧、白茫一片，如果在月光的夜晚下偷偷溜去那裡，該多有趣啊！但這件事只有在「明天」才能實現。

飛雲島在哪裡呢？這名稱多好啊！但這卻不是「明天」，「明天」那麼近，卻又無法進去，眞令人瘋狂啊！但願到了明天，風就把雨吹走了！如果下雨的話，她們就不准她出去了。

她坐在床上，緊握雙手：「親愛的上帝，我無意干涉您，但是難道您沒看見『明天』很美好嗎？拜託您，親愛的上帝。」

隔天下午眞是快樂，當她和雪莉老師從陰暗的屋裡走出來時，雖然女傭透過巨大的前門紅玻璃在她背後皺眉頭，但是她猶如掙脫無形的枷鎖，大大地吸了一口自由的空氣。和雪莉老師在可愛的世界裡散步多麼有趣啊！每次跟雪莉老師在一起的感覺眞是美好，一旦雪莉老師離開了，她該怎麼辦？可是小伊莉莎白拋開這些煩惱，她不要因爲想這個問題而糟蹋了這一天，或許……或許……她和雪莉老師會在今天下午就進入「明天」，此後便永不分開了。小伊莉莎白只是安靜地朝世界盡頭的那一片蔚藍走去，欣賞周遭美景，道路每個轉彎處都有可愛的新發現，而且它似乎沿著一條不知哪裡冒出來的小河漫無止境地轉彎。

兩旁是有蜜蜂嗡嗡飛舞的金鳳花和幸運草田，偶爾她們會經過長滿雛菊的乳白色道路，遠處海峽間閃耀銀波的海浪在向她們微笑，港口就像浸過水的絲綢，小伊莉莎白喜歡它現在這樣子，更勝於喜歡它看來像淡藍緞子的時刻。她們沐浴在風中，那是非常輕柔的風，它在她們身旁沉吟，似乎在引誘哄騙她們。

小伊莉莎白說：「走在風中眞棒啊！」

安的回答卻似乎是說給自己聽，而不是說給小伊莉莎白聽的：「這眞是美妙、友善又有香味的風啊！我以前都以爲這是吹向法國地中海沿岸地區冷冽的西北風，當我知這這只是粗暴討厭的風以後，眞是太失望了！」

伊莉莎白不太明白，她從未聽過「吹向法國地中海沿岸地區冷冽的西北風」，但是她喜歡的人講話時如音樂般的聲音已令她很滿足了。天空很晴朗，她們遇見一位戴著黃金圓型耳環的水手，微笑與她們擦身而過，像他這類的人，也是人們會在「明天」裡遇見的人。伊莉莎白想起一句她在主日學校裡學到的詩文「四方的小山都歡欣鼓舞」，寫這樣詩句的人，是否也曾看過港口遠端的青翠山丘呢？

她夢幻地說：「我覺得這是通往上帝所在之處的路。」

安說：「或許每條路都相通呢。但我們現在就得走小岔路了，我們必須到那個島去，那就是飛雲島。」

飛雲島是個距海岸四分之一浬的狹長小島，島上有樹木和一棟房屋，小伊莉莎白一直希望有一個屬於自己的島嶼，島上有一處銀色沙灘的小海灣。

「我們如何到那裡去呢？」

「划這艘平底船過去。」雪莉老師邊說邊從綁在一棵傾斜樹木的小船上拿起船槳。

雪莉老師會划船，還有什麼事難得倒她呢？她們抵達小島後，那果眞是個任何事都可能發生的奇妙地方，當然這裡就是「明天」了。除了在「明天」裡，其他地方是不可能有像這樣的島嶼的，這絕不是一成不變的「今天」的一部分。

一位矮小的女傭在房子門口迎接她們，她對安說，安可以在遠遠的島的盡頭處找到湯普森太太，她正在那裡採野草莓。這是一個長著野草莓的小島，眞是太特別了！

安要去找湯普森太太，但她要小伊莉莎白在起居室等她回來，她想，小伊莉莎白不習慣長途跋涉，看起來很累，需要休息了。小伊莉莎白自認並不累，但雪莉老師的任何一個小小期望，都是她願遵守的律條。

那個房間很漂亮，四處插滿鮮花，還有海風飄進來。伊莉莎白喜歡壁爐上那面鏡子，它映照出的房間很美麗，而且透過敞開的窗戶，它照出了港口、山丘和海峽。

突然有個男人走進來，伊莉莎白驚慌恐懼了一陣子，他是吉普賽人嗎？他看來並不像她想像中吉普賽人的樣子，但是當然她從未見過吉普賽人，他可能就是呢！可是，伊莉莎白迅速地閃過一個直覺，認定卽使他綁架她，她也不在意，她喜歡他波光粼粼的淺褐色眼睛、波浪般的棕色頭髮，以及方形下巴與微笑，因爲他正在微笑。

他問：「你是誰呀？」

「我是……我是我。」伊莉莎白仍有些惶恐，因而畏縮地說著。

「喔，你一定是你嘛！我想，你是從海裡蹦出來的，從沙丘跑出來的，沒有人知道你的名字。」

「我叫伊莉莎白．葛雷森。」

氣氛陷入沉默，令人有些不舒服。男人不發一語看著她好一會兒，然後禮貌地請她坐下。

伊莉莎白解釋起來：「我在等雪莉老師，她去見湯普森太太，是有關婦女互助會晚餐會的事。她回來後，我們就要往世界的盡頭去。」

先生，你現在是否有綁架我的企圖呢？

「太好了，但是在等她時，你最好也舒舒服服的。讓我有榮幸來招待你吧，你想吃什麼當點心呢？湯普森太太的貓可能帶了什麼東西回來了。」

伊莉莎白坐下來，她感到怪異，卻莫名快樂，比在家裡還自在。

「我想吃什麼都可以嗎？」

「當然。」

「那麼，我要淋上草莓果醬的冰淇淋。」伊莉莎白得意洋洋地說。

男人搖鈴叫來甜點。是的，毫無疑問，這必定是「明天」了，在「今天」的世界裡，草莓果醬冰淇淋不會以如此神奇的方式出現的。

「我們留一份冰淇淋給你的雪莉老師吧。」男人說。

他們立刻成爲好朋友。男人話不多，卻不時看著伊莉莎白。他的表情很溫柔，她從未見過任何人有如此溫柔的神情，甚至雪莉老師也沒有過，她覺得他喜歡她，她知道自己也喜歡他。

最後，他看著窗外站起來。

他說：「我該走了，我看見雪莉老師從人行道上走過來，所以你不會單獨一個人了。」

「你不留下來見見雪莉老師嗎?」伊莉莎白一邊問他，一邊把湯匙上最後一點果醬舔乾淨。

如果奶奶和女傭看見她這副模樣，肯定會被嚇死。

男人說：「以後吧。」

「明天?」

伊莉莎白知道他連一點綁架她的念頭也沒有，她覺得怪異且不舒服地失望。

她禮貌地說：「再見了，也謝謝你。能夠來到『明天』，眞是太棒了。」

伊莉莎白解釋：「這就是『明天』了，我一直想要進入『明天』，現在終於如願以償了。」

「喔!我懂了。眞抱歉，我不太在乎『明天』，但願我能回到『昨天』。」

小伊莉莎白替他惋惜，他怎麼可能不快樂呢?住在「明天」裡的人怎會不快樂?

當她們划船離開時，伊莉莎白渴望地回頭望向飛雲島。在她們從沿途種著矮樅樹的岸邊走向道路時，她仍依依不捨地望著那島嶼。一輛載貨馬車飛馳而過，在轉彎時旋轉起來，顯然駕駛已失去控制。

伊莉莎白聽見雪莉老師的尖叫聲……

房間有奇怪的移動聲，家具也上下搖晃……爲什麼她會躺在床上呢？一位戴著白帽子的人剛走出房門，這是什麼地方的門呢？她覺得頭怪怪的，某個地方有聲音，但是極小聲，她看不見誰在說話，但她知道是雪莉老師和那個男人。

他們在說什麼？伊莉莎白聽到一些片段，卻低沉模糊且不知所云。

「你眞的是？」雪莉老師的聲音聽起來很興奮。

「是的。你的信……看看我自己……在和坎貝爾太太聯絡以前……飛雲島是我們總經理的夏日別墅……」

希望房間不要再搖了！在「明天」裡，一切都很古怪，如果她能轉頭看到說話的人多好！伊莉莎白長長地嘆了口氣。

有人來到她床邊，就是雪莉老師和那男人，雪莉老師又高又白，像一朵百合，她看來像是經歷了一場可怕的事件，但她內心卻有某種熱力在閃耀一般，那種熱力就像金色的日落光芒，突然湮沒整個房間。男人低頭對她微笑，伊莉莎白覺得他非常愛她，這其中必定有某種秘密只存在於他們之間，一旦她學會了「明天」的語言，她就會懂。

「寶貝，你覺得好一些了嗎？」雪莉老師說。

「我病了嗎？」

「你在路上被一輛失控的馬車撞到了，只怪我動作不夠快，我以爲你死了，我馬上帶你回來這棟房子，你的……這位先生打電話叫醫生護士來。」雪莉老師說。

小伊莉莎白說：「我會死嗎？」

「寶貝，不會的，你只是受了驚嚇，很快就沒事了。還有，伊莉莎白，這位是你父親。」

「父親在法國，我現在也在法國嗎？」伊莉莎白不感訝異，這難道不是「明天」嗎？另外，一切事還有點不穩定感。

「我的小可愛，你的父親就在這裡。」他的聲音很悅耳，她喜歡他的聲音。他彎下腰來吻她：「我爲了你而來到這裡，我們再也不分開了。」

戴白帽的女人又來了，伊莉莎白知道，所有她想要說的話，必須趕在那女人進來之前說出來。

「我們會住在一起嗎？」

「一直都會。」父親說。

「奶奶和女傭會和我們一起住嗎？」

「不會。」

日落的餘暉正在消退，護士不贊同地看著她，但伊莉莎白不在乎。

當護士把父親和雪莉老師送出門時，伊莉莎白說：「我發現『明天』了。」

護士把門關上後，父親說：「我擁有一個寶藏，現在才發現。眞是非常感激你寫那封信給我啊。」

當晚，安在寫給吉伯的信上說：「所以呢，小伊莉莎白的神秘之路通往了快樂之境，並且結束了她的舊世界。」

第14節

幽靈巷　迎風白楊之屋（最後一次）

六月二十七日

最親愛的吉伯：

我又面臨另一個轉捩點了，過去三年來，我在這個古老的塔樓房間裡寫了很多信給你，寫了這封信後，我大概很久、很久不會再寫信給你了，因爲此後我們不需要寫信了，數星期之後，我們將長相廝守。想想吧，一起談天、散步、吃飯、作夢、計劃事情、分享對方美妙的時刻、打造我們的夢想之家，我們的房子啊！聽起來神秘而美妙吧？吉伯，我一輩子都在建構夢想之家，現在，其中一棟就要實現了，我要和誰分享它呢？明年四點鐘時，我再告訴你吧。

吉伯，剛開始，三年似乎非常漫長，現在，這三年有如夜裡的一只手錶。這三年過得眞快樂，只是起初幾個月與普林果家族有所摩擦，但在那事情之後，生命就像一條愉悅的金色河流般奔流著。我過去與普林果家族的敵對關係猶如一場夢，他們現在喜歡我，並且早已忘記他們曾經恨過我，蔻拉．普林果是普林果家族中的一位寡婦，她昨天送我一束玫瑰花，莖幹上纏著一張紙條，寫著：「給世界上最甜美的老師。」這個普林果家族真是太妙了！」

我要離開，讓珍心碎了，我應該多關照一下她未來的發展，她聰明而前途無量，但有一件事是肯定的，她言行不凡，活像電影《浮華世界》裡的女主角。

路易斯・艾倫將要進入麥克基爾大學；蘇菲・辛克萊則要讀皇后大學，然後，她打算教書，好存夠錢進入金斯泊的戲劇表演學校；蜜拉・普林果秋天將「進入社會」，她長得那麼漂亮，所以如果她上街去時，文法上該用過去完成式的句子她卻搞錯了，那也不太要緊。

在長著葡萄藤柵門那端的小鄰居已經不在了，小伊莉莎白已經永遠離開那個不見天日的房子，她去她的「明天」了。如果我還繼續留在沙馬塞德，我會想她想得心碎，但我樂於事情有如此結果，皮爾斯・葛雷森帶著她一起走了，他不回巴黎而打算住在波士頓。伊莉莎白和我分手時哭得很傷心，但是她又很高興能夠和父親在一起，所以我相信，她的眼淚很快就會乾了。坎貝爾太太和女傭對這件事很不悅，把整個事情都責怪於我，我則欣喜無悔地接受了。

「她在這裡早就有個好的家庭了。」坎貝爾太太威嚴地說。

但她在這裡從沒聽過半句愛的話語。我心裡想，卻沒有說出口。

「親愛的雪莉老師，從今以後，我想一直都會變成貝蒂了，但是我想念你時，還是會變成莉茲。」這是伊莉莎白最後對我說的話。

「無論發生任何事，都不可以變成莉茲。」我說。

她離去時，我們互相拋飛吻，直到看不見對方爲止。我噙著眼淚回到塔樓房間，她一向都是那麼甜美，眞是個親愛的金色小傢伙啊。對我而言，她似乎像一把風神的豎琴，對於吹向她的一點點愛的氣息都能有所反應，和她交朋友是種冒險，我希望皮爾斯．葛雷森了解他女兒，我認爲他能了解，他的話充滿感激與懊悔。

他說：「我沒想到她已經不是個嬰兒了，我也不知道她的生活環境是那麼無情，你爲她所做的一切，我眞是充滿感謝。」

我把我們的仙境地圖框起來送給小伊莉莎白，作爲臨別贈禮。

我很遺憾卽將要離開「迎風白楊之屋」。當然，我有點厭倦四處遷移的生活了，但我喜歡這裡，喜歡早晨我窗前的冷冽空氣，喜歡我每晚得爬上去的床鋪，喜歡我藍色的甜甜圈椅墊，喜歡所有吹過的風；因爲見識過這裡美妙的風，我擔心以後再也不會和風更密切了。另外，我以後是否能有個看得到日出與日落的房間呢？

我已經結束和多年來「迎風白楊之屋」有關的一切，而且我一直保有忠誠，從未把崔蒂阿姨的「藏書秘洞」告訴凱特阿姨，也從未把她們每個人用奶油保養臉的秘密洩漏給任何人知道。

我要離開了，她們都很難過，但我因而沾沾自喜，如果她們樂於見到我走，或許我走後也不懷念我，那眞是太可怕了。在這星期裡，蕾貝卡．迪悠每餐都準備我愛吃的食物，她甚至用了十個雞蛋，做了兩次我愛吃的天使蛋糕，甚至餐具也是使用招待賓客的餐具。當我提到卽將離開的事時，崔蒂阿姨柔和的棕色眼睛裡總是淚水盈眶，甚至連「灰塵」坐著時，也似乎責備地瞪著我。

我上周收到凱薩琳的一封長信，她頗有寫信天賦，目前擔任一位必須全球四處奔走的議員的私人秘書，「全球四處奔走」這個名詞，聽起來多動人啊！這一個人說：「我們去埃及吧！」另一個可能說：「我們到夏洛特鎮吧！」說走就走吧！這種生活方式很適合凱薩琳。

對於她外貌以及視野的轉變，她堅持要把這份功勞歸給我，她說：「但願我能告訴你，你為我的生命帶來了什麼。」我的確幫了點忙，一開始並不容易，她的話中很少不帶刺的，當我對她的學校事務有所建議時，她輕蔑的態度就好像在聽瘋子講話一樣，但無論如何，這一切我都忘記了，那是因為她生命中經歷過非凡的痛苦，因而產生的缺點。

每個人都邀我去吃晚餐，甚至波琳．吉布森也邀請我。吉布森太太幾個月前去世了，所以她膽敢這麼做。我也再度造訪了湯家倫之屋，可是我很快樂，我吃著明那瓦小姐準備的豐盛美食，她也說了一些過往悲劇，說得興高采烈。

她無法掩飾身為湯家倫家族的優越感，但是她讚美了我好幾句，還送我一對鑲著藍寶石的可愛戒指，那是混合藍色與綠色，彷彿月亮光輝般的戒指，是她父親送給她的十八歲生日禮物。「當時我年輕又漂亮……非常漂亮呢，我想我現在這麼說應無不妥吧？」眞高興那戒指是屬於明那瓦小姐，而非亞歷山大叔叔的妻子的，如果它屬於後者，我絕不想戴它。它很漂亮，有著海洋寶石的神秘吸引力。

湯家倫的房子的確非常堂皇，但我不要我未來的「夢想之家」像湯家倫的房子一樣，也不希望它鬼影幢幢。

雖然附近的鬼魂也可能親切且有貴族氣魄，但我對幽靈巷唯一的意見是，它根本沒有幽靈。

我昨天又去了我的老墓園，這是我最後一次去那裡漫步，我在那兒四處亂逛，想著赫伯．普林果會不會偶爾在他墳墓裡咯咯笑呢？我今晚也跟照耀著落日餘暉，年老「風暴之王」道別了，另外，我那個風兒吹拂的山谷也充滿黃昏的容顏。

一個月以來，一連串的考試、歡送會以及「最後一些事情」之後，我有點累了，在我回到「綠色屋頂之家」後的一個星期裡，我將會很懶散，什麼事也不做，只想在夏日美景中自由地奔馳。

我將會在黃昏時刻夢訪「妖精之泉」；我將會在「耀眼之湖」上划著月光小舟……如果時節不對，找不到月光小舟，至少也要划著貝瑞先生的平底船；我要到「幽靈森林」裡去摘採小白花和鈴蘭，也要去哈里森先生小山丘的牧草地去找草莓；我要在「戀人小徑」上隨螢火蟲起舞，並造訪海絲特．葛雷久被遺忘的舊花園……我還要在星光下，坐在後門臺階上，傾聽沉睡的海洋的呼喚。

當那一星期結束後，你就回來了……我也別無所求了。

翌日，安必須向住在「迎風白楊之屋」的人們道別時，蕾貝卡並不在場，凱特阿姨鄭重地交給安一封信。

蕾貝卡寫道——

親愛的雪莉老師：

我寫這封信來向你道別，因為我難以開口向你說再見。你在我們的屋簷下住了三年，你幸運地擁有快活的精神，以及屬於青春的愉悅神采。那些輕浮不正經的人所享受的無聊樂趣，你從未沾染上。在任何場合裡，你對待每個人都是舉止得宜，特別是對於寫這封信的人，你更是特別關心她；你總是最顧慮到我的感受的人，一想到你將離去，我就覺得非常沮喪，但對於上天註定的事情，我們又不能抱怨啊。

所有在沙馬塞德鎮有幸認識你的人，都將深深懷念你，我這顆尊敬你、並且忠誠但謙卑的心，將永遠屬於你；我的祈禱，將永遠祝你擁有世上的快樂與幸福，並且祝你將來成功。

我耳邊有聲音在低語，提醒我你很快就不再是雪莉小姐了，你即將與你所選擇的靈魂伴侶結合，據我所聽聞，他是一位非常特殊的年輕人。寫這封信的人，長得並不迷人，而且開始感受到年紀的壓力了（但是我還經得起很多年的操勞呢），她從沒有給自己機會去珍惜體驗婚姻生活，但她卻不會因而對她朋友的婚姻不感興趣；我誠摯地表達祝福，希望你的婚姻是個持續且無煩惱的天賜良緣（但也別對男人抱太大的期望啊）。

我對你的尊重，以及我對你的熱情（我可以這麼說嗎？）將不會減少，偶爾，當你沒有更好的事情去做時，可否請你想起，某處有一個人是……

你忠誠的僕人

蕾貝卡・迪悠

當安把信摺起來時，她的眼睛濕了。雖然她很懷疑信上大部分語句都是蕾貝卡從她最喜歡的那本《品行與禮儀全書》中抄來的，但那並無減損她信裡的誠摯之意，而且，附註顯然直接出自蕾貝卡的熾愛之心。

「請告訴親愛的蕾貝卡，我將永遠不會忘記她，而且，我每年夏天都會回來探望你們。」

「我們會永遠記得你。」崔蒂阿姨啜泣著說。

「永遠。」凱特阿姨也向安強調。

當安坐著馬車離開「迎風白楊之屋」時，她看見一條白色大浴巾在塔樓窗戶瘋狂飛舞，那是蕾貝卡在揮動浴巾。

——《安的幸福》全文已完結，五部曲《安的夢幻小屋》敬請期待！

國家圖書館出版品預行編目資料

清秀佳人. 4, 安的幸福/露西.蒙哥瑪麗(L. M. Montgomery)原著；康文馨譯.
—— 四版. ——臺中市：好讀出版有限公司, 2022.08
面：　公分，——（典藏經典；12）

譯自：Anne of Windy Poplars

ISBN 978-986-178-604-9（平裝）

885.357　　111009318

好讀出版

典藏經典 12

清秀佳人4：**安的幸福【經典新裝版】**

原　　著／露西．蒙哥瑪麗 L. M. Montgomery
翻　　譯／康文馨
總 編 輯／鄧茵茵
文字編輯／林泳誼
美術設計／李靜姿、吳偉光
行銷企畫／劉恩綺
發 行 所／好讀出版有限公司
407台中市西屯區工業30路1號
407台中市西屯區大有街13號（編輯部）
TEL:04-23157795　FAX:04-23144188
http://howdo.morningstar.com.tw
（如對本書編輯或內容有意見，請來電或上網告訴我們）
法律顧問／陳思成律師

讀者服務專線：(02)23672044 / (04)23595819#230
讀者傳眞專線：(02)23635741 / (04)23595493
讀者專用信箱：service@morningstar.com.tw
晨星網路書店：http://www.morningstar.com.tw
郵政劃撥：15062393（知己圖書股份有限公司）
如需詳細出版書目、訂書，歡迎洽詢

四版／西元2022年8月15日
初版／西元2004年7月15日
定價：280元
如有破損或裝訂錯誤，請寄回知己圖書更換

Published by How-Do Publishing Co., Ltd.
2022 Printed in Taiwan

ISBN 978-986-178-604-9

填寫線上讀者回函
獲得更多好讀資訊